〈自己表象〉の文学史

自分を書く小説の登場

日比嘉高

翰林書房

〈自己表象〉の文学史——自分を書く小説の登場——◎目次

II 〈自己表象〉と明治末の文化空間

〈自己表象〉の文学史

——自分を書く小説の登場——

序章　〈私小説起源論〉をこえて

たとえば、私小説が本当の小説ではない、と多くの評者は、しばしば言う。しかし、日本のある時代の人間生活を、文芸の中で把握しようとした時に、私小説の形が一番妥当なやり方であったかも知れない。

――伊藤整（1）

1　〈自分を書く〉ということ

〈作家が自分自身を登場人物として造形した小説〉は、どのようにして誕生したのだろうか。

本書が追究しようとする問題を、端的に表現すればこうしたものになる。もちろんすぐさま想起されるように、私の念頭には「私小説」という言葉がある。「私小説」はどうしてできたのだろうか、ということである。

ところが、この言い換えには実は少々問題がある。「私小説」研究においては比較的よく知られていることだが、「私小説」という言葉が用いられ出した時期と、〈作家が自分自身を登場人物として造形した小説〉が増加し始めた時期の間には、十数年のずれがあるからである。「私小説」の語が現れたのが大正九（一九二〇）年、こうした小説が頻繁に書かれ出したのが日露戦後の明治三九、四〇（一九〇六、七）年あたりである。

それゆえ、冒頭の「〈作家が自分自身を登場人物として造形した小説〉はどのようにして誕生したのか」という問いは、「「私小説」はどのようにして誕生したのか」という問いに単純に置き換えることはできない。仮にもし「「私小説」は……」と問うてしまったならば、その先でおこなわれる作業は、遡及的な〈起源〉論の趣きを不可避的に帯びてしまうだろう。「私小説」という概念など影も形もなかった時代に、「私小説」の〈起源〉を探してしまう行為。〈私小説起源論〉である。

これまで書かれた多くの「私小説」論が、この陥穽に落ち込んできた。田山花袋の「蒲団」が、島崎藤村の「破戒」が、武者小路実篤ら白樺派が、徳田（近松）秋江が、その〈起源〉として論じられた。彼らの作品の中に、あるいは個人的経歴の中に、後に「私小説」を結果することになる〈理由〉が探し出されてきたのである。

そうした遡及的な視線には、単純に考えて、少なくとも二つの問題がある。後発の概念の祖型をさかのぼって探そうとするため、関係しそうな部分以外の同時代状況は見過ごされがちになること。そして、基準となる概念自体がニュートラルなものではないため――周知のように「私小説」は何より批判の対象としてあった――、どうしても対象となる作家・作品に否定的なまなざしが向けられてしまうこと、である。

考察をはじめるにあたり、私はまずこの〈私小説起源論〉の罠を抜け出すところから出発しようと思う。遡及的な視点でではなく、できるだけ同時代的なまなざしを失わないようにする。すなわち、「私小説」などという概念はまったく存在しなかった、しかしながら〈作家が自分自身を登場人物として造形した小説〉は急激に増加し始めていた。そうした状況にまずは身を置き、そこから、なぜどのようにしてそうした現象が起こったのだろうかと問うてみようと思うのである。

ここで、そうした立場をとるに際して、〈作家が自分自身を登場人物として造形した小説〉というまわりくどい表現で呼んできた小説に、〈自己表象テクスト〉という名をひとまず与えておくことにしたい。

この言葉を用いるのにはいくつか理由があるが、まずこれによって〈私小説起源論〉の直接的な影響圏から離れることができること、さらに〈自己表象〉という比較的抽象度の高い言葉を用いることによって、小説ジャンルのみならず、美術・詩歌など他の領域も同時に射程に入れることができるようになること。第三には〈表象〉という言葉を導入することによって、〈書かれる自己〉と〈書く自己〉、およびそのコンテクストとの関係を考察する道が開けること。〈自己〉とそれを〈表象〉するテクストとの間に介在する、さまざまな変形や抑圧の過程、その過程で生じる相互的な成型作用、さらには〈表象〉と〈表象〉や、〈表象〉と他の文化的枠組みとの間の引用・翻訳のありさまも視野に入ってくる。

もちろん、この〈自己表象〉という概念もまた、「私小説」と同じく「後発の枠組み」であるには違いないわけだが、〈私小説起源論〉の直接的な影響を逃れ、以上述べた利点を獲得できる点において、単なる代替概念以上の意味を持ちうるだろうと考える。その「後発性」に注意を払うことは必要であるにせよ、このパースペクティヴによって、従来のような「私小説」という窓からのぞいた世界とは、がらりと変わった文学・文化史の風景を目撃しうるという利点を取ることにしたい。

たとえば自画像の問題である。あまり知られていないことだが、小説ジャンルにおいて〈自己表象〉が増加の一途をたどっていた明治末から大正期には、絵画（洋画）ジャンルにおいても、やはり自画像の描画数が増加していた。もちろん単純に引き比べるのは危険だが、別々のジャンルにおいて同様の傾向が共起していたという事実は、その時代、〈自分を書く〉という営為に何か特別な意味が担わされていたことを示している。〈自己表象〉は、文学という一領域の内にとどまる指向ではなく、その時代の表現者たちに広く訴える魅力をはらんでいたのである。

一つの時代に行われた表現行為には、その時代固有の意味がある。明治末からジャンルを超えて増加する〈自己表象〉という表現のかたちには、その時代にとりわけ期待されていた機能があったはずであり、だからこそそれは流行ともいえる状況を生んだはずである。

〈私小説起源論〉の回顧的で否定的な枠取りを外せば、〈自己表象〉という新興の表現様式をめぐる、明治末の複雑だが豊かで活気のある風景が立ち現れてくるだろう。

2 先行する評価群の整理

以下、先行する研究を整理しつつ、いかに〈自己表象〉の誕生を記述するかという本書の立場を明らかにしていきたい。

〈自分を書く〉小説についての先行研究は、やはり「私小説」論／「私小説」研究ということになる（自画像研究に関しては第6章で触れる）。勝山功・谷沢永一によれば、「私小説」をめぐる議論は大まかに言って四期もしくは三期に分けられるという。(2) 第一期は「大正末年から昭和初年」で、久米正雄・中村武羅夫・佐藤春夫・宇野浩二ほか多くの人々による、「私小説」「心境小説」という形態に対する肯定否定の態度決定や価値判断が特徴となる。第二期は「昭和十年前後〜第二次大戦中」（勝山はさらに二分）。「その発生は大正末年である私小説という呼称が、しかし、それを使って直接日本近代文学の中核的な問題を俎上にのぼせるためのキメ手として意識されるようになった」（谷沢249頁）。第三期は「戦後」。「平野謙・中村光夫による史的源流追究と、福田恆存・中村光夫・平野謙・伊藤整による本質と現状とに対する分析と、この二方面に整理することも可能」（谷沢252頁）というわけである。

もちろん谷沢の整理から時代はすすんでいる。石阪幹将は、戦後に起こった「私小説」をめぐる論議のいくつかのピークを、その周期性に注目しつつ指摘している。(3) 先の谷沢の区分でいう「第三期」の「戦後」（石阪によれば一九四九、五〇年）を始めとし、のち一九五五年前後の稲垣達郎・紅野敏郎・吉田精一・村松定孝・勝山功ら研究者が論究を開始する時期、さらに一九六一、二年の平野謙・伊藤整らの純文学変質論争や、大江健三郎・大岡昇平・奥野健男らの発言が続いた時期、これは直前の三浦哲郎「忍ぶ川」の芥川賞受賞（一九六〇）に端を発する「私小説のリバイバル・ブーム」の余波とされる。そして一九七五年前後の「松原新一が『三田文学』誌上に、高橋英夫が『群像』に、また饗庭孝男が『文学界』誌上を中心に、断続的に私小説（家）論を発表した時代」（49頁）である。一九八五年に刊行された石阪『私小説の理論――その方法と課題をめぐって――』（八千代出版、一九八五年六月）では、これらの傾向は「最近の私小説研究は、個別的な作家（作品）論の次元でなされるのが一般的」（8頁）であり、「「通時批評」の後退と、それにとってかわるべき「共時批評」の顕在化」（11頁）や「「私」論の隆盛」（15頁）が観察されると再論された。饗庭孝男『批評と表現――近代日本文学の『私』――』（文芸春秋社、一九七九年六月）、高橋英夫『元素としての「私」――私小説作家論――』（講談社、一九七六年六月）などの名が挙げられている。「共時批評」というならば、蓮實重彦『「私小説」を読む』（中央公論社、一九七九年一〇月）をここに加えてもよいだろう。[4]

この傾向は現在も跡を絶ったわけではないが、一方で、拡散しがちな「私小説」をめぐる議論に歯止めをかけるために、「私小説」や「近代的自我」を歴史化しようという動きも出てきた。先駆的には、着実な実証と論理の積み上げによって小史を描いた小笠原克の諸論考（後述）があるが、近年影響の大きかった著作としては、近代文学成立期に生起したさまざまな「転倒」を鋭利に説いた柄谷行人『日本近代文学の起源』（講談社、一九八〇年八月）がある。安藤宏『自意識の昭和文学――現象としての「私」』（至文堂、一九九四年三月）は、「私」のゆらぎというポストモダン的な発想を引き継ぎつつも、それを大正末・昭和初期の創作意識の問題として歴史的に位置づけてみせた。また石阪『私小説の理論』（前掲）、イルメラ・日地谷＝キルシュネライト『私小説――自己暴露の儀式――』（平凡社、一九九二年四月）のような、先行する論点を包括的に整理し、そこに自らの見解を付け加えようとする、これまでの研究の集大成的な著作が現れたのも「私小説」研究の蓄積を示すだろう。[5]

ごく最近の研究においては、「私小説」「心境小説」という枠組みの成立そのものの検討に向かう傾向が強いようだ。『私小説の理論』以降の石阪も「私小説」という「ジャンル」の問い直しを進めているし、[6] 最近日本語訳が出た鈴木登美『語られた自己――日本近代の私小説言説――』（岩波書店、二〇〇〇年一月）も、日本の近代化論において「私小説」を論ずる言説が果たした役割を分析している。さらに大正期の出版資本の拡大や人格主義的な創作―受容のあり方を分析しつつ、「心境小説」という用語の発生を論じた山本芳明『文学者はつくられる』もある。[7] とあれこうした成果を見ても、「一九九〇年前後から、私小説論議は活発になる」と述べた梅澤亜由美の展望は、[8] 正しいと言うべきだろう。二〇〇〇年三月には、法政大学大学院私小説研究会による『私小説研究』が新たに創刊され、「戦後文学と私小説」（創刊号）、「私小説の源流」（第二号）がそれぞれ特集されている。

単純化してしまうのを承知の上で、「私小説」をめぐる現在までの論議の流れを整理してみよう。大正末に文壇内の現状認識から出発した議論は、肯定否定の声明を数多く生み出したが、マルクス主義的基盤を背景にした批評が力をえていくに従い、「私小説」を日本の近代化の歪みを示す徴表とみなすようになっていく。同時に、小説中に描き出される「私」の質が問題化されていき、よりよき「近代」を実現するための方途が、「私」の向上（の表現）のうちに求められていく。戦後、近代化論が徐々に沈静化していく一方で、近代文学批評・研究が成熟を見せると、「私小説」論は各論化する傾向を増し、平野謙、中村光夫、伊藤整らの示した「私小説」理解の枠組みを温存したまま、個別作家・作品の分析が精緻化する。一九七〇年代後半から勢いを増す共時的批評は、方法論的な衝突を起こしつつも、各論化の傾向に拍車をかける結果を生んだ。かつて近代化論の一翼を担った「私」論は、ここでポストモダン的な拡散する多様な「私」像へと意匠をかえ、作家・作品論が量産される下支えとなった。その後、この共時的批評傾向への反動として歴史的な問い直しが始まり、「私小説」を論じてきた言葉そのもの――鈴木登美の命名するところの「私小説言説」――の再検討が行われ始める。これが現在である。

本書が、この歴史化の揺り戻しのなかに位置することは、認めねばならない。ただし申し述べておきたいのは、私の試みは「私小説言説」の分析ではない、ということである。あらためて言うならば、ここで行おうとしているのは、〈自分を書く〉という表現形態の成立過程を考えるという作業である。膨大な「私小説」論が書かれる一方で、その書かれた「私小説」論の数だけ「私小説」像が増え、結果として像は拡散していくという状況があった。「「私小説」の問題は、主として「私小説論」の問題」だと述べた寺田透以来[9]、少なからぬ人がこのことに気づいた。その認識にもとづいた上に、「私小説」を論じる言葉が紡ぎ出した〈物語〉を考察することこそが、近代文学の歴史を考える一つの有力な方途となる、という現在の研究水準がある。この発想に、ある面では私は同意する。

しかし、一方でこの態度を取るかぎり、「私小説」という言葉の誕生以前から増加を始めていた〈自己表象テクスト〉については、何ほども説明することができないのも事実なのだ。「私小説」の〈起源〉を探そうとする発想を注意深く避けつつ、しかも、その量を確実に増やしつつあった自分自身を書く小説――〈自己表象テクスト〉の成立の背景を考えること。本書の課題と役割は、そこにある。

3　〈私小説起源論〉の諸種

本書のもくろみと深く関わる「私小説」の「成立論」の領域に絞って、批判を加えながらより詳しく研究状況を確認しておこう。

3・1　古典的〈私小説起源論〉

小林秀雄「私小説論」（一九三五年[10]）の影響下に出発し、中村光夫『風俗小説論』（一九五〇年[11]）、福田恆存「近代日

本文学の系譜」（『作家の態度』中央公論社、一九四七年九月）、平野謙「私小説の二律背反」（『芸術と実生活』講談社、一九五八年一月）などが示し、今なお文学史的な「常識」を形づくっているかに見える枠組みを古典的〈私小説起源論〉と呼んでおく。この議論は次の二つの柱によって支えられている。

3・1・1　「蒲団」史観

「私小説」的作品の〈起源〉を田山花袋「蒲団」（明40・9［一九〇七］）におく系列の思考である。[12] 先行する小栗風葉「青春」（明38―明39）、島崎藤村「破戒」（明39・3）などと比較し、その断絶の中に「私小説」性の萌芽を見て取る。中村光夫『風俗小説論』の「「破戒」と「蒲団」との決闘が行はれ、その闘ひは少くも同時代の文学に対する影響については、「蒲団」の完全な勝利に終つたのです」（542頁）という一節が著名だろう。こうした言明は自然主義文壇の回顧の形を取りながら大正期から存在している。[13]

「蒲団」そのものを〈起源〉とする意見に対し、「破戒」も告白小説だった[14]、白樺派の役割も付け加えるべき[15]、本格的には近松秋江の「疑惑」を待つ[16]、など修正意見が多く出されたが、それらの多くは基本的に「蒲団」起源説のバリエーションにすぎないと本論はみなす。藤村・花袋・近松秋江・白樺派あるいは「破戒」「蒲団」「疑惑」「お目出たき人」などの著名作家／作品のみを対象としてその告白性や自己描写の直截性が検証され、その〈起源〉性が論じられる。それゆえ、どの作家、どの作品が〈起源〉と見なされるのかということが、史観の枠組み《パラダイム》に本質的な差を生みだすことはないからである。告白性・直截性・暴露性などといった基準が同一であり、資料体が著名作家とその作品からのみ構成されるため、結論は各要素の組み合わせの範囲内からしか導かれない。「蒲団」史観として一括するゆえんである。

3・1・2　近代的自我史観

小林秀雄「私小説論」が著名である。「花袋がモオパッサンを発見した時、彼は全く文学の外から、自分の文学活動を否定する様に或は激励する様に強く働きかけて来る時代の思想の力を眺める事が出来なかつた。〔…〕社会との烈しい対決なしで事をすませた文学者の、自足した藤村の「破戒」に於ける革命も、秋声の「あらくれ」に於ける爛熟も、主観的にはどの様なものだったにせよ、技法上の革命であり爛熟であつたと形容するのが正しいのだ」(125頁)。〈近代的自我史観〉とは西欧の「理想的な」自我の発展形態を想定し、それを鏡として近代日本の自我の不完全さを批判する枠組みのことである。西欧においては資本主義・実証主義が十全に発達をみせ、個人を疎外すること甚だしく、作家はそれに立ち向うため強い自我を養った。そしてその強靭な実証主義精神に基づいたリアリズムの伝統を展開させた。それに対し日本の資本主義・実証主義は充分な成熟を見せず封建的な要素を多く残したため、作家たちは弱く不完全な自我をしか持つことができなかった。そのために彼らのリアリズムは西洋の自然主義のような完全さを持ちえず、それが「私小説」という歪んだ形で現れた、というわけである。

二つの史観の問題点は今日では明白である。実証性の欠如、枠組みの遡及性、検討対象の大作家への限定、マルクス主義的な上部／下部構造モデルへの準拠など、問題点を数え尽くす方がむしろ難しい。たとえば〈近代的自我史観〉だが、「西欧近代」「封建遺制」「近代的自我」「リアリズム」などといったキーターム のそれぞれが、あまりに抽象的かつ観念的で、分析概念としての有効性は現在では皆無に近い。鈴木貞美は平野謙の指摘を踏まえながら、日本の「封建制」の名残を糾弾しつつ近代化の歪みを指摘し、そのスケープゴートとして「私小説」を批判する図式が、コミンテルンの「三二テーゼ」の枠組みを踏襲したものだと述べている[17]。つまり〈近代的自我史観〉にもとづく「私小説」誕生論が援用した諸概念は、マルクス主義にもとづいた日本社会の情勢分析を写像することによって仮構されたものだったのであり、そこで説かれる「私小説」の生まれた理由は、日本の近代化の「歪み」を批判するための図式から演繹されたものに他ならない。

「蒲団」史観に関しても、判断基準の遡及性は否定しがたい。その上、基準となる「私小説」性の規定と作家作品分析が相互依存しあってもいて、それが分析の恣意性を生んでいる。「私小説」についての予断が先行し、「蒲団」や「破戒」の中にその要素や原因が探される。あるいは作家の経歴の中に求められる。逆に、「蒲団」がこうであったから、「私小説」を結果したと演繹もされるのである。

花袋・藤村などが特権化される一方で、それ以外の「群小の」作家や作品については完全に無視されるか、大作家の影響を見るために参照される役割にとどまるという大作家中心主義も問題である。第2章で確認するが、たとえば「作者が自分のことを書いた」とされるテクストは、「蒲団」発表の頃、同時多発的に現れていたのだが、これはどう考えればよいのか。武者小路実篤が創始したとされる「自分小説」「自己小説」は、彼独特の自我尊重主義に帰されているが、〈自己〉へのこだわりを見せるのはむしろ明治後半期の青年として普通のことである。第4章で紹介する青年たちの声を聞かないまま、武者小路を特権化するのは当時の言説の水準について盲目でありすぎないか。そもそも〈私小説白樺起源説〉の鼻祖とされる宇野浩二の見解も、よく確認する必要がある。宇野はその問題の「「私小説」私見」(『新潮』一九二五年一〇月)において「「私小説」の元は私は白樺派ではないかと考へてゐる」といい、「今いふ白樺派の或小説では、はつきりとそれ等の一人称の人物が作者その人らしく書いてあるのに、私は驚かされたのである」と振り返った。平野謙など私小説論のうちの多くがこの見解を踏襲し、自然主義＝破滅型＝私小説／白樺派＝調和型＝心境小説などという腑分けまで生み出したわけだが、問題はこの引用のあとの部分である。

もつとも、こんな風にいひ切つてしまふと、いろ〳〵の言ひ過ぎや言ひ違ひがあるかも知れない。現にさういふ白樺派の或小説にしても、作者即ち「自分」と表現されてゐる人物が、当然文学者あるいは文学青年であるのを、それに近い画家或は画学生にされて、十分客観化されてゐるやうなのもあつたし、さういへば白樺派以前の小説にだつて、一人称小説の主人公が殆ど同じと思はれるやうな例もある。

宇野はこれにつづいて「さういふ例外は別として」と引き取り、やはり武者小路実篤が記憶に残ると展開するわけであるが、私の見るところ、これは断じて「例外」などではない。大正期以降の白樺派についてはおくとしても、出発当時に関するかぎり、自然主義作家、特に若い世代の自然派と白樺派との距離は決して遠くない。当時の言説レベルの広範な検討をなおざりにしたまま、特権的な作家の特徴を「突出」として理解するのは慎まねばならない。

3・1・3　日本的心性論

「私小説」が語られるときに必ずといってよいほど登場する「日本独特」という評価についても見ておく必要があるだろう。この評価は往々にして日本文学／文化の「伝統」の問題を召喚する。こうした発想は「私小説」論が現れた大正期にすでに見られ、根強く現代まで残っている考え方である(18)。

たとえば村松定孝『新版　近代日本文学の軌跡』(右文書院、一九八八年四月)は、「彼(花袋)が自己の告白体形式をそのまま小説の名で発表するという非仮構的な、西欧の近代小説の発想には見あたらない我国独得の私小説形式を敢行した事実には、そこになにか根拠がなかったとはどうもいい切れない」(80頁)といい、その根拠に「日本文学の伝統的発想法」「文学理念」を措定する。そして「わが国の古典のなかで、平安朝の女流日記ぐらい告白体小説の祖と呼ばれるにふさわしく、また私小説の発想の母胎ともいえるものは他にあるまい」とし、「例えば『和泉式部日記』と『蒲団』とがともに私小説的文学精神によって貫かれている」（81頁）と主張する。

　同種の見解は実際枚挙にいとまがない。西田正好『私小説再発見』（桜楓社、一九七三年二月）もまた「土着精神としての伝統仏教」に注目し、「要するに、キリスト教的告白の仏教的受容が、事実上、告白小説としての私小説を育成するに至る真相であった」（32頁）と述べているし、饗庭孝男『喚起する織物――私小説と日本の心性――』（小沢書店、一九八五年九月）も、「物語をしりぞけ「私」性の内面に執し、幻滅を培養土としながらもリアリスティックに日々の出来事をしるした中世のこうした日記を考えると、近代の「私小説」にもこの性格が十分に継承されていると言わずにはいられない」（9頁）と説いている。石阪『私小説の理論』とキルシュネライト『私小説』もまた、同様の方向を示している（注5参照）。

　こうした発想に対する批判は、すでに鈴木貞美「「私小説」という問題――文芸表現史のための覚書――」（『日本近代文学』一九九〇年一〇月）や鈴木登美『語られた自己』の序論において展開されているため繰り返しは避けるが、要は「伝統」の問題は、その「持続」としてではなく、その時々のコンテクストにおける「再発見」なり「召喚」として考えるべきだということに尽きる。

　たしかに日本には『和泉式部日記』があり西行がおり仏教の「伝統」があったが、それら過去のテクストや人物と「私小説」との間にめんめんと何百年にもわたる持続的な連鎖が存していたと想定するのは、どう考えても破天荒である。仏教が「土着の精神」と言うに足るほどの一貫性や同一性を、長期に渡って保持し続けていたのかどうかもまた疑わしいと言わざるをえない。

　それよりは、「日記の中に文学性を見出すのは自然主義文学、更にそれにつながる私小説を文学として重んずる文学観が影響し作用していたと見たい」という「日記文学」概念の起源をめぐる久松潜一の回想(19)などに耳を傾け、それらを召喚せずにはいられなかったコンテクストの分析に力を注いだ方が、誠実でありまた生産的であるはずだ。

3・2 「私小説」成立の歴史的条件を指摘するもの

先行論の中には数少ないながらも日本における「私小説」発生の経緯や歴史的条件を考えたものも存在する。〈自分を書く〉という表現行為を成り立たせていた装置を考えようという本書の問題意識に関わってくるのは、こうした角度からアプローチを試みた先行諸論である。以下、伊藤整・小笠原克ほかの諸研究から重要な指摘を簡略に整理する。

伊藤整は『小説の方法』（一九四八年）[20]、『小説の認識』（河出書房、一九五五年七月）、『文芸読本』（新潮社、一九五六年一〇月）などの諸評論に結実する一連の追究で重要な考察を行ってきた。主要なものとしては、（A）**社会的に孤立した特殊な集団「文壇」の形成**が、作家についての予備知識に依存し、ゆえに一般の読書社会と背馳する「私小説」を可能にした[21]、（B）**文壇についての噂話の広がり**、（C）**発表媒体による長さの規制**、（D）**作家の無気力・職人根性**が「外から考へ」た場合の自伝的形式成立の原因である[22]、また（E）**封建的師弟制度からの開放と出版機構の未成熟とから来る自由さ**が自然主義作家に「自己暴露小説」を可能にした[23]、「自由」「芸」のために家を家族を棄てるという（F）**芸術家像の系譜**が知識人に感動を与えつづけた[24]などが挙げられよう。

小笠原克は「大正期における「私」小説の論について——話題提供者久米正雄まで——」、「大正末期の私小説論とその終焉」、「私小説論の成立をめぐって」ほかで「私小説」論の細密な分析を行ってきた[25]。同氏が明治末期まで遡って「私小説」の成立条件を考えたのが「私小説の成立と変遷——注釈的覚書——」（一九六二年）である[26]。同論が注目したものは（A）「**〈私小説〉読者の質的成立**」を促した「批評以前の噂話」の流布（35頁）と「〈純文学〉を興味本位で読む読者層の成立に作家もジャーナリズムも一致協力する雰囲気が醸成された」「自然主義文壇の一側面」（35頁）、さらに「蒲団」を「文学」とし「楽屋落小説」を「文学」から締め出した（B）**明治末の「批評主体」**のあ

りかたとその変化[27]、自然主義が遠ざけた「書き方の〈私〉性」を『白樺』が行ったという（C）**「描写論の屈折とその文壇的融解」**（38-39頁）などである。小笠原は、以上の指摘を踏まえた総合的な見取り図の提示と成立時期の認定を行っているが、これについては次節で問題にする。

『日本近代文学の起源』において、「近代的自我」を「ある物質性によって、こういってよければ、〝制度〟によってはじめて可能[28]」となったとした柄谷行人は、（A）**「内面の発見」を可能にした言文一致運動**[29]、（B）**「告白という制度」を成立させたキリスト教**[30]に注目した。

鈴木貞美は「「私小説」という問題」（前掲）、『日本の「文学」を考える』（前掲）などによって古典的「私小説」論の誤謬と新しい評価軸の必要性を訴えてきた。『日本の「文学」を考える』は自然主義から自己告白への流れを、「「自己の真実」に迫ることを芸術の目的とする考え方」を裏打ちする（A）**「経験主義哲学の動力線」**（131頁）と、**それに接続された「生命主義」の隆盛**から説明している。また近著『日本の「文学」概念』（作品社、一九九八年一〇月）では、「日本における「私小説」の淵源」として、（B）**「自伝的回想の形態をとる一人称的作品〔…〕の受容」**（339頁）、トルストイ『我が懺悔』に触発された日露戦争前後の（C）**「宗教的な懺悔録の流行」**（340頁）、さらに（D）**セルフ・パロディの流行**——「日露戦争後の知識人の間に、自己卑下や自嘲、自己戯画化をよしとする雰囲気が流れていた」（341頁）——を挙げた。

4　批判と超克

以上の指摘に、その他の細かなものも加えてリストアップすれば、

●偏狭な「文壇」の形成[31]、作家の無気力・職人根性、発表媒体による長さの規制、文壇についての噂話の流布[32]、

師弟制／出版機構の小ささからの開放、芸術家像の系譜（以上伊藤整）
●〈私小説〉読者の質的成立――噂話の流布と興味本位で読む読者――、「蒲団」／「楽屋落小説」の弁別とその基準の変化、描写論の屈折とその文壇的融解（以上小笠原克）
●言文一致、キリスト教（以上柄谷行人）
●経験主義哲学と生命主義、自伝的回想の形態をとる一人称的作品の受容、宗教的な懺悔録の流行、セルフ・パロディの流行（以上鈴木貞美）
●日本（人）固有の心性や文学的伝統（村松定孝ほか）
●自然主義による身辺描写への偏向の影響（中村武羅夫ほか）[33]
●白樺派（武者小路実篤）の影響（宇野浩二、平野謙ほか）
●作家の生態――多作・生活的狭隘・早老・摩滅せずに残っている才能の「混血児」（佐藤春夫）[34]
●大正デモクラシーによって促された凡人主義（勝山功）[35]

ということである。

もちろんここに箇条書きにした諸条件は、それぞれ元の文脈において別々の問題意識から導かれている。「私小説」の誕生を考えようとしたものもあれば、「自己告白」を成り立たせたものに焦点を当てた論考もある。そうした差異を承知した上で、〈自己表象〉の誕生を考察しようとする本書の方向から検討を加えたい。

個々の指摘一つ一つを検証していく余裕はないが、疑問を感じるものも含まれているとはいえ、ほとんどの指摘がそれぞれ一定の説得力を保持しているのも確かである。〈自己表象テクスト〉の生産と享受のシステムは、「文壇」が小さな社会であったから機能したのかも知れないし、キリスト教の告白の枠組みが自己暴露小説になんらかの枠づけを果たしたことも考えられよう。自然主義文学で空白のままおかれた自己の「真実」を、生命主義に裏打ちされた「生命」概念が補塡し、「心境小説」「私小説」への流れが生まれたとする説明も、文芸思潮史のある側面を説明しているように思う。

しかし〈自己表象テクスト〉の誕生を考察しようとする本書の立場からみた場合、これらの指摘をそのまま受け入れてよしとすることはできない。つまり、それぞれの指摘に一定の妥当性が認められはするものの、ではそこから直線的直接的に〈自己表象〉が結果されたのかと考えると、やはり簡単には同意できないのである。たとえば空白であった「真実」を「生命」概念が補塡し、そのことが「告白」に力を与えたとしても、そこから自分を書く小説の誕生を結論するまでには、まだまだ多くの要素と論理の付け加えが必要なはずだ。

〈自己表象〉の誕生を論証するには、複数の条件を考慮に入れ、その組み合わせと構成を考えていくことが必要である。ところが、指摘されたような要因をつなぐ論理立ては、ほとんどの先行論において充分に展開されていない。伊藤整論にしても鈴木貞美論にしても、こういう現象があったと指摘はするものの、その個々の要素を組み上げることを積極的に試みようとしていないのである。いずれの論も、状況証拠の域を抜けていないのだ。

むろん、「こうだからこうなった」という因果論を歴史叙述で行うのは難しい。すべての要素を挙げ得べくもないし、偶然の作用も存在する。「結果」から「原因」を措定する転倒がつきまとうのも確かである。

だがそこに〈自己表象テクスト〉という小説群が確かに存在していた以上、そのテクストの性格とそれを取り囲む生産・流通・享受の様態に分析を加えていけば、ある程度の正確性をもって妥当かつ説得的な仮説が提示できるはずである。管見では、こうした姿勢から、明治末から登場する〈自己表象テクスト〉――むろん論中でこう呼ばれるわけではないが――の誕生について充分な資料的実証に基づく史的論理を展開しえたのは、小笠原克ただ一人である。[36] その「私小説の成立と変遷――注釈的覚書――」を要約する。

日露戦争後にジャーナリズムによる文壇的な噂話の「煽動的企画」が登場、「かかる風潮を生んだ「嚆矢」」は

『並木』をめぐるモデル論議」である。この「〈純文学〉を興味本位で読む読者層の成立に作家もジャーナリズムも一致協力する雰囲気が醸成されたところに、いわゆる自然主義文壇の一側面」が見られる。「〈私小説〉読者の質的成立」である。一方、花袋や秋江の言明から分かるように、当時においては「楽屋落小説」は否定的に価値づけられる。「『青葡萄』を非文学とした『雲中語』の一瞥は、自然主義時代における「楽屋落小説」を否定する批評主体に連結・結晶する。前者にはなかつた現象が、後者に至つてモデルへの興味に傾く悪風潮となつて顕現した。その際『蒲団』は〈文学〉として受容され（る必然性を備えてい）たが、「楽屋落小説」は〈文学〉から締め出され（る現象性をそなえてい）た。つまりそのいずれにも、文学理念としての〈私小説〉はまだ成立していなかつたのである」。ところが『白樺』派的な書き方の〈私〉性」が認可されて「描写論の屈折」が起こり、「大正7年から9年の間に、「大部分は空想」である作品が「自伝の一節」として読まれる文壇常識が次第に成立し、そういう読み方を作者も読者も不思議としなくなつてくると、〈私小説〉は特殊な文壇文学としてではあるが、ともかく〈文学〉として成立した[37]」。

ページ数にしてわずか九頁の、まさに「覚書」的なものであるにせよ、メディア・読者・批評主体（基準）・描写論に注目し、「私小説」の誕生へとつなげた図式の先駆性は疑いない。分析の方法と結論は異なるものの、その着眼点は的確であり、本書と共有するところも少なくない。当面におけるもっとも実証的な成果を示す小笠原論を乗り越えることによって、以降の議論をより精緻にすることができるだろう。

論点を示そう。

作中に作家自身が登場する小説が成り立つには、いくつか条件が必要だ。まずメディアと読者の問題。登場人物が作者自身であるかどうかの判定は、通常の読者には難しい。そのため作品についての附加情報《メタ》が文芸メディア上に噂話・楽屋話として掲載されている必要がある。その情報にアクセスすることによって、初めて読者は作中の人物が作者その人であると認知することができる。ここで前提となっているのは、（1）文芸メディア上に作家の個人情報についての噂話や作品の成り立ちを明かす楽屋話が載っているということ、つまりそうしたメタ情報を載せる価値があると判定するような**メディア状況**、さらに（2）その種のメタ情報と作品とを交差させて読むような**読書慣習**が読者の間に形成されていなければならない。これを明らかにするには、文芸メディアの情報編成のようすと、それを読み込む読者たちの読書のありさまを検証する必要がある。

さらに、明治前半期の文学空間を見渡せば明らかなように、〈自分を書く〉ということは小説という表現形態のルールにおいては特異な事態である。小笠原論も触れていたように、たとえばそうした空間内においては、自分自身を登場させた尾崎紅葉「青葡萄」（初出は明28［一八九五］）が、小説ではないと批判されたりする。つまり、〈自己表象〉が可能になるためには、（3）**小説ジャンルのルール**に変動が生じる必要がある。いつ、何をきっかけに、小説作品に〈自分を書〉いてもよい、というような変動が生じたのか、調べる必要があるだろう。

明治末から大正にかけて、〈自己表象〉はあたかも流行であるかのように絶え間なく書かれつづけた。それが簡単な小説作法だったから、というのはそれこそあまりに安易な理由づけである。流行したのには、それだけの魅力があったからだと考えるべきだろう。でなければ、この時期の絵画ジャンルにおける自画像の増加傾向も説明はできない。ここで問題になるのが、そうした作者たちが抱いていた〈自己〉観である。つまり、彼らは〈自己表象〉によって、いったいどのような〈自己〉を描き出そうとしたのかを問う必要がある。（4）当時の**〈自己〉観**、**〈自己〉論**の水準と枠組みを明らかにせねばならない。

〈自己表象テクスト〉誕生の様相を考察するのに際し、そのテクストのあり方から想定できるだけで、ざっと以上のような論点が浮かび上がる。[38] さらにこれに加え、古典的〈私小説起源論〉の欠点であった検討対象の大作家への限定を是正するために、調査分析の対象を大幅に拡大する。美術をはじめとする**隣接ジャンル**に目を配る一方、**若手文学者や投書青年などの動向**も視野に入れていく（5）。以上の諸課題の分析をふまえ、ある程度体系的に組み上げて論理化することが、最終的な本書のもくろみである。

最後に、簡単に小笠原「私小説の成立と変遷」を乗りこえる視点を示し、以後の展開につないでおきたい。小笠原論には一つ致命的な欠陥が存在する。そのタイトルが示すように、全体の論理が「私小説」の誕生へと収束するようにまとめ上げられてしまっていることである。明治末の文学空間を、「私小説」の語を導入して分析してしまうことの危うさは、すでに再三述べてきた。「私小説の成立」の語で明治末を論じてしまった小笠原論は、明治三〇、四〇年代のメディアの傾向、読書慣習の把握の正確さに欠ける（課題（1）（2））。また「私小説」批判の枠取りから自由であるとは言い難く、どうしてもまなざしが遡及的か、よくて経過的である。大正七～九年に「私小説」が「〈文学〉として成立した」という把握からは、明治末に立ち上がってくる〈自分を書く〉文化の正当な評価は望めない。繰り返すが、ある時代に、ある表現がとりわけ選ばれ流行したとするならば、そこにはそれだけの理由がありまた魅力があったはずである。「私小説」への批判的姿勢が前提となっていた「私小説言説」の圏域からは、そうした同時代的な魅力への理解が決定的に抜け落ちてしまう。その時代に固有の表象の意味と機能、新興の表現形式にかけた作家たちの情熱は、こうしたパースペクティヴからはこぼれ落ちざるをえない。

「私小説」という色眼鏡を外し、〈自分を書く〉という表象行為が立ち上がってくる様相に眼をこらそう。すると、明治末から大正にかけての文化空間の理解は、まったく様変わりしてみえるはずだ。投書雑誌が煽り立てる青年たちの文学への欲望。その糧となる作家情報や創作の楽屋裏を明かすモデル情報の配信。そうした諸情報の交錯から立ち上がる現実参照的な読書慣習。倫理学が鍛え上げた〈自己〉〈人格〉観念は教育制度を介して青年たちを成型していく。そこから、教育によって切り分けられる世代間の差異が顕在化してくるし、一方、〈自己〉を論じることが青年の間でブームのようになり、〈自己〉〈人格〉が芸術を創作・批評する重要な基準として採用されてもいく。〈自分を書く／描く〉小説と絵画は、そうした中で新しい意味をまとう。〈自分を書く〉行為はこの時、新しい自己、新しい作家を描きだすものとして積極的な意味を保持していたのである。

注

（1）伊藤整「近代日本の作家の創作方法」（初出『文学7　文学の方法』岩波講座、一九五四年五月、引用は『伊藤整全集』第十七巻、新潮社、一九七三年七月、161頁）。以下伊藤整の引用は同全集による。
（2）勝山功『大正・私小説研究』（明治書院、一九八〇年九月、第二編 私小説論）、谷沢永一「私小説論の系譜」（初出『島田教授古稀記念国文学論集』関西大学国文学会、一九六〇年三月、引用は『近代文学史の構造』和泉書院、一九九四年一一月）。
（3）石阪幹将「私小説論の構想（序）私小説論の「時代区分」について」（『論究』一九八〇年一二月）。
（4）この段落で要約した展望に関しては、石阪に「私小説批評の誕生（上）――「私小説」というジャンルについて」（『東海大学文明研究所紀要』13、一九九三年三月）もある。
（5）双方の試みが、いずれも「日本的な精神風土や文化システムのなんらかの帰結」（石阪同書、200頁）、「文化コード」としての「〈まこと―原則〉」（キルシュネライト同書第Ⅴ部第四章以下）など、文化的な伝統性、固有性を見出していることは興味深い。
（6）石阪幹将「私小説批評の誕生（上、下）――「私小説」というジャンルについて」（『東海大学文明研究所紀要』13、一九九三年三月、および14、一九九四年三月）。同「私小説論の制度①――大正期スタイルとしての私小説の不在性」（『東海大学文明研究所紀要』17、一九九七年三月）。
（7）山本芳明『文学者はつくられる』（ひつじ書房、二〇〇〇年一二月、特に第七章）。山本には「心境小説と徳田秋声」（『文学』二〇〇一年七月）もある。
（8）梅澤亜由美「研究動向　私小説」（『昭和文学研究』42、二〇〇一年三月、88頁）。
（9）寺田透「私小説及び私小説論」（『文学その内面と外界』弘文堂、一九五九年一月、102頁）。
（10）小林秀雄「私小説論」（『経済往来』一九三五年五―八月）。以降の引用は『小林秀雄全集』第三巻（新潮社、一九六八年一月）

による。

(11) 中村光夫「風俗小説論」（『文芸』一九五〇年二―六月）。引用は『中村光夫全集』第七巻（筑摩書房、一九七二年三月）による。

(12) 「「蒲団」史観」の名は、すでに小笠原克「私小説論の成立をめぐって」（初出は『群像』一九六二年五月（大炊絶の筆名による）、のち『昭和文学史論』八木書店、一九七〇年二月）が用いている。

(13) たとえば正宗白鳥「田山徳田両氏について」（『文章世界』一九二〇年一一月一日）に「自伝小説肉欲小説が、矢鱈に書かれだしたのも田山氏がその源をなしてゐる」という言明がある。

(14) 大久保典夫「自然主義文学の基点をめぐって――「破戒」と「蒲団」――」（『現代文学史の構造』高文堂、一九八八年九月）など。

(15) 宇野浩二「「私小説」私見」（『新潮』一九二五年一〇月）の言及と、それを受け継いだ平野謙の一連の考察（たとえば「大正文学と現代小説」『明治大正文学研究』5、一九五一年四月）など。

(16) 平野謙「私小説」（『増補改訂日本文学大辞典』別巻、新潮社、一九五二年四月）、和田謹吾「私小説の成立と展開」（『講座日本文学10近代編II』三省堂、一九六九年五月）など。

(17) 鈴木貞美『日本の「文学」を考える』（角川書店、一九九四年一一月、234-239頁）。三二年テーゼと関係資料については村田陽一編訳『資料集・コミンテルンと日本』第二巻（大月書店、一九八七年四月）の資料51・52および注解を参照。

(18) たとえば生田長江「日常生活を偏重する悪傾向（を論じて随筆、心境小説などの諸問題に及ぶ）」（『新潮』一九二四年七月）は、批判的にではあるが、「創作時と日常時とを差別せぬやうに」という日本の芸術家の心がけを指摘し、心境小説作者と西行・芭蕉とを引き比べている。「私小説」の形態は日本語の特性と関連づけて説かれることもある。たとえば、E・ファウラー『告白の修辞学』第一部（Edward Fowler, *The Rhetoric of Confession: Shishōsetsu in Early Twentieth-Century Japanese Fiction.* Berkeley: University of California Press, 1988.）。

(19) 久松潜一「日記文学の本質」（『国文学』一九六五年一一月）。これについては石川則夫「読まれる〈私〉の生成――作品・日記・作家――」（『日本文学論究』一九九六年三月）に教唆をうけた。

(20) 伊藤整『小説の方法』（河出書房、一九四八年一二月）。以下引用は『伊藤整全集』第十六巻（新潮社、一九七三年六月）による。

(21)「秋声のような作品が成立したのは、日本の現実社会と融和し交渉し共感することを拒む思考者の狭い一群の中であった。文壇の中においてであった。その社会では秋声が庸三でも徳平でも構わなかった。秋声だと推定される人物でさへあればよかった。その推定がすぐに出来、秋声の過去について、恋愛について、生活の様式について、性質についての予備知識を、同じように社会から背いた一群の特殊人と、その中に加わることを志願する次の代の一群の若者たちは、十分に持っていた。そこに、書く方もまた、実社会の生活人に縁のない自分の読者への本能的な予期が働き、それに隆昌期の日本に残る封建思想を根とする功利的な社会人に読まれる気おくれや警戒もあって、また作者の日本人らしいものぐさや、無用なものを除くというタウトの指摘した潔癖さも伴って、結果としては、主人公を一つの符牒的なものとしてしか描かないという結果を生んだ」(『小説の方法』44-45頁)。

(22)(B)から(D)については以下。「私小説という特殊な自伝形式が成立した要素の二三を考えて見ようと思う。私小説、そして今なお私たち同時代者の日本人の手になる小説の大多数はその性格を持っている。が、形づくられた原因は、外からも考えることが出来る。私小説が、作者についての文壇内の噂や知識の上に組み立てられることは、何度も私は書いた。日本の雑誌小説の長さへの制約と作家の無気力という、普通に考えられる原因は手近にある。文壇というギルド意識から抜け出せない職人根性のようなものにもそれは帰し得るようだ」(『小説の方法』50頁)。

(23)「[…]文士たちが拘束されずに生きることができると感じ出したこの時期、彼等は自然主義文学という名称によって自己暴露小説を書きはじめたのである。現在の文壇や出版ジャーナリズムの強い力に較べて言えば、明治末年の文学者たちは、封建的徒弟制度から一応自由になり、しかもマス・コミュニケーションと言われるところの強大な大部数出版を持った出版企業の統制的秩序に巻き込まれないという、過渡期の自由の中に偶然生きることになったのである」(「近代日本の作家の創作方法」168頁)。

(24)「自由のために家を棄てるという考え方、芸のために世を棄てる青年、芸のために家族を、妻を子を苦悩の中に追いやる夫というものが、知識人に感動を与えるイメージとなって、反復して小説の中に登場することになり、明治末年にいたっては、その作中人物を、作者自らが主役として演じたとおりに書いたものが知識人の感動を呼ぶことになったのである。それ故、二十年代の露伴の理想主義的小説、三十年代の鏡花の芸人小説の当然の発展として、自然主義小説が、作家即主人公として出現するに至ったものである、と私は推定しているのである。このテーマの進化と変貌の骨組みが近代小説の本流であって、文体問題等は、それに附随して起った所の、手段の変化と見てもいいであろう」(「近代日本の作家の創作方法」168頁)。

(25)小笠原克「大正期における「私」小説の論について――話題提供者久米正雄まで――」(『国語国文学研究』11、一九五八年五月）、「大正末期の私小説論とその終焉」（『国語国文学研究』12、一九五九年二月）、「私小説論の成立をめぐって」（『昭和文学史論』八木書店、一九七〇年二月）。

(26) 小笠原克「私小説の成立と変遷――注釈的覚書――」（『解釈と鑑賞』一九六二年一二月）。小笠原には「私小説」の成立条件を再説した「私小説・心境小説論の根太」（『講座日本文学の争点』5、明治書院、一九六九年四月）がある。若干の論点の異同もあるが、ここではより多くの条件を示した「私小説の成立と変遷」を取り上げる。

(27) 「『青葡萄』を非文学とした『雲中語』の一瞥は、自然主義時代における「楽屋落小説」を否定する批評主体に連結・結晶する。前者にはなかつた現象が、後者に至つてモデルへの興味に傾く悪風潮となつて顕現した。その際『蒲団』は〈文学〉として受容され（る必然性を備えてい）たが、「楽屋落小説」は〈文学〉から締め出され（る現象性をそなえてい）た。つまりそのいずれにも、文学理念としての〈私小説〉はまだ成立していなかつたのである」（37頁）。

(28) 柄谷『日本近代文学の起源』75-76頁。引用は講談社文芸文庫版による。

(29) 「「内面」がそれ自体として存在するかのような幻想こそ「言文一致」によって確立したということである」（76頁）。「内面が内面として存在するということは、自分自身の声を聞くという現前性が確立するということである」（90頁）。

(30) 「隠すべきことがあって告白するのではない。告白するという義務が、隠すべきことを、あるいは「内面」を作り出すのである」（98頁）。「田山花袋の『蒲団』が、もっと西洋的な小説の形態をとった島崎藤村の『破戒』よりも影響力をもちえた理由はここにある。すなわち、告白・真理・性の三つが結合されて現れたからである。これを西洋的な文学の歪曲ということができようか。そこには、西洋社会そのものを編成してきたある転倒力が、露骨に出現しているというべきである」（103頁）。

(31) 中野好夫「私小説の系譜」（『新文学講座2歴史編』新潮社、一九四八年九月）もこの点を指摘する。

(32) 千葉亀雄「心境とゴシップ」（『新潮』一九二六年六月）も言及している。

(33) たとえば中村武羅夫「通俗小説の伝統とその発達の過程（わが通俗小説論――その一）」（『新潮』一九三〇年一月）は次のように言う。「自然主義文学の作品が、内容的にはだん〴〵ツリビアリズムに堕し、日記小説とか、茶の間小説などゝいふ非難を受けた如く、身辺雑事の表現に傾いてしまつたことは当然であるが、しかし、それを表現する技巧――「芸」の点に至つては、長い間の伝統と洗練とに依つて、或る趣きなり、細かい味ひなりが生じるやうになつて来た。〔…〕さういふ「味ひ」を重んじた作品が即ち心境小説であつて、心境小説は〔…〕日本に於ける自然主義文学の正系的最後部の小説だと思ふ」（9頁）。

(34) 佐藤春夫「「心境小説」と「本格小説」」（『中央公論』一九二七年三月）。

（35）勝山功「自然主義から私小説へ」（成瀬正勝ほか監修『近代日本文学史論』矢島書房、一九五八年三月）。
（36）ここで論じているのは「私小説」概念の形成論ではない。〈自己表象テクスト〉がいかに可能になったのかを問う論のことである。「私小説」概念の形成論については、小久保実「私小説の成立（一）」（関西大学『国文学』一九五五年六月）、同「私小説の成立（二）」（同誌、一九五五年一二月）など詳細な論考がある。
（37）小笠原同論は、さらに加えて、『白樺』『新思潮』グループによって書かれた「〈交友録〉小説」が「文学的実質において」成立し、「文壇的承認」を受けることに注目している。最終的にここに「〈私小説〉という文学ジャンルの成立」を見るのである。なお、同氏「私小説・心境小説論の根太」では、「自己内面の剔抉に画期を見いだした文学論の定立によって、「蒲団」は、いわば私小説的文学の原型ないし源流となった」（240頁、傍点原文）と、「蒲団」における「〈醜なる心〉の描破」を評価する視座の登場を指摘している。
（38）むろん他にもいくつかの要件を挙げることも可能だが、それについては本書中で言及することにしたい。

I

〈自己表象〉の登場

第1章　メディアと読書慣習の変容

1−1　作品・作家情報・モデル情報の相関――明治三〇年代――

ある文章を読んで、書き手はどんな人なのかと考えることは、現在のわれわれにもよくあることだろう。そしてまた、日本の文学の枠組みのなかでは、作品を読んでその作者について思いをめぐらし、そこからその作家の像を構成していく、という受容のありようが、ある一定の力を持って存在していることも確かだろう。

明治二九（一八九六）年創刊の青年向け投書雑誌『新声』には、「文壇風聞記」（明31創設）という人気欄があった。この欄は、田岡嶺雲が妖堂の名で連載していた作家・文壇情報欄であり、その人気のさまは、「妖堂さんの風聞記、中々面白い、これを止められたら大に困る」といった投書が、数多く寄せられていることからも確認できる。(1)

新声社には、この欄と同名の単行本『文壇風聞記』が存在する（内容には異同がある）。その広告の文章を読んでみると、この本／欄が、どのような意図のもとで読者に向けて発信されていたのかがわかる。

文学は其作物を験して、敢へて作者を知るの要なきか如しと雖も、其文を読んで其人を想ひ、其人を想うて其

風采を知り、逸話を知らんとするは人の常情、此書は実に読書社会の喝望〔ママ〕を満たさんか為めに出でたる也（2）

ある作品を読むとき、その作者のことを必ずしも知っている必要はないとはいえ、文章を読んで作者の人物、風采、逸話を知ろうとするのは、「人の常情」だ、と広告は訴える。そしてそのような「読書社会の喝望〔ママ〕を満た」そうとして出すのが、『文壇風聞記』であるという。つまり、この企画の狙うところは、小説なり詩なり評論なりの文章そのものを俎上に載せるのではなく、その背後に潜む作者たちについての情報ばかりを集めて提示する、というところにあるようである。紹介した「文壇風聞記」についての読者の声に立ち返ってみれば、新声社のねらいは、読者の要望にかなり沿ったものであったらしい。

ではこの「文壇風聞記」が狙いを定めていたような明治三〇年代の読者たちの間には、冒頭述べたような習慣は存在していたのだろうか。彼らのなかには、作品はさておいてその作家たちに特別の興味をもっていた者たちもいたようである。彼らは、彼らの知る作家についての情報と作品とを、関連させて思考していたのだろうか。いたのだとすれば、それはどのようなありようでなのか、現在のわれわれが知るような「私小説」的なそれなのか、それともっと別の形でなのか。そもそも、この「文壇風聞記」のような作家情報は、いつから登場するようになっていたのか。

さらに、作品の附加的情報――以下「メタ情報」と呼ぶ――としては、この種の作家情報の他に作品が取材した出来事や人物についての情報も存在する。この創作の舞台裏を明かす楽屋話的情報についてはどうだったのか。

このような問いから出発する本章では、まず作家情報や文壇の消息を伝える雑誌記事などが、いつから、どのように作家を取り上げていたかを見てゆき、その後、作品内に描かれた事件や登場人物の由来を穿鑿し伝達する題材／モデル情報についてはどうであったのかを検討する。その際、人物評論に重きをおいた編集方針に特徴のある第一期の『新声』と新声社の活動を視座とし、適宜周囲のメディアにも目を配りながら考えてゆくことにする。[3]

1 『新声』と新声社の活動

雑誌『新声』は明治二九（一八九六）年七月、すでに先年秋田から上京し校正係職工として働いていた青年佐藤儀助（義亮）が、一九才の若さで独力創刊した青年向け投書雑誌である。『新声』創刊号は、一行も広告を出さなかったにもかかわらず、その全て（八百部）を売り切るという好調な滑り出しを見せ、以後大きく発展し、自他ともに認める青年向けの中堅誌としての位置を確立した。その発行部数は明治三五年頃には一万部にまで達していたというから、[4]同時期に出ていた『文庫』『明星』などと並んで、明治三〇年代の文学青年たちの標準的な購読雑誌のひとつとなっていたと考えてよい。[5]ではその『新声』という投書メディアの特徴は、どのようなものだったのだろうか。

『新声』の編集の特徴は、たとえば次のような言葉がよく表している。「先進新進の如何を問はず、風気の革新と、趣味の涵養とに、貢献するに足る可きものを公にせんのみ」。[6]もちろん時期によって傾向の変動はあるが、おおむね佐藤橘香、金子薫園、田口掬汀らが担う〈文芸振興〉と、同じく佐藤橘香、高須梅溪などを中心とする〈風気革新〉とが『新声』の売りであったと言ってよいだろう。そしてこの傾向は雑誌『新声』のみにとどまらず、出版社としての新声社の姿勢でもあった。前者としてアカツキ叢書などの文芸書の刊行があり、後者の任を帯びた『三十棒』や正岡芸陽『新聞社の裏面』なども出版していた。

本章が焦点を当てようとしているものの一つ、作家情報の編成は、この新声社の編集姿勢と密接に関係している。この二種の編集傾向の基調理念として存在し、積極的に鼓吹されていったのが、この社の〈人物主義〉とでも言っていいイデオロギーであった。新声社は〈風気革新〉と〈趣味の涵養〉を掲げ、文士の品性問題などに積極的に関わってゆきながら、それと重ねるように作家の人物評や人物像を盛んに伝えてゆく。

具体的に跡をたどろう。創刊から三号目の第一巻第三号（明29・9）に「小観」という欄ができる。これは後に佐藤橘香の名で書き継がれてゆく「文界小観」の前名であるが、いわゆる時文であり時評・作品評と共に人物評も積極的にこなしている。たとえばこの号では次のようなことが述べられる。「彼等〔硯友社〕は世の所謂才子連なり、其多くは金満家なり、交際家なり。〔…〕茲に於てか其作、陽春三月百花爛漫の趣あれども、寒風怒号の裡猛虎嘯くの概なく〔…〕」。もうひとつ、この第三号では「少しく思ふ所あれば、次号より従来の「けふ此ころ」を一変して、重に文壇の消息を伝ふべし」〔予しめ告く〕と編集の改革が告げられ、これまでは社会の雑報を載せていた「けふ此ころ」欄が、文壇の消息をも伝える旨が連絡されている。実際第四号からこの欄には記者の雑感や学界の消息と共に「◎紅葉」「◎二葉亭」などの見出しのもとに文士たちの消息が紹介されてゆき、第二巻第二号からは、その名も「文壇の消息」と改められることになる。しかし、実はこのような文壇の消息を伝える作業は、すでに「小観」がその任に当たっており、たとえば第三号では江見水蔭が「俗塵を避けて、片瀬村の仙境に居を搆へ」たという情報などを伝えていた。つまり、「けふ此ころ」の変革は異なったジャンルを担当する欄の新規創設という訳ではなく、同じ様な情報を漏らす欄の並存という状況を作り出している。当時経営に余裕があったとはいえない『新声』にこのような無駄があったとは考えにくいため、この重複は、作家・文壇情報が読者の間で好評であったためと考えた方がよいだろう。

この状況が作り出された背後には、次のような文芸メディア界の趨勢があった。「近頃文学趣味を帯べる雑誌に、時文の一欄を見ざるはなく、新聞にては『万朝報』の『よろづ文学』の外に、『時事』は秋野生の『文壇所見』を掲け出し、『読売』は『時文評論』の一欄を設けて盛んに批評を試んとし、赤門の俊児某之に当らんとすと伝ふ」(7)。

「時文」とはいうものの、たとえば「よろず文学」は、文芸批評から新刊紹介、出版・読書界の動向までを含んだ守備範囲の広いものであり、文壇消息的なものもそこには含んでいた。新聞メディアだけではなく、『文芸倶楽部』の「浪花文壇の消息」「文士消息」「文壇大向」、『新小説』の「文界の片影」、『太陽』の「文界雑俎」など雑誌メディアにも、その傾向は及んでいる。

ただし趨勢の中心を担っていたのは、なんといっても青年向けの投書雑誌であった。『文芸倶楽部』にせよ『新小説』『太陽』にせよ、作家消息欄は定期的なまとまった分量のものではない。それに対し、たとえば新詩社の『明星』では、その創刊（明33・4）から文壇・作家情報を載せる欄を設けており、「◎八月の中頃に晩翠氏が一週間ほど上京してゐた。氏の新作が十月の「帝国文学」に出るげな」(8)というような作家・詩人の消息や逸話が、同人たちの楽屋話とともに多数掲載されている。この号の『明星』では、全誌面六八頁中の、実に一割強をしめる七頁がこの欄に割かれており、その力の入れようがうかがわれる。『文庫』も、『新声』『明星』ほどではないにせよ、「文界雑報」「三寸舌」などの欄により、文芸界の動向を伝えようとする姿勢をみせている。

そしてさらに二つほど、これと交差していたらしい動きを付け加えることができる。『新声』第二巻第二号（明30・2）の「文壇の消息」が述べるのがそれである。

◎評伝の流行　世は漸く浮華軽薄の風に倦みて、偉人を追想するの論、現れ来るや、『偉人史叢』機に投して大に流行し、毎号再版以上を重ねざるなき様なり、機運已に斯くの如くなれば、例の民友社如何でか黙し居る可き、渡辺修二郎氏を傭うて「人物評伝」を発行し、其他百頁内外の小冊子出ること頻々たり。尚ほ他に同文館よりも同種のもの出づ。

◎新小説　新作家批評家等の肖像を掲げんとす。

日清戦争後には人物評論や回想録の類が流行を見せていたことが指摘されている。樹下石上人（横山源之助）「人物評家の変遷」[9]は「現代人物に対して、精細なる筆を見たのは、日清戦役後であらう、最もその前にも〔…〕現代人物評を遣つたが猫も杓子も初めて来たのは、日清戦役後と仕た方が穏当だらうか」とし、岡保生も、回顧録の類について「明治以降、わが近代文学の進展にともない、その隆盛期を現出したのちの時点において、はじめてこの種のこころみが、ジャーナリズムに企画されることとなった、と判断される。これを年代的にいうと、明治三〇年前後がちょうどその時期に当たっていた」[10]としている。投書雑誌が中心となった作家像の伝達は、明治二〇年代の伝記ブームに端を発し、この時期まで引きつづく、〈人物〉への関心の増大と、深く関連していたと考えるべきだろう。たとえばこのような傾向を文芸雑誌が受けたものとして、『新著月刊』の「作家苦心談」、『文芸倶楽部』の類似の欄「名家談海」などをあげることができる。『新声』（第三巻第一号）の「小観」はこの『新著月刊』の企画が世に喜ばれていることを紹介している。

それにおとらず、短いながら後者の引用記事の述べるところも、メディア史的にみて非常に重要である。紅野謙介[11]も指摘するように、この明治二九年、三〇年という時期は、文芸雑誌が写真をその誌面に取り込みはじめた時期に当たる。『文芸倶楽部』が十二編（明28・12）に「閨秀小説」特集として若松賤子、樋口一葉などの写真を載せ、『新小説』も第二年第一巻（明30・1）に「作家画伯肖像三十三氏写真版」を載せている。『新声』もこれに素早く反応し、第二巻第三号（明30・3）では両誌に掲載された写真に対するコメントを「小観」に載せ、続く四号には、明治二八年冬に富士山越冬を試みた野中至・千代子夫妻の肖像写真を巻頭にあげている。

この『新声』の肖像写真については後にくわしく触れることとして、『新声』の人物像・人物評の分析にひとまず戻る。「文壇の消息」は、その上位欄である「花片々」という雑報欄が消滅するのに伴っていったん姿を消し、しばらく〈人物主義〉は鳴りをひそめるかのようにみえる。だが、第四巻第六号（明31・6）において再び「花片々」欄とともに復活し、翌月には「けふ此ころ（其一　文壇瑣聞）」として定着する。そしてさらにこの復活に加えて、同一一月（第五巻第五号）には妖堂の筆名で佐藤儀助が「文壇風聞記」を連載しはじめる。これが読者の好評を呼ぶのは冒頭で確認したとおりである。そこではたとえば、泉鏡花は夜中に飛び起きて暗中を凝視する、神社仏閣には必ず跪拝する、という情報などが提示されたりする。そしてここで注意せねばならないのは、「是を以て彼が陰鬱深刻の作に連想し来れば、大に解し得るものある也」というように、そこでは単に作家の個人的な情報を読者へ伝えるだけではなく、彼の性向とその作品とを照応させて読むような読書法まで伝達されている点である。後に詳しく分析するが、メディアによる作家像の伝達はこのような形の読書慣習を形成してゆく。

この後、『新声』の人物主義はさらにエスカレートの様相を見せ、第三編第二号（明33・2）のあたりでは、時評を担当する「文界時評」「文芸小観」、作家の消息を伝える「文壇風聞記」「甘言苦語」、さらには人物評論「文士月旦」と計五つの欄が並立し、作家像や文壇情報を強力に編成伝達する体制が取られていく。むろんこの傾向は新声社の意識的な戦略であり、第三編第二号には目次に「人物」欄という領域を設置し、同七号（明33・6）の表紙では「人物に関する評論記伝の多きは本誌の特色なり」と標榜する。

こうした傾向をもつ『新声』が、ようやく印刷物の上にその姿を現し威力を発揮しつつあった新メディア＝写真の力を利用しないはずはない。(12)『新声』が本格的に写真を導入したのは第四編第四号（明33・9）の臨時増刊「秋風琴」一号である。巻頭に尾崎紅葉、正岡子規、樋口一葉の筆跡を掲げるのを始め、内田魯庵、泉鏡花、島崎藤村、大町桂月、徳冨蘆花、小栗風葉、田岡嶺雲、大野酒竹などの肖像写真を掲載しており、平素活字の向こうにいて見えない文士たちの身体がのぞき見られるようになっている（この増刊号は、「宗教界の文士」「少壮論客」「広津柳浪」「文壇風聞記」「文士雅号譚」など人物に関する記事が多いのも特色となっている）。この文士の写真を挿入する企画は反響が大きく、翌月翌々月の読者通信欄にもその反応が取り上げられている。[13]おそらくはこの増刊号の試みの成功により、翌三四年一月号（第五編第一号）から、一条成美や平福百穂の挿絵や風景写真、絵画・彫刻の写真版などが誌面の各所を占めるようになってゆき、文士たちの肖像写真も折にふれて掲載されてゆくことになる。

その多くが巻頭近くに掲載された作家の肖像写真は、その脇に「誰々」という個人名を伴いながら、一人の人間の身体イメージを浮かび上がらせる。彼／彼女の作品とは本来なんの関係もないはずであるその身体イメージは、脇に添えられた個人名の力によって、彼／彼女の「作品」とされる文字テクストと恣意的に関連づけられる。この恣意性にメディアの操作や読者の読みの欲望が介入する。文字テクストによってなされる作家像の伝播と踵を接するように現れたこの工程が象徴するのは、ひとりの人間＝作家が、ある作品群の「作者」として身体イメージをまといつつ特権的に関連づけられてゆくとともに、その関連づけをずらしつづけるよう促される状況の出現に他ならない。作家は、「作者」として常に作品と相互に参照しあう存在であると同時に、その対応関係に亀裂を入れる新たな情報源として、メディア上に誕生させられる。それはまた、読者の側からみれば次のようにも言えるだろう。作家情報の享受は作家を可視的なものにしたと同時に、逆に見えない部分を作りだした。[14]新しい情報は、さらに新たな情報への欲望をかき立て、未だ伝達されない人々や部分への注目を高めてゆくのである。

新声社の〈人物主義〉もやはりこの機構のなかにあった。そこで発信されてゆく作家の情報は、既存のテクストと相互に参照関係を結び、その対応を補強するために働く。と同時に、「売り物」として販売されるそれは、必然的に、これまでの情報とはズレを有し齟齬をきたす新情報をもつことが期待される。このような二重の位置に作家を巻き込みながら、新声社は、『新声』だけではなく、その出版活動でも同様の戦略を用いていった。めぼしいものを列挙すれば妖堂居士『文壇風聞記』（明32）、「新声」同人編『明治文学家評論』（明34）、佐藤橘香編『文壇楽屋観』（明34）、新声社編『創作苦心談』（明34）、新声社編『現代百人豪』（明35）などが挙げられる。これらの出版物の狙うところは、冒頭紹介した『文壇風聞記』の広告がよく語っているし、次の『創作苦心談』の広告からもうかがうことができる。「当代知名の文士に就いて親しく其苦心談を聞き、以て一書を成せるもの也。苦心談あり、或は批評家に対する気焔あり、文壇に対する抱負あり、作物中の人物に関する談話は興味最も深く、作者の経歴談亦深く味ふべし」[15]（傍点日比）。『新声』と新声社の出版物の読者たちにとって、作品はもはやそれ単独であるものではなかった。作品は、出版物から得た情報が形成した作家のイメージとともに読まれるよう、促されていたのである。

2　作家情報と作品の交差

とりいそぎ作家像の伝達に関する状況を概観してきたが、その際、作家像あるいは作家情報として名指しているものの内容は特に検討することもなく使用してきた。ここでは、どのような作家像が、どのように伝播されていったのか、を検討してゆくことにしたい。

作品の批評のためであれ、その評判を語るためであれ、作家をその検討の俎上に載せるテクストは、かなり早い時期から見られるようである。比較的早い時期のまとまったものとしては、吉田香雨『当世作者評判記』（太華堂、明治二四［一八九一］年）などがあげられようか。ただし、ここでは山田美妙、尾崎紅葉、森鷗外などがそれぞれ章をあてて論じられていくが、その書名の通り彼らの「評判」やその文章の特色などが述べられてゆくにすぎず、ここで注目されるべき意味での作家情報を伝達する意図は感じられない。

焦点を定めねばならないのは、作家についての情報それ自体が価値を持つとみなされ、楽屋話的な情報の開示自体が記事と化すような種類のテクストである。この種の情報はそれ以前からも散発的にはあったろうが、顕著に増加しはじめ、情報としてまとまった量をもつのは、前述のとおり、ほぼ日清戦争後とみてよい。そこでは作家は、彼自身についての情報がそれ自体で価値を持ち、また彼の創作の秘密などが積極的に明かされるような位置に立たされている。

では、そのような状況下で伝達される情報の質とは、いったいいかなるものであったのか。まずは次の記事から見ていこう。

◎高浜虚子が俳句に巧妙にして、造詣する所、淵深なるは世皆知らざるものなし、而して未だ氏に面唔せざるものは其の風采を想見して歳歯四十、五十の宗匠なりとなすもの多しと聞く、焉ぞ知らん、氏は漸く妙齢二十三才の若宗匠(16)

◎渠れを目して文壇の策士なりと云ふ、是れ蓋し渠れを誤れるの見にあらざるなき乎。渠れは風丰颯爽、而して沈重温籍の風あり、人に対して敵手を買はず、絶えて気焔を吐かず、桂月曾て彼れを評して曰く、『樗牛は文章程悪き人物に非ず』と。(17)

右にみられるような作家の個人情報は、そこで伝えられる記事の代表的なものである。作家の書いた作品とは直接関係のない彼の年齢や風貌、人柄などが紹介されていく。むろんその情報は既知のものであっては価値がなく、それゆえに、よく「実は、彼は……」式の裏話の語り口がひとつの話型ともなる。作家の個人情報の他、転居や、旅行などの文壇消息的な情報もさかんに伝達された。(18)また、作家たちの人柄をほのめかす逸話やゴシップなども、好まれる題材であった。

〇森鷗外（林太郎）少年十四才の時、すでに読売新聞の投書家たるを託されしことありと、鷗外が文の洗練巧緻なる知るべき也彼毎日鶏卵二十個を喰ひ、鉄棒一百を揮ると。[19]

◎〔露伴〕明治二十二年の冬『露団々』の一篇を金港堂に売るや、原稿を金に代へしは始めての事なれば、喜び抑ふる能はず。今日を限りぞと人々の足を空なる大晦日に、友を携へて野州に遊び、更に信州に赴き、〔…〕羽あらば飛び揚がらん程の大得意となりて京に帰れば、嚢中一銭をとゞめず。自ら曰く、経済の妙を得たるに感ぜりと。[20]

失敗談や、それらしさ、意外な一面、その他さまざまな作家の人柄を窺わせる逸話やゴシップが、面白おかしく、あるいは秘密めかして語られてゆく。作家や文壇の消息それ自体に価値をおくこれらの情報群は、既述のように作品とは独立した形で伝達されてゆくのだが、その一方で、これらの情報により形成された作家像が、彼の作品とある種の照応関係を形成させられていることにも、注意を向けねばならない。先にすこし触れたように、たとえば泉鏡花の奇癖を紹介しながら、「是を以て彼が陰鬱深刻の作に連想し来れば、大に解し得るものある也」とコメントが付されたり、江見水蔭を評して「吾人渠の小説を見るに失恋のもの多くして、円満なる恋を描きしもの無し、これ恐らくは渠自らその境に在るに因りて涌起せし思想に非ざるなき乎[21]」としていたりする。

このような思考は、おそらく次のような認識にその祖型を求められよう。「今の作家往々評家の人身攻撃に渉るを咎む、吾人敢へて甚しく之を否とする者にあらず、蓋し作物は作家の影なり、作家大なれば、従て大に、作家濁れば亦従て濁る。作について望まんとせば、必ずや批判を作家の身に及ぼさゞる可からず[22]」。「作物は作家の影なり」という箇所からもわかるように、作家の性向・人柄が彼の作品に反映する、という発想が認められる。『新声』などが積極的に行った作家像の伝達は、この種の発想に訴えることによって読者を獲得していったと考えるべきだろう。そして「大」、「濁る」といった漠然とした感想から、作家の生活や人物像に密着した、より具体的かつ時事的な情報にもとづく想像へと、読者たちを導いていったと考えられる。鏡花の奇癖と作品とを結びつけるような読書は、ここにおいて可能となる。

念のため確認しておけば、この種の読書は、作品と作家との交差ということで想起されることの多い、「私小説」的な読書ではない。ここで言うのは、あくまで作家の人柄や生活態度などが作品に現れる（そして作品から読みとれる）というレベルの交差である。「私小説」的な読書が可能になるためには、作品中に作者その人が登場するタイプの小説が生まれていることが要件となる。そしてその種の作品は、この時代、皆無に近い。

こうした作品と作家情報との交差が生ずることによって、文士の品格問題が喧しく論議される状況が生まれてくる。明治三三年後半から三四年にかけて、文芸と道徳の関係を論じようとする試みが相呼応して現れているが、[23]この問題系のうちのひとつの主要な課題が、作品と作家との関係性をめぐるものであった。たとえばそのうち無署名「作者と作物」（注23参照）は、作家の素行と作品の価値が別であることを認めつつも、「その詩に於て、高潔を説き、人道を論じ乍ら、実際その作者は、これと反対の性行を有して居る云ふことを知つた場合には、果してよく不快の観念を生ぜしめずして、止むことが出来るであらうか」（傍点日比）と言う。記者はこの問題を一種の感情論として提出しているが、重要なのは傍点部である。すなわち、読者が作者の「性行」を知りうると仮定して議論がなされている点であり、その作家についての情報と作品の内容とが、切り離しえないものとして考えられている点である。

〈文壇照魔鏡事件〉（明34［一九〇一］）[24]を〈事件〉として成り立たせたのは、実はこのような読書のあり方である。「強姦」「銃殺」「喰逃」「剽窃」、ありとあらゆる罪悪を列挙し、与謝野鉄幹の「背徳醜行」を暴く『文壇照魔鏡』

は、そこに訴えた。「詩人を評価品隲するの標準は、単に其作物のみに依るべきもので、其性行動作の如きは論ずるの限りでないとは、多くの評家の一致するところであるが、予輩は性行動作を度外視して、単に其作品のみで詩人の価値を定むる事の頻〔頗〕る危険なるものである事を断言する」(25)。歌人としての声望はいまだ高かった与謝野鉄幹に対する誹謗が、あれほどまでに――〈文壇照魔鏡事件〉後、『明星』の発行部数は激減する――効果を持ちえたのは、このような作家情報と作品との関連づけを、読者たちが広く共有し得たことを示している。

また作品と作家像との関連づけに関して言えば、三〇年代の半ばに注目を集めた「有主張小説(26)」と呼ばれたりもする、一群の小説の問題を付け加えることもできるだろう。明治三五年前後から「或主義を以て描かれたる作物が、少数ながらも文壇に呈せらるゝに到」るようになったと考えられており、菊池幽芳「己が罪」、中村春雨「無花果」などが「信仰の目を以て社会を描きたる」とされ、小栗風葉「梢の花」が「現時の想界の逆流する本能主義の思想を捉えたるもの」と捉えられていた(27)。問題は、このような小説においては、「此篇〔「梢の花」〕の主人公斯波稜造と云ふのが、即ち作者の反影である(28)」というように、作者のもつとされる理想が、その小説において主張されている、と見なされることである。この種の認識からは、たとえば次のような極端とも思える見解も生まれてくる。「純客観の描写を以て立つ者と雖も全然自己の影を脱し得ることは出来ぬ者であるから、如何に社会を直写した者としても、其奥には必ず作者の理想の影が仄めいて居る可き筈だ(29)」。こうした作品と作家像との交差関係もあったことは、無視することができないだろう。

3　題材／モデル情報と作品の交差

新声社は、作家情報だけではなく、作家の創作の秘密を明かす情報――「作物中の人物に関する談話」――もまた取り上げ発信していた。作品のメタ情報のもう一つの形である、この題材／モデル情報に目を転じておきたい。前掲の新声社刊『創作苦心談』の広告は、その中で「作物中の人物に関する談話は興味最も深く」と、作品中の登場人物に関する種明かしを指して、最も興味深いものと訴えていた。これはのちの言い方でいえば、モデル明かしということになろう。作品と作家情報とが関連づけられていることは確認できた。では作品と、その材料となった事件・人物についての情報とは、どのように結びつけられていたのだろうか。

この問題を考えるときにまず検討せねばならないのが、雑誌『新著月刊』がその明治三〇（一八九七）年四月の創刊と同時に掲載した企画「作家苦心談」である。これは『新声』がリアルタイムに伝え、先行の論者も認めるように、非常な人気を呼んだ企画であった。『文芸倶楽部』の「名家談海」という欄や『創作苦心談』（新声社、明34・7）は、実はこれをまねたものである。[30]『新著月刊』創刊号で取り上げられたのは広津柳浪で、内容は自作の題材を明かすものであった。彼は、「今戸心中」「河内屋」「信濃屋」の「由来」となった「材料の出所」を次々と明かし、自らの作品に向けられた模倣の疑惑に反駁してゆく。[31]一方、『新著月刊』側の意図は、欄の冒頭で記者後藤宙外が述べるように、作家の「刻苦経営」を紹介し「世の軽薄なる読者、評者に三省を望」むこと、作家の創作の方法を紹介し「他日明治文学史を編まんとするもの丶参考」とすること、「美学の制作論を研究」する人間への参考とすること、の三点であった。

だがしかし、この企画が喜ばれたのは、おそらくはこの両者の意図とは少々離れたレベルでのことだった。活字の向こうに隠されていた作家の創造の秘密を覗きこむ悦び、自らも作家を志す青年読者たちの技術習得のためのまなざし。宙外の真摯な言葉が語ることとは裏腹に、当時〈模倣疑惑〉渦中の人物であった柳浪にその談話を求めるという事自体にも、すぐれてジャーナリスティックな戦略がほの見える。柳浪の意図とは関係なく、メディアに載ったとたん、その題材／モデルの情報自体がゴシップ的な価値を持ってゆく。たとえばこの情報は、後に『新声』

の「文壇風聞記」により次のように引き継がれる。

> 柳浪の作中の人物、多くはモデルあり。往年評壇を動かしたる『今戸心中』の材悉く拠る所ありしは人の知る所なるが、『紫披布』又然り、調布村?〔ママ〕に、貌艶にして、あばずれ女あり、所謂可憐の少年銀ちゃんあり、其他の人物、大抵実際なりといふ。[32]

モデルをめぐるこのようなメディアの文法は、柳浪に限って用いられたわけではない。「子〔花袋〕令閨と共に此に住んで、琴瑟好和、春風部屋に満、令閨とは太田玉茗子の妹、容貌醜ならすと雖、亦可憐の人、或人戯れて曰く、是宛然花袋小説中の題材に非ずや[33]」、あるいは「春陽堂頻りに小説の意匠に凝る〔…〕而して画中の少女は実は三崎座の花形愛子なりと云ふ、『桧舞台』の口絵中の自転車を後にせしハイカラは、〇〇〇〇〔前田曙山〕の写真、驚く可き也[34]」。挿絵についても同様の文法が働いているところは興味深い。

作品の題材となった人物・事件に興味を抱くということは、特にこの時期に新しいことではない。坪内逍遙『当世書生気質』が発表当時から、誰が誰、という噂に取りまかれていたことは知られている。ただし、注意されねばならないのは、『当世書生気質』の時代には、「書生の多くはモデルがあったので、一層内部の喝采の声を高うした[35]」〔傍点日比〕という点である。つまり、このとき題材／モデルの情報は、限られた人々の間でしか広がることがなく、だれもが参照できる形に開かれてはいなかった。三〇年代に入ってから徐々に変化しだすのは、この点である。題材／モデルについての情報が、作家の周囲にいない一般の文学趣味を持った読者たちにまで、入手可能なものになったのである。これはおそらく作家情報の増大と無関係ではない。作家情報に価値が見いだされるという状況は、文学関係のメディア空間において、作品だけではなく、それに附随する情報にまで伝達価値が見いだされてきたことを意味している。題材やモデルの情報は、この需要によく応えたはずである。作家はどのような物に、いかにして目を向けるのか、という専門化した興味からも、まなざしが向けられたにちがいない。

もうひとつ、この題材／モデルを取りあげる言説の登場は、写実意識の高まりと密接な関わりを持っていたことも指摘しておこう。このことは、先の柳浪の弁明のなかに明確にうかがえる。「自分の考では、作家の影がいづれの作にも付いて廻はるやうでは、種々雑多の人物を活現する事は到底出来まいか、とおもつたのです。〔…〕其所で、人物と言語と挙動のみをかく主義を取りました」。柳浪が主張するのは「我を脱して、人物を種々に描くこと」である。柳浪が並べ上げる「材料の出所」は、このような「我を脱して」いることの根拠として提出されていた。そもそも文芸用語としての「モデル」という語の出自自体、写実とは切っても切れない関係にあった。たとえば、おそらく日本で初めて書かれたモデル論である田口掬汀「もでる養成論」[36]は、描写論の文脈で書かれている。注目に値するのは、この掬汀論にヒントを与えたのが、日本画の写実革新運動の担い手、无声会の活動だということである。〈自然主義〉を綱領として掲げ、円山四条派の写実の流れを近代化（＝西欧化）しようとした无声会の主要メンバーであった平福百穂（新声社社友で掬汀の親友）が、その知識をもたらしたと推定される。文芸用語としての「モデル」は、写実の意識を媒介として、絵画ジャンルから文学ジャンルへと移植されたのである（この点に関しては拙論[37]を参照）。

このように、作品に描かれた事件や登場人物などの取材源（つまり題材／モデル）を穿鑿するような言説は、作家情報と比べれば量的に劣るものの、三〇年代のメディアが開発していたものであった。モデルへの注目と言えば、明治四〇年の「モデル問題」が想起されやすいが、「モデル問題」には、確認してきたような三〇年代の状況があってはじめて成り立ったという面もある。問題はそれほど単純ではない。

4　作家情報と題材／モデル情報

作品と作家情報の間の交渉はすでに検討した。作品とそのモデル情報についても、いま見たとおりである。では作家情報とモデル情報との関係は、三〇年代のメディアにどのように扱われていたのだろうか。

作家情報とモデル情報が交差する地点というのは、すなわち、作家自身がモデルの問題に関わってゆく地点を指している。つまり、モデルをめぐるスキャンダルに作家が巻き込まれるということである。そこには二つの場合が考えられるだろう。モデルが作家自身である場合と、そうでない場合である。

前者においては、作家はそのテクストのモデルとして扱われ、直接的にそこに巻き込まれる。そこにおいて作家と作品とは、登場人物という項を介して、相互にそのイメージを貸与・参照しあうようになる。後者においては、作家が描いた作品が、何らかのモデル争議を巻き起こし、そこでその争議に対する作家の関与の仕方が問われることになる。ここでは作家は、その作品と内容のレベルで交渉することはなく、その「作者」として、責任や道義性が問われてゆくことになる。どちらの場合も、ともに作家像とモデル情報の交渉であっても、その関わり方はかなり異なる。

結論的に言えば、明治三〇年代半ばを越えて、さらにその後を見渡してゆこうとするとき、どうやらこの作家情報とモデル情報の間の関係の変動こそが、真に注目されるべき変化であるようだ。というのも、三〇年代の半ばまでには、この問題系に関わってくるような記事・事件は非常に少ない。作家情報がある程度の規模で伝達され、題材／モデルも問題となってきている時期においては、容易にその交渉が想像されてしかるべき近さに位置しているように見えるのだが、実際はそうではないようである。この組の後者、つまりモデル問題に間接的に作家が関与する場合に関して言えば、たとえば「文士の徳義」(『日本』明32・6・6)が、内田魯庵(不知庵)の「人物材料」の扱い方の道義性について問題提起をしている例――「不知庵の落紅なる一小説は作家知己の人物を其まゝに取りつゝ而も其人物に侮辱を加ふべき事件を付着せりとの評あり」――などが挙げられる。しかし、これも三〇年代を通じての件数は多くない。

そして前者、つまり作家自身がモデルとなる場合に関しては、東海散士「佳人乃奇遇」(明18-明30)や尾崎紅葉「青葡萄」(明28)の例が思い当たる程度で、ほとんど見あたらない。[38] 明治四〇年前後には、作家が彼自身なり周囲の作家たちなりをモデルとして、作品の登場人物を造形するような状況が顕著になることを考えれば、そこになにかが起こったとせねばならない。明治三〇年代後半から四〇年代にかけての、作品の創作―受容関係の大きな屈曲点は、どうやらこの問題系の変移に存しているようである。

注

(1) 引用は「落葉籠」(『新声』明32・6)の〈杉の村〉の投書。同様のものに、同二月の〈湖州〉〈吉田生〉の投書、「記者と読者」(『新声』明33・9)などがある。なお、妖堂を田岡嶺雲としたのは柳田泉『明治文学研究夜話』(《リキエスタ》の会、二〇〇一年四月、109頁、初出は『明治文学全集』月報、筑摩書房、一九六五年二月～一九七〇年三月)による。

(2) 『文壇風聞記』三版広告(『新声』明33・4)。

(3) 明治二九年七月から明治三六年八月まで。区分は岡野他家夫「雑誌「新声」」(復刻版『新声』ゆまに書房、一九八三年、解説)に従った。

(4) 佐藤義亮、『新声』についてのデータは以下のものを参照した。前掲、岡野他家夫「雑誌「新声」」。佐藤義亮「出版おもひ出話」(新潮社出版部編『新潮社四十年』新潮社、一九三六年一一月、所収)。天野雅司編『佐藤義亮伝』(新潮社、一九四三年八月)。「一万部」の言及は佐藤義亮「出版おもひ出話」(52頁)による。

(5) 永嶺重敏『雑誌と読者の近代』(日本エディタースクール出版部、一九九七年七月)。特に第三章の『太陽』の読者層の分析が、

(6)『新声』『文庫』などの読者層も明らかにしている。
(7)『新声』第二編第四号臨時増刊（明32・10、100頁）。
(8)「けふ此ころ」（『新声』第一巻第六号、明29・12）。
(9)「文芸雑駁」（『明星』明33・9・12）。
(10)『文章世界』（明40・11）。木村毅「解題」『明治文学全集92　明治人物論集』（筑摩書房、一九六〇年五月）も同様の指摘をしている。
(11) 岡保生「解説」（『日本近代文学大系60近代文学回想集』角川書店、一九七三年二月）。
(12) 紅野謙介『書物の近代』（筑摩書房、一九九二年一〇月、142頁―）。
(13) 日本における写真版印刷は、小川一真が明治二三年に実用化する。この技術革新が『日清戦争実記』などの写真雑誌に大成功をもたらしたことはよく知られている。川田久長『活版印刷史』（印刷学会出版部、一九八一年一〇月）などを参照。
(14) 第四編第六号、七号の「記者と読者」欄参照。たとえば、「秋風琴非常に面白し。乞ふ記者閣下の肖像其他文士各位のも搭載有之ては如何。余程売口よきかと思ふ」（無名子、第六号）。
(15)『新声』が第六編に入ってから頻出する、一橋斎という筆号の寄稿者の名前を明かせという要望もこのような意味で興味深い。〈作者探し〉については、紅野謙介「戦争報道と〈作者探し〉の物語――『大阪朝日新聞』懸賞小説をめぐって――」（岩波『季刊文学』一九九四年夏）の論考がある。
(16)『創作苦心談』広告（『新声』明34・1）。
(17) 香川怪庵『文士政客風聞録』（大学館、明32、5頁）。
(18)「新声」同人編『明治文学家評論』（新声社、明34・10、167頁）。
(19) たとえば「◎赤門出身の文士は、年毎に減してゆくやうだ。蝶二や、是因や、これ等がまつ近頃新たに出た人の中で錚々たるものかと思へば情けなくなる」（「壷中放語」『新声』第四編第五巻、明33・10）、あるいは「◎青柳有美　昨年の夏より暮秋迄秋田に遊び、『魁新報』の編輯を助く、傍ら例の芸者研究をなして、盛に之を発表す。同新聞為めに一時恋愛新聞と称せられき」（「文壇風聞記」『新声』第五編第一巻、明34・1）。
(20) 前掲『文士政客風聞録』83頁。
(21) 前掲『文壇風聞記』4-5頁。

(21)前掲『明治文学家評論』210頁。
(22)「小観」(『新声』第二巻第二号、明30・2)。
(23)後藤宙外「詩人を評価するの標準」(『新声』第四編第四号、明33・9、臨時増刊「秋風琴」号、後藤には同名の論文が同月の『新小説』にある)、高山樗牛「文明批評家としての文学者」(『太陽』明34・1)、無署名「作者と作物」(『新声』第五編第五号、明34・5)、島村抱月「文芸と道徳」(『新声』第五編第六号、明34・6)など。
(24)小島吉雄「『文壇照魔鏡』秘聞」(『山房雑記』桜楓社、一九七七年四月、192-199頁)は、『文壇照魔鏡』が実は一条成美の材料提供により、佐藤橘香と田口掬汀が書いたものであることを明かしている。谷沢永一「探照燈55 照魔鏡前後余波」(『解釈と鑑賞』一九九一年一二月)の示唆による。『文壇照魔鏡』の引用は、湖北社 一九九〇年一一月発行の復刻版によった。
(25)「第二 詩人と品性」同書16頁、原文は全文傍点。
(26)登阪北嶺「『愛! 恋! 情!』を読む」(『新声』第九編第五巻、明36・5)。文字どおり何かの主張のもとで書かれた小説、ほどの意味。
(27)「覚醒の機来たらんか」(『新声』第七編第二号、明35・2)。これらのテクストのいくつかは、現在では「家庭小説」と分類されることが多いが、当時にはこのような視点も存在していたことを指摘しておきたい。
(28)「新刊短評」(『新声』第七編第二号、明35・3)。
(29)黒眼「文壇の戯画」(『新声』第八編第四号、明35・10)。
(30)「『新著月刊』にして、同誌の社会に歓ばるゝ所は、おもに『作家苦心談』に在りと云へば、吾人安んぞ嘆せざるを得んや」(「小観」『新声』第三巻第一号)。あるいは「『新著月刊』の作家苦心談に対して、『文芸倶楽部』に作家気焔録とでも云ふべきも出でなんなどと噂ありしが、そは此名家談海のことにや」(「小観」同誌第三巻第二号)。また、不二出版発行(一九八九年四月)の『新著月刊』復刻版所収の山本昌一氏の解説も参照。「作家苦心談」は、明治三九年九月に春陽堂から『唾玉集』として再編・刊行されている。
(31)この柳浪の談話には、彼が当時巻き込まれていた〈模倣疑惑〉に反駁するという意図があった。岩波文庫『河内屋・黒蜥蜴他一篇』の本間久雄解説が要をえている。
(32)『新声』第四編第六号(明33・10)。
(33)「文壇風聞記」(『新声』第二編第三号、明32・9)。

(34)「文壇風聞記」(『新声』第六編第四号、明34・10)。
(35)(田山花袋)「明治名作解題」(『文章世界』明40・4・1)。
(36) 田口掬汀「もでる養成論」(『新声』第八巻第三号、明35・9)。
(37) 日比「文芸用語としての「モデル」・小考──新声社と无声会──」(『文学研究論集』15、一九九八年三月)。
(38) 登場人物の職業が、小説家として設定されているという意味ではない。独歩や風葉のある種の作品が、彼ら自身を登場人物としていることは知られている。しかし、それらの作品も、発表当時にモデル情報という形で読者に知らされたわけではない。

1-2 「モデル問題」とメディア空間の変動——明治四〇年代——

1-1で確認してきたように、明治三〇年代を通じて、作品だけではなくその作者自身についての情報が、メディア上で伝達価値を持つという情勢が形成されてきた。また一方、『新著月刊』の企画「作家苦心談」に代表されるような、作品とその題材／モデルとを相互に参照する認知形式が存在し、主に文芸・投書雑誌を媒体として伝播されていたことも述べたとおりである。

注目した三項——作品・作家情報・題材／モデル情報——は、それぞれ相互に関連づけが形成されていたが、ただ一つ作家情報と題材／モデル情報とを結びつける形式のものだけは、ほとんど現れてはいなかった。いわゆる「私小説」というテクストの認知形式を知っている今日の私たちには、なじみ深いとすら言ってもよい、作家とモデルというこの両者は、いまだその影を重なり合わせてはいなかったのである。

以下では、明治四〇（一九〇七）年に起こった「モデル問題」という論議に注目し、この論議の全貌とそのもたらしたものを分析する。作家とモデルとの関連づけの変容は、この作業の過程で明らかになるだろう。

1 「モデル問題」の射程

「モデル問題」は、通常、明治四〇年後半期に島崎藤村の短篇「並木」「水彩画家」をめぐって起こった、モデルの描き方・扱い方についての道義的な論議のことを指す。(1) この意味での「モデル問題」は、常に「藤村の」という限定をつけて論じられることが多く、その意味で、狭義の「モデル問題」といってよい。この系列の評価においては、「モデル問題が問題化したことは、一般には自然主義文学の進展と内的連関をもつているが、藤村のモデル問題は藤村の文学の独自な性格に伴う必然的事件であった」とする臼井吉見の下した評価から大きく出ることはない。[2]

一方、序章で触れた小笠原克「私小説の成立と変遷——注釈的覚え書——」（『解釈と鑑賞』一九六二年一二月）のように、この問題を読書慣習の変化と結びつけて考える論も存在する。近年の研究でも、藤村の「春」論の文脈から触れた高橋昌子「作品と読者——『春』論II——」や、明治四〇年前後における新聞メディアの短信欄の役割からこの問題に触れた中山昭彦「〝作家の肖像〟の再編成——『読売新聞』を中心とする文芸ゴシップ欄、消息欄の役割——」などがこれに当たる。[3]「そしてこのモデル問題は、作品を事実（モデル）との関係に於て読む、という受容態度を流布させた。〔…〕文学は空想的読み物としてではなく、作品と事実の浸透具合を軸に読まれる、というこれ以後の文壇を支配する日本的読書がここに確立したといえよう。そのひとつの契機となったのは藤村が孤蝶秋骨に仕掛けたモデル論議だったのである」（高橋、102-103頁）。「そこで信じられているのは、作品の背後にはモデル＝人がいるという確信であって、それは先に紹介したような短信欄のモデル暴露が、その成立に深く関与している読書に他ならない。その上こうした読書のコードは、『春』に先立つ『蒲団』や『並木』などのモデル問題において、やはり短信欄のモデル暴露が大きく貢献して形成＝強化されたものだともいえるだろう」（中山、34頁）。高橋論文がその成立の要因として「モデル問題」を直接的に想定しているのに対して、中山論文はそのようには考えていない——「短信欄のモデル暴露」がその要因としてまずあり、「モデル問題」はそれを「形成＝強化」したとする——という違いはあるにせよ、小笠原論も含め、どの論も作品の背後に事実を読み込むような読書慣習の成立に、「モデル問題」がかかわったことを指摘している点において等しい。

「モデル問題」と読書慣習という一見妥当に見えるこの関連づけは、しかしながら実際には実状に即していないようだ。「モデル問題」は、先行諸論のいう意味での読書慣習の成立には、おそらくほとんど関与していない。

まず1-1で確認したように、作品と「事実」とを交差させて読むという形の読書は、「モデル問題」の勃発以前に、すでにある一定の規模で行われていたという事実がある。ある作品の由来となった事件・人物についての情報を、記事として掲載し伝えてゆく形式は、明治三〇（一八九七）年四月の創刊と同時に『新著月刊』が行った企画「作家苦心談」にまとまった形として見える。以後、三〇年代の半ば過ぎまで少しずつではあるが記事として現れており、三五年には田口掬汀が、作品を創る際にモデルを用いることの重要さを強調する「もでる養成論」（『新声』明35・9）を書いていたりもする。

日露戦後の三九年あたりになると、この種の記事は増えはじめる。任意に挙げれば、雑誌『新潮』が第五巻第四号（明39・10）の「諸家創作談」という特集で小栗風葉・田山花袋・田口掬汀などにモデル明かしをさせているし、『文章世界』も「当世書生気質」のモデルに言及する他、[4] 漱石の「坊っちゃん」についてもその舞台とモデルの穿鑿を行っている。[5] 他にも『国民新聞』が登張竹風「島の聖」の題材の情報を流していたり、[6] 先に触れた『新著月刊』の企画「作家苦心談」が、『唾玉集』として、三九年九月に春陽堂から再編・刊行されているということも注目される。

「モデル問題」が喧しく議論される前から、このようなモデル情報は、一定の伝達価値を付与され、享受されていた。そしてこのような情報をもとに、作品と「事実」とを交差させて読む読書慣習もできあがってきていた。ここでは、これをより具体的に確認しておくために、『文章世界』が明治三九年五月から四〇年一月にかけて行った一連の〈物語《メタ》についての物語《物語》〉の試みを検討しよう。[7]

このシリーズの最初を飾ったのが、『文章世界』第一巻第二号（明39・5）の「『不如帰』物語」である。記事の書き手は、徳冨蘆花「不如帰」の広範な普及度と影響力とを確認しつつ、「此書の原作其物に対する芸術的批評は既に世に尽くされて居るから、却て現実的影響を調べるのも興味が有らう」とその意図するところを述べる。以下記事は「不如帰の由来と蘆花氏」「不如帰と其出版方面の概況」「逗子の不動堂と伊香保温泉」などの小見出しのもとに、作品とその周辺のさまざまな逸話を紹介してゆく形をとる。

とりわけ、本論の文脈で注目されるのが、「不如帰の由来と蘆花氏」の章中で提示される作品のモデルの情報である。書き手はモデルにされた人物たちの周囲を紹介し、「多少大将の家庭を知つて居る者」からの情報として、年に二、三度大山大将が青山の墓地に墓参に行っていること、大山邸には出入禁止とされる浪子に当たる令嬢の臨終の部屋があることなどを紹介する。その他、作中の医師や主人公武男ほかの「模範《モデル》」の紹介、あるいは「浪子の粉本は作者の今は世に無い恋人だ」という異説など、巧妙に現実の固有名を織り込みつつ、まことしやかに裏話を披瀝する。

「不如帰」を「芸術的批評」ではなく、その「現実的影響」の面から語ってみようというこの試みは、作品を単独で鑑賞するのではなく、作品をそれが拠ってたつ「事実」へと開く、あるいはその「事実」で作品を裏づけしつつ読もうとする読書形態を読者に提示する企画に他ならない。これらの言辞をどの程度信じるかで程度の違いは生まれようが、そこにおいてヒロイン浪子は、もはや単なる架空の悲劇の女ではなく、「大山大将」「ケーベル」「渋沢男爵」などの、当時濃密なリアリティを有したはずの固有名に取り囲まれ、俄然その奥行きを増していっただろう。

この意味でさらに興味深いのが、「逗子の不動堂と伊香保温泉」の章である。書き手は作中の場面を喚起しつつ、その場面の舞台である逗子の不動堂が「実際にあ」り、伊香保温泉の宿も「真実にある」と紹介しながら、それらの場所で見られる、奇妙な物語と現実との混淆のようすを語る。浪切不動では「避暑などに行つた男女学生、細君、紳士は必ず此処を訪れて、悲しき物語の面影を偲ぶ。中には悪戯者があつて、不動堂へ落書きをする」(8)。伊香保温泉の旅館千明でも「これが二人の居た部屋ですなどゝ案内して居る」という。書き手はこれらの土地々々で繰り広げられる狂騒曲に対して「空想と実際とを混雑にする例を目前に見て、可笑しく思はれる」と一歩下がったコメントを付すのだが、もちろんこの狂騒曲は、彼自身が他ならぬその記事で演奏に加担しているものであることはいうまでもない。

メタ物語二つめは『文章世界』第一巻第十号（明39・12）掲載の『『坊ツちやん』物語』である。『『不如帰』物語』での、作品を「事実」と相互参照させてゆこうとする姿勢は、ここではさらに踏みこんだものとなっているようだ。

舞台となっている四国の中学校が、「愛媛県立松山中学校」であり当時は「愛媛県尋常中学校」であったことにはじまり、「本文中の港屋といふ回漕店は無い」、「まさか「五分許り」で松山へは行けない」、「山城屋ではなくて城戸屋だらう」などと土地勘をのぞかせつつ、書き手は物語世界とそれに対応する事実とを逐一対照させていこうと試みる。さらにこの作業はモデルの穿鑿にまで及び、作者漱石が「当時松山中学唯一の文学士」で「嘱託教師といつて別看板の一枚目」であったことを紹介しながら、「古賀（うらなり）」が「西川といふ教師」、「堀田（山嵐）」は「渡辺」などと実在の人物と対応させ、それぞれ、後に北国の中学へ行って死んだとか、実は「野太鼓の真実の渾名〔坊っちゃん〕が主人公の坊つちやんの名になつてゐるのだ」とか、細部を織り混ぜて補強する。

こうして書き手は、「坊つちやん」の書かれた世界と、その背後（にあると想定された）世界とを対応させてその「虚構」と「事実」との境を画定していく。むろんこの作業は、そもそも必ずしも参照される必要のない「事実」をことさらに取り込もうとする作業に他ならず、それゆえ境を画定する作業は、逆説的にその境を挾む二つの世界を向いあわすような読書行為を、読者に強いるものとなるだろう。このような「事実」参照的な読書行為への誘いは、「本舞台の松山では何しろ大した評判で、中学校では誰は某だ、いや某だといふ評判が盛んだつた。山嵐を以て擬せられる数学教師の変物渡辺は、「坊つちやん」を一読して、人に向ひ、「君これは大分事実に反してゐるな」と言つたとか」という、これらの読書慣習を実践する人々のようすを付け加えることにより、より強力なお墨付きが与えられることになる。

ここまで確認してきたように、このほぼ半年後に持ち上がる「モデル問題」を経る以前から、すでに作品とモデルとを密接に重ね合わせて享受する読書の慣習は、かなりの程度形成されていたと見てよいだろう。ここで検討したのは主に雑誌メディアだが、新聞紙上においても、同様の事態が進行していたことは、前掲の中山論文がすでに詳細に論じているとおりである。

モデル情報と作家情報を平行して流し、それを参照して読むという読書行為の成立は、「モデル問題」をそのきっかけとはしていない。では「モデル問題」のもたらしたものとは、実際のところ何だったのか、それを明らかにすることがここでの課題である。

2　「モデル問題」の顚末

「モデル問題」の経緯の詳細を紹介した論はないため、まず整理もかねて、この事件を継起順に、なるたけ幅広く目を配りながら追っておくことにする。

事のそもそものきっかけは、博文館が創業二〇周年を記念して明治四〇（一九〇七）年六月発売した『文芸倶楽部』臨時増刊号「ふた昔」に、島崎藤村の短篇「並木」が掲載されたことにある。この小説は、壮年の二人の(元)文学関係者が感じた、若い世代との間のギャップと時の流れの速さなどを描いたものだが、その登場人物たちにそれぞれモデルがいるとされたのである。

最も早い情報は、『趣味』六月号の「文芸界消息」に載った「△今度藤村氏が文壇知名の文士を主人公として小説を書いたので二文士はそれに就いて大に自分の意見を書くさうだ一寸東西に例のない珍話である」という記事であろう。この時点では詳細は不明となっているが、翌七月の三日、『読売新聞』「文芸風の便」がこう報告する。「△『ふた昔』所載の藤村氏の『並木』の主人公相川は馬場孤蝶氏を、副主人公の原は戸川秋骨氏を青木某は生田長江氏を高瀬は藤村氏自身を最も露骨に描写したものださうな」。二日後、『国民新聞』の「文芸界消息」も同調し、馬場孤蝶が反論を書いていることを紹介する。

一方雑誌では、『帝国文学』七月号「新刊」が「此作中の人物にモデルがあるとか無いとかいふ穿鑿を措くとしても」と留保の姿勢を見せながらも、「社会の為めに枝葉を切られて「並木」になつて仕舞うのではあるまいか、かういふ感を抱く者は相川一人ではあるまい」と、好意的な評を寄せている。天野逸人「六月の雑誌小説」（『明星』明40・7）もほぼ同様で、『文章世界』『新声』の二誌は、モデルについての言及をこの時点ではしていない。(9)

この発表翌月の七月の段階では、これらの情報や評言は基本的にほぼこれまでのモデル情報や文芸時評のモードと変わりがない。作中の登場人物を実際の人物と対照し、モデルとして認定・伝達する。また、作品の内容に触れつつ、その描写の巧拙や評価、影響力などを述べる。

八月に入り、いったん「並木」についての評言は鎮静化する。そのような中、『新声』八月号の「緩調急調」欄に次のような情報が掲載される。

×藤村氏の「春」は故人透谷氏を中心にして文学界の同人諸氏をかくのだ相だ、並木は云はゞ其一節とも見るべきものだ。／×藤村氏の従来の作物は殆んど事実を骨子にしたものだ、或人は、この故に、藤村は空想が乏しい、作家としての技倆は疑はざるを得ないと云つてゐる相だ。／×花袋氏の『八年前』中の竹井と云ふ男は花袋氏の友人の事を書いたのださうだ。一部の人士間には、かう友人の事を書くのはいゝ事だらうかどうかと云ふ事が問題に成つて居る、但しこの問題の意味が、文芸上の事か道徳上の事かは聞きもらした。

〔／は原文改行、以下同〕

『新声』の「緩調急調」欄は、文学関係をはじめ、美術や演劇などのゴシップや噂話を中心に掲載する雑報欄である。この引用のなかには、さまざまな指標が埋め込まれている。まず、当時藤村が執筆中と噂される「春」と、「並木」がリンクされていること、藤村の「事実を骨子に」するという小説作法が紹介されていること、そして花袋の例も紹介しながら、モデルを知人に取るということが問題になりつつあり、それが「文芸上」「道徳上」にそれぞれ分けて考えうることが示されていることである。また引用はしなかったが、馬場孤蝶の発言が仄めかされてもいる。この欄に掲載された単独の情報がこの時期の文学空間に及ぼした影響は、さほど大きなものであるとは想定しにくいが、このような情報を生産させえた趨勢というのは考えざるをえない。ここに掲載されたそれぞれの断片は、この後すぐ、ことごとく論議の的となるのである。

九月に入ると、すでに噂のあった孤蝶の「並木」についての反応が、「島崎氏の『並木』」として『趣味』に掲載され、さらに戸川秋骨が〈「並木」の副主人公・原某〉の名で「並木」の続編とでもいう内容を持つ小説「金魚」を『中央公論』に発表する。両誌ともに九月一日発行である。内容については次節で触れることにしたいが、かなり皮肉な筆致が交じっており、それが耳目をあつめる結果を呼んだようだ(10)。

ここまで通常のモデル情報や文芸時評の枠を越えていなかった「並木」についての論評は、この九月に一気にその様相を変える。これまでモデル情報とは、作品の登場人物の出所・由来を明らかにする形のものであったのだが、ここにおいて、そのモデルとなった人物に対して、文学関係のメディア上で発言する権利が付与されたのである。

「モデル問題」のもたらしたメディア空間の変動の特徴の一つは、まさにこの点にある。これについても次節で詳述することとして、とりあえず先を急ぐことにする。

さて、この「並木」の論議が巻き起こりはじめたまさにその時、さらにもう一つ騒動の種が現れる。「▲「新小説」の田山花袋の「蒲団」は自分の家庭にあつた事実を自分を主人公として作つた物である[11]」。周知の通り「蒲団」(『新小説』明40・9)は、作者の花袋自身とその周囲の人物がモデルになっているとされる。「蒲団」が話題作となった背景には、「自然主義派の代表的作物とも見るべきもの[12]」という認識が働いたこともむろんあろうが、このモデル論議の渦中にそれが現れたという点も軽視されるべきではない。

この九月という月は、「モデル問題」の議論の材料となるテクストがほぼ出そろう月とみてよい。孤蝶・秋骨の批判的評論・小説、そして花袋の「蒲団」。また一五日に発行された『文章世界』が、諸家のモデル明かしの談話を集め、巻き起こりつつあるモデル争議に当て込んだ特集「事実と作品」を組んでいる。さらにこの情勢に便乗しようとするメディアの利害興味が露骨に現れた別の企画も、この月予告されている。「今度は更に島崎氏と丸山晩霞氏との間に面白くない現象が起つて来たと云ふ、原因は藤村氏の『水彩画家』〔…〕で、而も矢張り実際と作物の上との相違や矛盾を摘発して世上に訴ふべしと丸山氏が息まいて居る[13]」。さらにもう一つ。「▲田山花袋氏の新作「蒲団」は事実談と云ふので八釜しくなつかつ〔ママ〕だが一〇月の「新声」では当局〔ママ〕の男女両人の書いた小説に其の真事実を食つ付けた記事を掲げる相だ[14]」。

前者は「並木」の事件ですでに「思ふに馬場君の皮肉なる文章は、人をして悶死せしむる底のものに候[15]」と嘆いた藤村を、さらに悩ませたであろう事件を告げるものだが、藤村の心持ちはともかくも、メディアがターゲットに定める読者たちにとっては、全く興味津々と成りゆきを見守らせる類のものであったろう。後者には同類の報が『読売新聞[16]』にある。これもまたモデルにされた人間の発言であり、さらにこの件には作者である花袋自身の私生活も関係していることが予想されるため、よりいっそうの読者の興味を駆り立てたはずである。一〇月になると、論議は沸騰する。孤蝶・秋骨の書いたテクストに対する批評、短評が諸誌（紙）に一斉に掲載され[17]、予告された「水彩画家」と「蒲団」のモデルやその関係者のコメントが、それぞれ『中央公論』[18]と『新潮』『新声』[19]に発表される。またここへ来て、この一連のモデル争議を正面から論じようとする評論が各誌に掲載されはじめ、それは新聞メディアにまでひろがりを見せる。一々挙げるのは煩瑣になるので、代表的なものを表１（74頁）に列挙しておいた。これらのなかには、正面から行われたものばかりではなく、ほかの問題と共に一言だけ触れたものもある。またここには挙げなかったが、平行して行われた「蒲団」についての批評は、この「モデル問題」と密接に関連しており、そこで一緒に触れられることも多い。

文芸批評の圏内での「モデル問題」はこの一〇月、一一月でほぼ意見は出つくし、終息に向かうようだ。一二月以降も出るには出るが、目新しいものもなく、数も少ない。しかし一方で、興味の先行するゴシップ的なモデル穿鑿は、衰えるどころか、ますますエスカレートしながらモデルを暴露し続け、作品と「事実」とを対照する読書の慣習を強固にしてゆく。

ここで「モデル問題」の伝達媒体の問題について少し触れておこう。新聞紙上においては、〈モデル問題が起こっている〉〈誰々が文句を言っている〉という短報以外の専門性の高い議論は、『読売新聞』日曜附録や『やまと新聞』を除いて、おおむね一度しか行われていない。これは日刊である新聞の情報量を考えれば、多いとは言い難い。「モデル問題」が喧しく論議されたのは、主に文芸雑誌上なのである。また、ここで紹介した議論の流れをある程度でも追っていた読者を想定したとき、彼／彼女はかなりの程度専門化した興味を保持していた人物として考えるのが妥当なはずである。とすれば、大部分の新聞購読者[20]にとって「モデル問題」は、文壇で起こっているらしい一事件にとどまったはずで、冒頭の中山論文の、「モデル問題」が彼らの読書慣習を「形成＝強化」したとする意見に、同意することは難しい。

細かいところで遺漏はあるかもしれないが、これがおおよその「モデル問題」の顚末である。以下次節では、詳しい内容に踏み込んで分析しながら、では実際、「モデル問題」が明治四〇年の文芸メディア空間にもたらした変動とは何だったのかを明らかにしてみたい。

3 「モデル問題」のもたらしたもの

そもそも馬場孤蝶の「島崎氏の『並木』」が「原と戸川氏との相違、相川と予との相違を書かう」というもくろみのもと、実際の自分や戸川秋骨と、作中の人物との違いを言い立て、藤村の小説表現の不適切さまで論評するものであったことに加え、続いて出た丸山晩霞の抗議文も、自分が蒙った迷惑を書き立てるものであったために、「モデル問題」の議論は必然的に作家のモデルの扱いに関する道義性の問題へと発展していった。問題のこの面に関しては、『早稲田文学』（明40・11）をはじめ、臼井吉見「モデル問題論争」（前掲）が整理しているし、最近では高橋昌子や金子明雄の優れた論考もあるため[21]、詳述はしない。この面にのみ注意を払う場合、「モデル問題」の射程はさほど大きくはならない。せいぜいが、藤村の作品史において一転機をもたらした出来事としてか、自然主義の台頭にともなう文壇の一つのエピソードとして扱われるだけだろう[22]。

私がここで論じようとしているのはそのようなレベルでのことではない。問題にしたいのは、「モデル問題」という出来事によりもたらされた、明治四〇年の文芸メディア空間の変動である。

まず一つめは、先にも少し触れたように、馬場・戸川の批判的テクストの発表と、それによって巻き起こった大きな反響とにより、モデルにされた人物に文学関係のメディア空間のなかで発言する権利が与えられたことである。

つまり、これまで一方的に描かれるだけであったモデルに、発話の場が与えられた。これには、このあとの二点でも述べるように、モデルが文学関係者である場合が増加したという理由もある。前掲金子論文もこの点に触れ、「孤蝶らにとって、直接的な文芸批評とは距離をおきながら読者にモデル情報を提供する文筆活動を示唆した」としている。ただしこれは、モデルたちが発言をはじめたと考えるよりもむしろ、彼らはその権利を与えられたというように考えたほうがよい。つまり、言説編成の変移が生じたのは、主に言説を生産する主体の上においてではなく、それらを編集するメディアの側において起こったということである。

それゆえこの変移の影響は、モデルたちだけにではなく、モデルを使った作家たちにも及ぶ。彼らがいかにモデルを使ったか、という点を語らせるような記事もまた増加するのである。このことは雑誌『趣味』の「モデル問題」勃発後の編集方針が端的に示唆しているし、[23]秋骨「金魚」に引き続き、晩霞の抗議文を載せた『中央公論』や、花袋「蒲団」関連のモデルやその関係者のテクストを載せた『新声』『新潮』、『文章世界』の組んだ作家たちのモデル明かし特集「事実と作品」など、この傾向に流れたメディアは枚挙にいとまがない。坂本紅蓮洞[24]は「今ならばモデル問題」として「当世書生気質」当時を振り返り「そんな事を書かして、作者とモデルに宴会費を与るといふ雑誌もなくつてそれなりけりで、あたら傍観者に面白いことを見せずに仕舞つた」というが、まさにこの点にメディアの興味利害の推移を見てとれよう。

二点目を考えたい。そもそも「モデル問題」が「意外の余波を起し」(前掲藤村神津猛宛書簡)、「思ひも掛け無かつた」(前掲馬場「燈下漫録（二）」)程の規模で広がりを見せるには、それなりの下地が準備されていなければならないはずである。その下地の一つの要素が、「近来小説家が自分の経験を書いたり、其友人をモデルに使ふことが非常に流行する」[25]といった類の証言群にみられるような〈身辺小説〉――この時期に流行が噂された作家の身辺に材を取った小説作品のことをこう呼んでおく――の流行であった。前掲高橋昌子「作品と読者」は「モデル問題」のおよぼした効果を分析するなかで、「議論の中でモデル小説への認識が固められたこと」を指摘している。この指摘は藤村個人についてのものなのか、広く言説空間についてのものなのか明確ではないが、後者だとすればここで言おうとするところに近い。たしかにこの時期「モデル小説」に対する注目は高まる、がしかし、それだけでは少々足りない。すでに何度も確認したとおり、この時点でモデルが穿鑿、暴露される小説というものはそれほど珍しくはなくなっており、そのことを前提として読む読書慣習も出来上がっていたからである。やはりここで真に注目するべきなのは、「自分の経験を書いたり、其友人をモデルに使ふ」（傍点日比）というタイプの小説が流行しているということである。すなわち〈身辺小説〉の興隆こそがここでは強調すべき出来事なのである。注25に列挙した証言が語るようなこの流行が前提となってはじめて、「モデル問題」はかくも非常な広がりを持つことができた。

むろん、「モデル問題」がそのような小説を産み出したということを言っているのではない。問題は、あくまでメディアの指向にかかわる。つまり、作品としては増加の兆しを見せていたらしい作者の周囲を描く類の小説を、「モデル問題」を経由してその指向をずらしたメディアが、〈身辺小説〉として目に見える形で読者の前に提示したのである。文壇の内部者ではない一般の読者には、小説を単独で読むだけではそれが本当に作家の身辺を描いているものかどうか判断することはほぼ不可能である。この意味で、メディアは、作品としては出現していた作家の身辺を描く類の小説を、〈身辺小説〉として読書空間に再誕生させたといえるだろう。（この〈身辺小説〉についての詳細は第2章を参照）

そしてさらに、この〈身辺小説〉の流行が「モデル問題」を経由して確認され、表面化したことによって、「楽屋落」的批評が出現することになる。たとえば以下のようなものだ。「村山烏逕の『恋不足』は軽くて面白い。作者を熟知してゐる私には特に其の面目が偲ばれる。結末に近く「隣の真似だい」の一句のごとき、作者を其処に、目の前に見るやうだ。いや、こんなことは勿論楽屋落だが、作中の人物芳秋は作者自身だと思つて見給へと、私は広く読者に告げてよいと信ずる」[26]。このような著しく予備知識に訴える類の批評をされても、ほとんどの読者は間違いなく作者の面影など浮かべられるはずがない。しかしながらこのような批評はまかり通り、あまつさえ増加の様相を見せまでする。このタイプの批評が読者に要求しているのは、まさしく引用が語る「作中の人物芳秋は作者自身だと思つて見給へ」という類の作業に他ならない。

そしてこのような要求のもとで産み出されたものが最後の第三点目の変移である。それは、「作家」と「モデル」という二項の関係の再編成にかかわる。前章で論じたとおり、三〇年代の文芸雑誌メディアは、作家情報・モデル情報それぞれに伝達価値を付与し、積極的に掲載してきた。この時期においてこれらの情報は、作品と作家情報、作品とモデル情報、というようにそれぞれ関連づけて流通させられてはいたが、作家情報とモデル情報という形での結びつきはいまだ形成されてはいなかった。「作家」と「モデル」という二項の関係の再編成、というのは、この点の変移を指している。

端的に言えば、変移とは「作家」と「モデル」とが重なりあってくる状況の出現である。〈身辺小説〉が流行の様相を見せ、「作家自身の直接の閲歴直接の実感を書くに限る、といふやうな傾向が進んだなら、〔…〕小説の主人公は千篇一律、いづれも作者肌のものに限られるであらう〔…〕近頃は既に其の傾向が幾分見えて来た」[27]という後藤宙外の憂慮が現実化しはじめる。さらにはこの風潮にそのまま寄りかかった「楽屋落」的批評まで登場する。そのようなメディア空間の趨勢に巻き込まれ、読者は作品の登場人物とその作者とを重ね合わせることを要求されて行く。

おそらく三〇年代から四〇年前後にかけてのこの点の変移には、〈身辺小説〉の増加が大きく関与している。作家とモデルが重なりを見せるということは、作品の視点人物のパースペクティヴが作家のそれと重なるという考え、あるいは作家自身が作品内に登場しているとみなす考えが力を持ちはじめたことを意味しているだろう。これは作家の見聞した出来事に材を取ったり、作家自身の体験を書いたりする〈身辺小説〉が目立って増加してきていることを前提としなければ、成立しにくい考えのはずである。

たとえばこのような傾向は、『読売新聞』が明治四二年一月五日から企画した「作物より見たる作家の人物」に端的に窺うことができる。これは「▲作物より見たる作家の人物　これ臆測ながら作物といふ種あり八卦より当たるべくして然らざる処もある妙言ふべからず[28]」と謳う、作品のイメージをそのまま作者へと投影しようという企画であった。そこではたとえば直接の面識はない正宗白鳥に対し「△頭脳は癪に障る程ひやつこく、時に余り皮肉、冷酷だと怨まれる。概して理性に富み、彼の独歩抔とは正反対。〔…〕以上作物を通じての吾が白鳥観」などというように、まったくの空想と、彼の作中に描かれた人物や彼の文芸時評の傾向などが、ないまぜになって語られて行く。

『読売新聞』の文芸欄担当であった当の白鳥が、この一連の記事を読まなかった可能性は考えにくいが、これに対する直接の反応かどうかは別としても、次の正宗白鳥の指摘は、この時期のメディア空間のありようを正確に描いているとみてよいだろう。

◎戯作者時代には小説で自分の惚気を語つた人もあつたが、此頃は楽屋落小説が多い。〔…〕日記か随筆なら兎に角、小説として吾人はかゝる楽屋落小説の価値を求め得ない。これに反して一方では矢鱈に作品中の人物を作者自身と見做して彼此云ふ読者批評家がある。無理に楽屋の穿鑿をする。〔…〕予等の如く描写が未熟で、且つ態度の冷静を望んでそれを得ざる者には、自然に片寄つた主観の現はれてゐるのであらうが、作の筋までも予自身の経験だとされるのは間違ひだ。[29]

白鳥が指摘し批判しているのは、メディアが伝えるモデル情報・作家情報を越えてしまう地点まで作品の附随情報の量を想定し、読者とそれを共有しているという架空のコンセンサスに寄りかかって書かれてしまっている作品、すなわち「楽屋落小説」(30)であり、そしてそのようにして書かれた作品の内容を無自覚に事実として信じ込み、その小説世界を逆に現実へと持ち込む読書慣習の保持者たちである。この寄りかかりによって、〈身辺小説〉は「楽屋落小説」となり、それを無自覚に受け入れて「矢鱈に作品中の人物を作者自身と見做」す読者も出現した。作者とモデルの交錯はここに始まった。作家が登場人物＝モデルとなったのである。

モデルをもち、そしてそのことがメディアを通じて読者にまで知らされているような小説はかなり早い時期から存在し、明治四〇年代に近づくにつれ徐々に増加の様相を見せていた。作家の個人情報や文壇の内部情報も早くから、頻々とメディアに取りあげられていた。だがしかし、すでに指摘したように、それら作家情報とモデル情報とはいまだリンクしてメディア上で取りあげられていなかった。強いて見いだそうとしてもせいぜい、あの作家はモデルをよく使うそうだ、という意味でのものに過ぎなかった。この点を一気に変化させたのがこの「モデル問題」だったのである。

以上まとめてみたい。「モデル問題」が、作品と「事実」を交差させる形をもつ読書慣習の形成に与えた影響は、ほとんどと言ってよいほどなかった。問題はむしろ、より深く、文芸メディア空間における参加資格やある種の概念群の前景化・再配置などに関わっていた。つまり、1 モデルにメディア空間での発言資格が与えられたこと、2〈身辺小説〉の流行が表面化したこと、3 モデルと作者の交錯が生じたこと、この三点が「モデル問題」のメディア空間にもたらしたものであると結論できよう。

注

（1）「モデル問題」は中村星湖、島村抱月「モデル問題の意味及び其の解決」（『早稲田文学』明40・11）が用いた用語。明治四〇年の九、一〇、一一月が最盛。

（2）臼井吉見『近代文学論争』（上、筑摩書房、一九七五年一〇月、初出は『文学界』一九五四年四月）をはじめ、伊藤整『日本文壇史11』（講談社、一九九六年八月、第四章、初出は『群像』一九六二年五月）、高橋新太郎「モデル問題論議」（長谷川泉編『近代文学論争事典』至文堂、一九六二年一二月、所収）、瀬沼茂樹「『並木』をめぐるモデル問題」（『明治文学研究』法政大学出版局、一九七四年五月、所収）など、論述の展開こそ違え、おおむねこの系統に属する。

（3）それぞれ、高橋昌子『島崎藤村　遠いまなざし』（和泉書院、一九九四年五月）、岩波『季刊　文学』（第四巻第二号、一九九三年春）。

（4）「洛陽の紙価を高めたる明治の著作」（『文章世界』明39・4）。「当世書生気質」はこの時期のテクストではないが、四〇年前後には、特にそのモデルについて頻繁に言及がなされる。ここで引いたもののほか、『文章世界』（明40・4・1）の「明治名作解題」、河漢子「文芸時評」（『日本及日本人』明40・10・15）、長谷川天溪「文芸雑感」（『文芸倶楽部』明40・12）、紅蓮洞「文壇垣覗き（十）」（『読売新聞』明41・7・27）など、それぞれモデルについてコメントを見せている。

（5）「時評」（『文章世界』明39・4）。

（6）「小説「島の聖」の由来」（『国民新聞』明40・1・19）。

（7）ここで取り上げるものの他に、風葉「青春」についてのものがある。「『青春』物語」（『文章世界』明40・1）。

（8）『新公論』（明40・6）の、湫竜子「逗子の浪切不動」にはこれらの落書きが紹介されている。

（9）それぞれ鰶生「文芸月評」（『文章世界』）、石秋生「近時の創作界『ふた昔』」（『新声』）。

（10）これに対する『読売新聞』同月八日の反応は次のとおりである。ＸＹＺ（正宗白鳥）「随感録」（『読売新聞』明40・9・8、日曜附録）、白雲子「呑吐録」（同日、日曜附録）。

（11）「文芸界消息」（『国民新聞』明40・9・8）。

（12）「時評　自然主義派の作物　花袋氏の「蒲団」」（『帝国文学』明40・10）。

（13）「文芸風の便」（『読売新聞』明40・9・15）。

（14）「文芸界消息」（『国民新聞』明40・9・20）。

(15) 藤村の九月一〇日付、神津猛宛書簡。引用は『藤村全集』第一七巻（筑摩書房、一九六八年一一月）による。書簡番号は【214】。

(16) 「△田山花袋氏の「蒲団」のモデルとされた早稲田大学生某と、岡田道代《ママ》子とは名を連ねて「モデル不平録」を来月の新潮に掲載する相だ、妙な事が流行しだしたものだ」（「文芸風の便」『読売新聞』明40・9・23）。

(17) たとえば「緩調急調」（『新声』）、旋風子「文芸間語」（『趣味』）など。

(18) 一〇月号掲載、丸山晩霞「島崎藤村著『水彩画家』主人公に就て」。

(19) 〈蒲団のヒロイン 横山よし子〉と署名された「『蒲団』について」（『新潮』明40・10）。中山蕗峰「花袋氏の作『蒲団』に現はれたる事実」（『新声』明40・10）。

(20) この時期の新聞読者層に関しては、山本武利『近代日本の新聞読者層』（法政大学出版局、一九八一年六月）、特に第二部第二、三章の議論を参照。

(21) 前掲、高橋昌子「作品と読者」、金子明雄「「並木」をめぐるモデル問題と〈物語の外部〉——島崎藤村の小説表現III——」（『流通経済大学 社会学部論叢』一九九五年三月）。

(22) 問題の道義性の面に関しては、この「モデル問題」の時期が、文展審査委員の問題などで「芸術家」の人格問題についてメディアが敏感な時期であったことを付け加えるにとどめたい。（中村）星湖「文芸上の人格問題」（『早稲田文学』明40・11）などを参照。

(23) 『趣味』はその九月号に孤蝶の「島崎氏の『並木』」を掲載する。これが非常な当たりを取ったことは確認済みである。面白いのはその後の『趣味』の記事の顔ぶれである。徳田秋声「事実と想像」、独歩「病床雑記」、孤蝶「燈下漫録（一）」（以上一一月号）、平田禿木「『文学界』時代」、戸川秋骨「『明治学院』時代」、馬場孤蝶「燈下漫録（二）」（以上一二月号）と藤村周辺の人物（秋声は少し違うが）にねらいを絞ってモデル論議や身辺の話をさせている。この時期、藤村の「春」はまだ掲載が開始されていない（翌年四月開始）が、すでに新聞や雑誌上でそのモデル穿鑿が始まってもいる。『趣味』の狙うところは明らかであろう。

(24) （坂本）紅蓮洞「文壇垣覗き（十）」（『読売新聞』明41・7・27）。

(25) 引用は鶺鴒子「小説の材料（上）」（『東京 二六新聞』明40・10・2）。同種の証言に、柳川春葉「事実と人物」（『文章世界』特集「事実と作品」明40・9）、宙外「自然派とモデル」（『新小説』明40・10）、△□△「『蒲団』を読む」（『新声』明40・10）

などがある。
(26)「七月の雑誌」(『文章世界』明41・7)。
(27)後藤宙外「随感録」(『新小説』明40・10)。
(28)「本日以後の新しき載物」(『読売新聞』明42・1・5)。開設日である五日は小杉天外、六日徳田秋声、七日正宗白鳥、八日秋声・天外、九日白鳥、一〇日白鳥・秋声、一二日秋声、一四日天外で、一二日には「投書を歓迎す」という言葉も見える。
(29)白鳥「随感録」(『読売新聞』明42・3・3)。
(30)前掲小笠原克「私小説の成立と変遷」もこれに注目している。

表1　明治四〇年一〇月以降の「モデル問題」関連主要記事

明治四〇年
一〇月　〔後藤〕宙外「自然派とモデル」と「随感録」(『新小説』)
一〇月二、九日　鸛鵲子「小説の材料(上)(下)」(『東京 二六新聞』)
一〇月九、一〇、一三、一五、二二日　桜芳「主人公問題(一)〜(五)」(『やまと新聞』)
一〇月一四日　素堂「モデル事件」(『万朝報』)
一〇月一四日　天壇「所謂自然主義の道義的価値」(『東京日日新聞』)
一〇月一五日　河漢子「文芸時評」(『日本及日本人』)
一〇月二〇日　白雲子「無題録」(『読売新聞』日曜附録)
一一月　「時評 作品と模型」(『帝国文学』)
「文芸彙報」(『明星』)
「彙報 文芸界」(『早稲田文学』)
中村星湖、島村抱月「モデル問題の意味及び其の解決」(『早稲田文学』同号)

一一月一日　徳田秋声「事実と想像」（『趣味』）
柳葉「文界時事　△作家と材料問題」（『文芸倶楽部』）
塚原渋柿「自然派に対する注文」（『太陽』）
長谷川天渓「余白録」（『太陽』同号）
一一月三日　岩野泡鳴「文界の私議」（『読売新聞』日曜附録）
一二月　戸川秋骨「モデル問題」（『中央公論』）

第2章　小説ジャンルの境界変動

1　「自分を主人公として作つた」小説たち

明治四〇（一九〇七）年の九月、一〇月、文学関係の諸メディアに、ある種奇妙な作品についての情報が掲載された。それも、一つではなく、複数の情報が、複数のメディア上に現れた。

△正宗白鳥氏は目下「落日」と題する長篇を起稿中で、既に四五十枚ばかり脱稿して居ると。主人公は白鳥氏自身で、飽まで其の面目を発揮するんださうだ。(1)

▲「新小説」の田山花袋の「蒲団」は自分の家庭にあつた事実を自分を主人公として作つた物である〔。〕青年文士であのハイカラ女学生に紹介された人も随分あつた相だ〔。〕此頃は自分を小説に作る事が大分流行する(2)

これ〔「空知川の岸辺」〕は小説とは言ひ難からんも、紀行文の積で書きしには非ず。若しトルストイ翁のコーカサスの囚人を小説と言ひ得べくんば、これも同類に近し。／此編の主人公は余自身にして其事件は皆な事実なり。主人公の感想は余の感想なり。〔…〕
此編〔「ぁの時分」〕は全く余が早稲田に在りし頃を思ひ出し、懐かしさに堪へずして書いたもので、事実が八分ならば多少の附加が二分。しかし心持は少しも変へて書いてない。「私は」は則ち余自身なり。
（国木田独歩[3]）

○風葉のおと娵が自分と自分の弟との事を描いたことは、隠れない事実であるが、同氏が此の春文章世界へかいた、好奇心も、自分の事ださうだ、あり金を用意して、奸通した女を呼びつけて、案外ブザマな女なのに興をさましたのは風葉氏自身で、奸通した男と云ふのは、弟子の某だといふ。〔…〕
▲『新小説』に出た花袋の『蒲団』は自分を主人公にしたものだといふ。『趣味』に出た風葉の『おと娵』は自分を主人公にしたものだといふ。友人や知己を材料に採るのもソロ〳〵古くなつてこれからは自分を描くのが流行るのだ。とは兎角サキの事を知つたか振りに予言したがる○○子の言なり[4]。

これらの情報が語っているのは、「自分を主人公として作った」作品の出現である。実際には明治四二年まで書かれることはなかった正宗白鳥の「落日」の予告や、小栗風葉の「おと娵」「好奇心」、田山花袋の「蒲団」についての噂。そして自作を振り返りその「主人公は余自身」であると告げる国木田独歩のテクスト。さらに、もしつけ加えようと思うならば、島崎藤村の「並木」に登場人物のモデルとしてとられた戸川秋骨が、そこに登場した自分の後日談を書いた小説「金魚」も、同種の作品としてここに数えることができるだろう。これもこの九月、『中央公論』に書かれている。

自分自身を登場人物として作品を書いたものとしては、田山花袋の「蒲団」（『新小説』明40・9）がつとに名高い。かつて、あるいは現在も「私小説」の〈起源〉と見なされ、注目を集めることの多い「蒲団」。しかしながら、この「蒲団」と同時期に、同様の傾向の作品が複数出現し、当時「此頃は自分を小説に作る事が大分流行する」とまで認識されていたという事実は、ほとんど知られていない。

明治四〇年後半以降、たしかに作家が自分自身を登場人物として描いた作品は増加の様相を見せる。その理由として「蒲団」の存在があげられてきたことは、あまりにも有名な文学史的「定説」である。だが、その「定説」の前にこれらの情報を置いてみたとき、どうなるか。引用が語るような文学空間の趨勢が明らかになったとき、単純に「蒲団」のみを取り上げてすませることは、難しくなるのではないだろうか。もちろん、「蒲団」が発表直後非常な注目を集めた作品であり、影響力を持った作品であることは否めない。しかし、なにが「蒲団」に力を与えたのかということを考えないままに、その影響力を「蒲団」というテクストそのものの力に帰してしまうことは、そこで起こっていた事態を把握し損ねることにつながりかねない。

本章は、日本の小説ジャンルに、〈自己表象〉というある特異な表象形式が登場し、認可されてゆくようすの記述を試みる。明治四〇年後半期当時、作家と作品との関係はどのように読者たちに認知されていたのか、そしてそこに「蒲団」ほかの、作者自身を描いたとされる作品群――〈自己表象テクスト〉――は、どのように登場し、どのように読まれ、そしてどのような変化をもたらしていったのか。作家の姿があからさまな形で作中に描かれる小説が、それまで決して「普通の小説」ではなかった以上、そうした作品の群をなしての登場は、小説ジャンルというものの輪郭になんらかの変動が起きたことを意味しているはずである。その変動とは、いったいいかなるものであったのだろうか。

2　〈身辺小説〉の流行と〈自己表象テクスト〉の登場

明治三〇年代から四〇年代にかけての文芸メディアの情報編成の変化と、それにともなう読書慣習の形成についてはすでに論じてきた。本章の文脈に接続させるために確認するならば、「モデル問題」がメディア空間にもたらしたもののうち、次の点が重要である。すなわち、作家の周囲を描く類の小説——〈身辺小説〉と呼ぶことにしたい——が増加していることが確認されたこと、そしてそれにともない文学者が小説作品の登場人物となる事例が増え、作家情報とモデル情報が重なり合うような事態が発生してきたことである。たとえばそれは次のような指摘からも見てとれる。

> この頃は小説の主人公若くは副主人公に、自分の知己朋友などをモデルにする事が流行する。[5]

> 此の種の作〔「並木」を想定〕は頻々として出やうとする勢ひがあり、既に出てゐるものも少なからず在るらしい。世間にその事実が発表せられぬ故問題とならぬのみである。〔…〕今日この派〔自然派〕多数の作は作者自身の圏内に限られるかもしくは親しく交際する少数の知人をモデルに取るといふ窮屈な有様に陥つて来た。[6]

> 想ふに此の如く実際生活の経験を卒直に、忌憚なく細叙せんとする傾向は実写《〔ママ〕》主義、自然主義の大勢と共に今後弥よ其の甚だしきを加ふべく〔…〕[7]

近来小説家が自分の経験を書いたり、其友人をモデルに使ふことが非常に流行する。一般の傾向が、自分の経験或は自分が親しく見たり聞いたりして実際に感じたことを、精細に且つ深刻に書く様になつて来た〔…〕(8)

引用が等しく語っているのは、近頃の作品においては題材の取り方が「作者自身の圏内」か、その親しい知人・友人たちの範囲に限られる傾向があるということである。本論のいう〈身辺小説〉の流行である。

もちろん文壇の内部者ではない当時の一般的な読者にとって、この「自分の経験を書いたり、其友人をモデルに使ふ」という〈身辺小説〉が、はたして本当に作家の身辺を描いたものであったのかどうか同定することは難しい。それゆえ、同時代の読者たちにとって、作品に描かれていることが作家の身の周りの出来事と対応しているのかどうかということの判定は、その大部分が作品の外からなされるその作品についての附加言説(＝メタ情報)に大幅に依存することになる。この意味で〈身辺小説〉の「流行」は、「▲「親」のモデルは既に書かれたが今月の小説の中で水野葉舟氏の「再会」の仇役のモデルは与謝野鉄幹氏である相な」(9)などといった新聞の消息欄ほかが頻々と伝えるメタ情報の流通に負うところも大きい。

この〈身辺小説〉の流行については、文芸メディアの短報だけではなく、作家たちの側からも証言が出されていた。たとえば小栗風葉は「創作をする時には、私は無論モデルを取る、兎に角一篇の小説では、思想と人物との二者は必要条件であつて、且つ相離る可らざるものであるから、私は必ずモデルを探す、それに拠つて趣向も立てる」(10)と語る。このような作家による作品のモデル明かしは、『新潮』第五巻第四号(明39・10)が「諸家創作談」と銘打った特集を行っているのをはじめ、『文章世界』の「事実と作品」(この風葉の発言が掲載された)などがあり、またほかに単発的に作家が自身の作品の取材源をあかす記事なども見られた。(11)この種の記事は、作家の側から、彼らが時には自らの見聞を題材にして作品を書いているということを教唆し、作品に事実を読み込もうとする読者たちに認可を与える役割を果たしていた。

なぜ〈身辺小説〉は「流行」していたのか。その原因を明確に指摘しつくすことは難しいが、一つには前章から述べてきた、作品の楽屋情報に価値を見出す文芸メディアの傾向がある。また一方で、作家の側にもそれなりの理由があった。後藤宙外「自然派とモデル」（前掲）の、「今日この派〔自然派〕多数の作は作者自身の圏内に限られるかもしくは親しく交際する少数の知人をモデルに取るといふ窮屈な有様に陥つて来た。これは寧ろ自然の経路と云はねばならぬ。〔…〕目睹実感の区域に材を限つて最も鮮明な印象を読者に与へやうとすれば、至極便利なのは自分を主人公とすること〔或？〕は親友を主人公に取る以上のことは無い筈である」という指摘がそれをよく語っている。〈真〉を標榜した自然主義文芸の思潮のなかで、より確実に、しかも容易に作品の〈真〉性をえようとしたならば、作家が自らの〈身辺〉の題材に眼を向けるということは、宙外も言うとおり「自然の経路」と言わねばならない。

ところで、宙外の引用の中には「自分を主人公とすること」という一節が見える。あらためて指摘しておけば、〈身辺〉の中にはむろん「自分」も含まれている。流行が噂される〈身辺小説〉の中には、一定の割合で〈自分を書く小説〉も含まれていたのである。

これらのテクストもまた、作家の身辺を材料にしているという意味で〈身辺小説〉の一種ではある。しかしそれが他ならぬ自分自身を作中に描き出しているテクストだという点において、他の「知己朋友」などを描く〈身辺小説〉と、大きくその性格を異にしてもいるのである。

作家が自己の〈身辺〉に取材するとはいっても、種明かしを読めばわかるように、彼らとてやみくもに題材を取ってきていたわけではなく、やはり「小説」として話になりそうな事件や人物をもってきている。ところが自分自身を描くときにこのような物語的起伏に富んだ作品を作るのは、おそらくそれほどたやすくはないはずだ。そして、あまり物語性のないような作家個人の生活を作品に描いた場合、この後見るように、その作品は評者によって紀行文や写生文などとの形式的親近性を見いだされ、「小説」とは言い難いという論評を受けてしまう。〈お話〉を語るという、ストーリー指向が支配的であるような小説観の内部では、自分をそのまま表象の主たる対象とする事態は生じにくい。それゆえ、新たにメディア空間に登場してきたこれらの〈自己表象テクスト〉は、この時まだ「小説」というジャンルの境界領域に位置づけられていたことになる。

たとえばこのことは、冒頭で引用した国木田独歩の言葉からもうかがうことができる。彼は「空知川の岸辺」について次のようにいう。「これは小説とは言ひ難からんも、紀行文の積で書きしには非ず。〔…〕此編の主人公は余自身にして其事件は皆な事実なり。主人公の感想は余の感想なり」。同じテクスト内で、独歩はこれまでに書いてきた作品を分類して「第一、全く空想から人物も事件も出来上がれる者、第二、実際の人物若しくは事件にヒントを得たる者、第三、事実の人物と事件が其小説の主要部を成せる者、第四、実際の人物及び事件を其儘描写したる者」と分類しているが、これから考えて「空知川の岸辺」は、実際それがどうであったかは別として、作者独歩の位置づけとしては自分自身を「其儘描写した」作品であったと考えることができる。

ところが注目せねばならないのは、独歩がここで「これは小説とは言ひ難からんも」と留保の姿勢を見せ、「若しトルストイ翁のコーカサスの囚人を小説と言ひ得べくんば、これも同類に近し」と、自身の作品を「小説」と見なすことに対し躊躇していることである。弟子小栗風葉の入院騒ぎの顛末を描いた尾崎紅葉「青葡萄」が、発表当時（初出は明治二八［一八九五］年）、「小説として評する勇気の出ないのは、争はれぬ事実である」と評されたことは知られているが[12]、作家の身辺に取材した〈身辺小説〉の流行がささやかれる明治四〇年の九月という時期に至ってさえ、独歩はこのような境界意識を持たずにはいられなかった。

同様のことは木下尚江「懺悔」（金尾文淵堂、明39・12）について『新潮』が行った批評[13]からもうかがうことができる。そこでは「懺悔」は「其名の如く同士半生の懺悔なり」と紹介されており、それが作者尚江自身の経歴と重なるものであることが認識されていたことは確認が取れる。しかしこの後批評者は、「最も売りにくき自分と云ふものを売り物とせるまでの事なり。〔…〕氏は如何なる動機よりして懺悔せられしやは別とし、兎に角自分を売るは総て也、最後也、よくせきの事也、真の懺悔に言葉なしとやら、要なき懺悔ぶりは寧ろあさましき極也、芸術品として論ずる価値を見ず」と判断を下し、この作品を「芸術品」としてみなすことを拒否していたのである。『懺悔』を「芸術品」としてみるのを拒むこの批評が、作者が自分自身を書いたということのみを判断の根拠としているのかどうか疑問は残るが、「自分を売るは総て也、最後也、よくせきの事也」と、自分自身を作品化する（＝「売る」）ことを評者が疑問視していることは明確にうかがえる。

さて、少しこの後のことを先取りしておけば、この明治四〇年九月以降、先に引用したような「自分を主人公にした」作品についての情報が複数掲載され、その「流行」がささやかれると共に、花袋の「蒲団」が話題を集めはじめると、事態は変化してくる。物語的結構が稀薄なまま作家が自分を描く作品が増加して来、それに対する評価にもゆれが見られはじめるのである。花袋の「蒲団」を「その芸術上の出来栄へは暫らく措ひて問はず、むしろその勇気が実に文学史上の功業だと存じます」[14]と評する徳田秋江の発言のような、自分を作品に描くことについての肯定的な意見が現れるとともに、逆に「伊藤銀月の『断腸記』は愛児を亡くした一伍一什の記録である。場所も日時も人名も、そつくり其の儘であるので、読んで小説のやうな気がしない」[15]、「徳田秋声の『さびれ』は酒を飲んで女郎買に行くことを書いたものだが、どういふものだらう。これでもやはり小説と云へるだらうか。写生文派が避けて捨てゝる方面をただ写生したばかりのやうに思はれるが……」[16]と、作者自身の出来事をそのまま書くことに対して批判的である時評も、やはりかわらず存在していることが指摘できるのである[17]。

自分を描いた作品がメディア空間のなかで台頭してくるという出来事は、「小説」とは何か、それはどのような対象をどのような形式で書くものなのか、という小説ジャンルの境界画定の問題と深く連関している。

3 「蒲団」の読まれ方

具体的にこの小説ジャンルの境界を再画定していった言説空間の変動のようすを探っていこう。本章冒頭の引用群が語っていたように、明治四〇年九月には〈自己表象テクスト〉についての情報が、複数掲載されていた。ただし、これらの情報とそれが言及するテクストは、そのそれぞれがメディア空間において等しい力を持ったわけではなかった。当然ながら、注目を集め言及されることの多い作品と、そうでない作品とがある。この意味でやはり、「蒲団」をめぐって産出された多数の言説と、それがもたらした効果とを検討せずおくことはできない。

「蒲団」が注目を集めたのは、大きく言って二つの理由がある。まず「近来喧ま〔し〕い自然派の傾向が、或度までは代表的に出て居る。加之近時の此派の小説には片々たる短編が大部分を占めて居るのに比して、量に於ても内容に於ても、立ちすぐれて著しい所がある[18]」とされた点が一つ。それから「評判になつたのは其真価以外モデル問題が喧しく持上つてゐるのが一つの原因であらう[19]」という点がもう一つである。

噂のあった白鳥「落日」は実際には明治四二年まで書かれることはなかったし、風葉の「おと娵」「好奇心」は短い作品であった。独歩の作品はすでに発表されてから時間が経っている。その中で花袋の「蒲団」のみが「自然主義派の代表的作物[20]」として批評に耐えうる分量と内容とを持っていると見なされたのだった。もちろんこれには「田山花袋氏は或る意味に於て目今文壇の一方面に教者とでもいふほどの潜勢力を有する人[21]」であるという認識の後押しがあったことは確かだろう。自然主義の主唱者として「露骨なる描写」をはじめとする描写論を唱え、『文章世界』の編集者としても積極的にこれを読者たちに発信していった、その花袋の書いた力作が「蒲団」であるとされたのである。

また「モデル問題」に言及する後者の指摘が明らかにするように、「蒲団」の発表と機を同じくして、馬場孤蝶、戸川秋骨による「モデル問題」の火蓋を切るテクストが発表されていたことも、「蒲団」に注目が集まる原因となった。「モデル問題」を経ることにより、文学関係メディアは、モデルにされた当事者の発言を求めるようになっていた。このため、藤村「並木」「水彩画家」の場合と同様、「蒲団」のモデルとされた岡田ミチヨが、〈蒲団のヒロイン 横山よし子〉の署名で「『蒲団』について」という花袋弁護の文を『新潮』（明40・10）に寄せたり、中山蕗峰「花袋氏の作『蒲団』に現はれたる事実」という、モデルたちの友人の立場からなされたモデル弁護と花袋非難の文章が、『新声』（明40・10）に掲載されたりしていた。これら当事者たちの内幕明かしは、文学青年たちに対する花袋の指導者的ポジションと、「蒲団」というテクスト自体のもつスキャンダラスな内容と相まって、「田山花袋ともある可き者が」[22]……という好奇のまなざしと失笑の入り交じった注目を吸い寄せることになった。

ともあれ、「蒲団」に対しては、『早稲田文学』一〇月号の合評、『明星』一〇月号の合評ほか、『帝国文学』や『新声』『趣味』『新潮』などの諸雑誌もそれぞれ一〇月号で大きく取りあげ、論評やメタ情報の提供を試みており、非常な注目が集まったといってよい。

では、問題の「蒲団」は発表直後どのように読まれたのだろうか。「蒲団」に対してなされた読みのなかで、特徴的と思われる点を整理してみる。

一、三人称でありながら視点を主人公に固定した叙述方法への注目

二、事件ではなく心理を描いた事への注目

三、作家と作品との距離の測定

四、告白の大胆さ、勇気への賛辞

一点目に関しては、「作者の作中の人物悉くを三人称によつて描きながら、主人公を表面にして、その他の人物事件は殆んど主人公の眼に映り、主人公の感情を浴びたものとして現はしてゐる」（片上天弦、前掲早稲田合評）、「従来の三人称の書き方とは、余程異つた技巧の新工夫を見ぬでもなく、描写法の主人公の心理的生活のみを速進したに付ても意見はあるが〔…〕」（松原至文、同前）、「今迄自叙体に用ひて居た描写の手法を巧に客観の描写に利用して、一種清新な作風を見せた」（相馬御風、同前）などの評が挙げられる。「蒲団」は周知のとおり語り手が物語外の存在で、語りの視点が主人公時雄に固定されている。この手法が花袋の独創であるとはいいがたいだろうが、「心理的生活のみを速進した」という松原至文の指摘に見られるように、第二点以降の「蒲団」が持つとされた他の特徴とあいまって、おそらくこの描写法に特に注目が向いたものと思われる。(23)

二点目に関しては、「筋は単純で唯主人公の心裡を説明したのに過ぎぬ」（正宗白鳥、早稲田合評）、「『蒲団』の作者は之に反し醜なる心を書いて事を書かなかつた」（星月夜〔島村抱月〕、同前）、「実に此小説は先づ事件を書かうとしたのか、性格を書かうとしたのかが不明瞭である」（平出修）(24)などの評言が見られた。これは「蒲団」が、若い女弟子に対する師の恋慕の情を描き出してゆく濃度に比して、女弟子の不品行が発覚して親元に帰るというストーリーの展開に重きを置いていなかったことについての評価だろう。これは第一点目のような、主人公時雄に焦点化するという叙述の特徴が、その効果をあげているとも考えられる。表面的には確かにこのとおりなのだが、この点は次の作者と作品との距離の問題や作品の「告白」性との関連において考えられるべきだろう。またこの二点目は後続の他の作家たちの作品に及ぼした影響の面でも重要である（この点は後にふれる）。

三点目については次のようなものがある。

唯如何なる場合にも、作者の感情と作中の人物との間に一定の距離を持することが大切である。作中の事件人物の根底には作者の同感が布かれてあり、またあらねばならぬと信ずるが、一旦作中に接種せる人物事件は、あくまでもそれ等の人物乃至事件をして己自からの展開を試みしめ、作者はそれ以上に接近して干渉せぬと云ふ態度が、花袋氏の所謂大主観を含める客観的態度であらう。〔…〕この作のプレーヾーリング、トーンを作つてゐる主人公と作者その人との間には殆んど距離がない。主人公が作者自からを描いたものたると否とは問ふ必要がないが、兎も角も作中の人物乃至事件に対する作者自身の実感情、現実的興味が生のまゝで作に出てゐる趣きがある。

（片上天弦、早稲田合評）

さてこの作を読んだについて、第一に感じたのは、此作の事実と、作をすると言ふについての作者との距離の余りに密接して居ると言ふ事である。

（水野葉舟、早稲田合評）

知識で離れて感情で合すると謂ふ自然主義の本領を発揮して見せた〔…〕此作の全体に亘つて発揮された新自然主義の特色とも見るべきは、客観の事象に対して既に主客両体の見界を没して、観察と云ふよりは寧ろ自意識の態度を持して居ると云ふ事である。自然と我とが渾融して、更にそれに向つて加へた苦しい自意識の捺印が見える。

（相馬御風、早稲田合評）

「蒲団」が作者花袋自身をモデルとしているという噂が立ち、それが広まる。これら第三点めの評言が前提としているのは、このような噂の流通と密接な関係を持っていた、作品内に現実を読みうるという読書慣習である。これらの評言は、一応花袋自身が主張していた描写論、すなわち「其人々の持つた小主観でなく、自然と同じやうな大きい主観」[25]をもって描くというものをふまえた論旨を見せてはいる。この描写論に沿って作品を解釈し、それを否定的に読みとれば、「作者との距離の余りに密接して居る」(葉舟)、つまり「小主観」的になっているという評価が導き出され、肯定的に捉えれば「知識で離れて感情で合すると謂ふ自然主義の本領を発揮して見せた」(御風)、つまり花袋のいう「大主観」的ということになる。先の第二番目の、事件ではなく心理を描いたという評価がここで花袋の描写論と整合的に捉えられようとしている点に注目しておきたい。

さてしかしながらやはり考えねばならないのは、これら一見花袋的な枠のなかでなされている作品の読みは、無自覚にではあろうが、じつは「作者その人」や「自意識」という項を把握しうる前提として作品外から参照しており、そこから逆にそれと作品とをつき合わせるという作業をしているということである。もちろん文壇の内部におり作家花袋を直に知っている人間にとっては、ある程度これは可能ではあったろうが、しかし「蒲団」という作品の背後にあった〈蒲団事件〉の細部を彼らが知りうるはずはない。それゆえ彼らが行う〈参照〉という作業は、「蒲団」という作品内部の出来事から作家花袋の「現実」を捏造し、それを「作者その人」として前提した上で、おもむろに作品との距離を測るという転倒したものにならざるをえない。このような作業はたとえば前掲『明星』の「蒲団」合評における「聞く所によれば、中には田山氏の実感が混つてゐるとのことだが、その実感らしいと思ふ所は、流石に成程と思はしめたが、然し、その実感に途方もない想像のつぎ木をやられたに至つては、多年作家としての経験ある田山氏の作とも受取れぬ次第だ」という天野逸人の感想に見ることができる。彼の感想は「実感らしいと思ふ所」と「その実感に途方もない想像のつぎ木をやられた」部分との対比の上に成り立っているのだが、実のところその「実感らしいと思ふ所」も「……とのこと」という伝聞から想像し構成された虚構の産物であり、つまるところこの二つは双方とも「蒲団」という作品それ自体のなかから導き出されてきた架空の対立項に過ぎないのである。

この架空の対立は現在のわれわれにとってはまさに恣意的に捏造されたものとしか考えられないのだが、しかし問題とせねばならないのは、このような対立が当時の読者にとってはリアルなものとして受け取られ、そして実践されたというその側面である。第四点目の評価――告白の大胆さ、勇気への賛辞――において起こっていることも実は同様の事態である。

『蒲団』を読んで、作家として最感心するのは、材料が事実であると否とは兎に角、作者の心的閲歴または情生涯をいつはらず飾らず告白し発表し得られたと云ふ態度である。此真率な態度は、至極羨ましい。而して此事がやがて自然派作家が文芸上に成功すべき重要な条件なのであるまいか。〔…〕而して、此作の力は自分の閲歴を真率に告白した処にあるのだと思ふ。

（小栗風葉、早稲田合評）

感情の自然を描け／自已〔己〕に最も直接なる経験を描け／流石に田山花袋氏の『蒲団』はこれを実際に試みられたものでありませう。その芸術上の出来栄へは暫らく措ひて問はず、むしろその勇気が実に文学史上の功業だと存じます。

（徳田秋江、早稲田合評）

此の一篇は肉の人、赤裸々の人間の大胆なる懺悔録である。此の一面に於いては、明治に小説あつて以来、早く二葉亭風葉藤村などの諸家に端緒を見んとしたものを、此の作に至つて最も明白に且意識的に露呈した趣がある。

（星月夜、早稲田合評）

「心的閲歴または情生涯をいつはらず飾らず告白し発表し得られた」とする風葉、「感情の自然」「直截なる経験」の描写を「実際に試みられた」とみる秋江、そして「蒲団」を「大胆なる懺悔録」として認定する抱月（星月夜）。これらの評言などを根拠として日本の自然主義が告白へと路線を転じたとする見解は多く、ほぼ文学史的「定説」と化している感すらあるのはすでに何度も述べた。たとえば小笠原克「私小説・心境小説論の根太」（注12）も、尾崎紅葉「青葡萄」への「雲中語」評と「蒲団」への抱月評とを比べつつ、「自己内面の剔抉に画期を見いだした文学論の定立によって、「蒲団」は、いわば私小説的文学の原型ないし源流となった」（240頁、傍点原文）としている。しかしながら、私はこの「告白」の「勇気」にあまり重要性を認めない。次節で述べるように、この時期に〈自己表象テクスト〉が増加したのは、その「勇気」を皆が模倣したためではないと考えるからである。それゆえここでは、作者自身の「心的閲歴」や「経験」が、何の疑問もなく作品から読みとられうるという彼らの措定した前提の存在に、視線を向けておくにとどめておきたい。作中の心理描写を「告白」「懺悔」として受けとめるという作業は、基本的に、登場人物を作者とみなす読書の一つの変異型にすぎないと考えられるのである。

またつけ加えておけば、「蒲団」に対する当時の文芸批評的アプローチは、それがモデルを有し、現在興味本位の読者たちの関心を呼んでいるということを知っていることをほのめかしつつも、表面的にはそれを棄却するという立場からなされたり――「主人公が作者自からを描いたものたると否とは問ふ必要がない」[26]――、あるいは完全にその方面を無視するという態度からなされることも多かった。しかしながらここまで見てみたように、実際には彼らの大部分が立脚していた認識の基盤は、作品の中に作者の「現実」が読みうるのだという地点に、気づかぬうちにずれ込んでしまっていたのである。

一〇月に一斉に掲載されたこのような評家たちの読みは、たとえばその翌月の『新声』に寄せられた「■田山花袋ともある可き者が、情人のある女に惚れて、其揚句が脂くさい蒲団を被つて寝るといふに至つてはアマリに驚かざるを得ない」。「△「新潮」で横山よし子が書いた花袋の弁解きかれぬきかれぬ〔。〕「蒲団」に現はれた田山花袋はたしかに一種の色情狂だ」[27]などといった完全に作者と主人公を同一視するような一般の読者たちの読みを誘発していっただろう。

整理してみれば、「蒲団」についての評家たちの読みがメディア空間内に提示したのは、主人公に固定した視点からその心理を主に描くという描写法が、注目に値する新しい手法であるという見解であり、さらに、主人公のモデルが作者自身であると見なされた場合、その心理は作者のものとして――実際これは往々にして作家自身のものでなく作品中のそれである――考えてもよいのだという作品の読み方であった。

「蒲団」の評者たちの読みは、メディア上に掲載されることによって、その彼らの読みの受容者である読者たちに範を示し、その読者たちの読解に規制をかける役割を果たす。次節で確認するような自分を作品中に描くことに対する花袋や風葉、秋声など微妙な態度とは別個のところで、その作品に対する（評者たちを含め）大部分の読者たちの読みは、かなり安易に作者と作中人物とを重ねあわせていたようだ。そして一方でまたその評者たちの読みは、作品とそのメタ情報の読者でもあり、かつまたテクストの生産者でもあった作家たちの間に、作品の送受に関するある一定の了解の枠組みを形成する役割も果たしていたことが想定できるだろう。

4　小説ジャンルの境界変動

正宗白鳥は後年「自分の日常生活をそのまゝに醜悪汚穢の行為をも見のがさずに描けといふ氏〔花袋〕の議論には盛んに反対者もあつたが、時勢がその気運に向つてゐたのか、知らず〴〵皆んながかぶれて、多くの作家が我勝ちに自己の持つてゐる『蒲団』式の小説を書き出した」[28]と振り返って証言している。実際の文学関係のメディアの様相と照らし合わせた上で考えても、この白鳥の証言は事態の一面を捉えているようだ。明治四〇年九月の「蒲団」発表後から翌四一年一二月までに発表された作品で、〈自己表象テクスト〉である、あるいはそう読みうるとメタ情報によって告知された主な作品を列挙してみれば、真山青果「茗荷畑」、小栗風葉「恋ざめ」、真山青果「妹」、高浜虚子「俳諧師」、真山青果「鎌倉まで」、島崎藤村「春」、田山花袋「生」、村山鳥逕「恋不足」、伊藤銀月「断腸記」、徳田秋声「さびれ」、竹内政女「平凡ぎらひ」、徳田秋江「八月の末」、真山青果「六月廿三日」などが挙げられる。[29]より詳しく調査を進めればこの数がさらに増えることは間違いない。しかも発表の日付に注目すれば、同時代読者として柳田国男が注目したように、「『朝日』『国民』『読売』には偶然にも相次いで自伝の小説が出始め」[30]ていた、ということが明らかになる。明治四一年前半期の新聞紙上においては、高浜虚子・田山花袋・島崎藤村という著名文学者たちが、それぞれ競うかのように〈自己表象テクスト〉を連載していたのである。この状況が同時代の読者たちに与えた印象は大きいだろう。

明治三〇年代以前に作家が自分自身のことを書いたものだとされる作品が非常に稀であったことを考えれば、この激増といってもよい変化は、まさに明治四〇年の後半期に日本の小説ジャンルのルールに大きな変動が起きていたことを確認させずにはいない。

この変化は、おそらくは二種類の変化が連動してなされたものである。作家という創作主体における小説ジャンルのルール認識の変化と、文芸メディアの情報編制の変化がそれである。前者は、作家が、自分自身を登場人物とした作品でも「小説」になりうるのだと考えはじめたということであり、後者は「蒲団」が話題を呼んだことを契機に、メディアが同種の情報――たとえば「▲「俳諧師」は虚子氏自身を少しの偽りも無く書いたもの」だ[31]――に価値を付与しはじめたということを指している。[32]

後者の変化については、その増加の様相の一端が先に挙げた作品のリストとそれについてのメタ情報のリスト（注29に記載）からもうかがえると思う。問題は前者、すなわち作家の側のルール認識の変化である。これを考える手がかりとしては、「蒲団」の読まれ方を検討した先節の結果が参考になるだろう。とりわけ、主人公に固定した視点から、事件ではなくその心理を主に描くという「蒲団」の描写法が新しい手法であると喧伝されたこと、さらに、主人公のモデルが作者であると見なされた場合、その心理は作者自身のものとして考えてもよいのだという作品の読み方が、メディア上で実践されたことが重要であった。「蒲団」が「自然主義派の代表的作物[33]」とみなされ評価を受けたことにより、「蒲団」のような、作者が自分自身のことを書いたとされる作品が文学空間内での存在権を獲得する。これは視点を変えれば、「蒲団」を、登場人物の心理を主に描いた作品であると認め、その心理を作者花袋のものと一致していると見なした作家・批評家たちが、小説というものは作家自身の心理を作品の主たる描写対象として選んでもよいのだ、というように彼らの小説観を変更したことを意味している。より重要なのは、こうした小説ジャンルの境界変動であり、「蒲団」にならうといった自己暴露への勇気ではないはずだ。

たとえば「蒲団」発表直後の小栗風葉・徳田秋声の言葉は次のようなものだ。

『蒲団』を読んで、作家として最感心するのは、材料が事実であると否とは兎に角、作者の心的閲歴または情生涯をいつはらず飾らず告白し発表し得られたと云ふ態度である。此真率な態度は、至極羨ましい。而して此事がやがて自然派作家が文芸上に成功すべき重要な条件なのであるまいか。〔…〕今一度本気でそれ〔中年の恋〕を書かうと思つて、書き出したのが、『恋醒』（まだ発表しないが）である。之れは、自分の煩悶なり、情の閲歴なりを充分に出したつもりで居たが、今度『蒲団』を読んで見ると、自分のそれすらも尚拵らへ物の域を出て居ないと云ふ事をつくぐ〵覚つた。(34)

そこへ発表されたのが田山君の新小説の「蒲団」である。世間では非常にやかましく兎や角云つたやうであるが、私はあの作を読むに及んで、なるほど、あゝ行つたならば好からうといふことを会得して、私の作風の上に尚ほ一転化を来したのである。(35)

読売新聞に書いてゐる「凋落」の主人公は自分ではなくつて、唯自分の感じを出して見る積りです。出て来る主人公は勿論其性格が弱い男に出来てゐるんですが、生活や家庭などの外界の圧迫が動機で非常に悲観してるんですね。〔…〕どうもだいぶ自分が出さうだと思つてゐます。(36)

「材料が事実であると否とは兎に角」と、風葉は「事実」に重きを置かないことを言明しつつ、花袋の「作者の心的閲歴または情生涯をいつはらず飾らず告白し発表し得られたと云ふ態度」に感服のようすを見せ、「自分の煩悶なり、情の閲歴なりを充分に出したつもり」であった自らの作品についての反省を見せる。この後風葉が、よりいっそう作品に「自分の煩悶なり、情の閲歴なり」を描き込もうとするだろうことをうかがわせる論旨となっている。実際、この二ヶ月後に発表された二つ目の引用では、彼は自分が「蒲団」を読んで「作風の上に尚ほ一転化を来した」と述べているのである。秋声もまた、自らの作品の主人公が「自分ではない」と言い、同一視を拒みながらも、作品には「だいぶ自分が出さうだ」と述べる(37)。

「事実」を作品から読みとられることを拒否すること、しかしながら、自らの「心的閲歴または情生涯」や、「自分の感じ」を描きこもうと試みること。風葉・秋声らの言葉に、共通してうかがえるのはこのような傾向である――とりわけ、「情の閲歴」「情生涯」といった風葉の言葉からは、この時期新しく試みられようとした心理描写の主要なテーマが、やはり〈性〉にあったことがわかる――。注37に引いておいた花袋自身の言葉ともあわせて考えれば、このあたりに、初発期の〈自己表象テクスト〉を書いた作家たちの姿勢の特質があると見ることができる。

5　〈自己表象テクスト〉の出発

明治四〇（一九〇七）年末のあたりから、一部の作家たちは自分自身の体験した出来事を意識的に作品に書き込み、登場人物と自身とを同一視されるのを拒みながらも、一方でそこに自らの「心的閲歴」や「自分の感じ」を表現しようと努力しはじめていた。そしてここから、「近頃は自然主義とか云つて、何でも作者の経験した愚にも付かぬ事を、聊かも技巧を加へず、有りの儘に、だらくと、牛の涎のやうに書くのが流行るさうだ。好い事が流行る。私も矢張り其で行く(38)」と、このような表象法を風刺する二葉亭四迷「平凡」のような「サタイヤ(39)」が生まれてきたりもする。

実際、これ以降に発表された作家自身を描いたとされる作品とその読まれ方を検討してみると、この小説ジャンルのルール変動の様相は如実に浮かび上がる。

▲鎌倉まで（趣味所載）真山青果　余りに自己を語りすぎてゐる。作者が真剣で自己を語つてゐるやうだ。余裕がない。(40)

徳田秋声の『さびれ』は酒を飲んで女郎買に行くことを書いたものだが、どういふものだらう。これでもやはり小説と云へるだらうか。写生文派が避けて捨てゝる方面をただ写生したばかりのやうに思はれるが……(41)

徳田秋江の『八月の末』は極端に無技巧の小説である。主人公の気分はいかにもよく出てゐるが同時にそれが余りに作者と密接し過ぎてゐるやうに思はれる。僕らのやうに作者を熟知してゐる者には興味が多いが、全くの読者にはどうであらうか。此の頃の『読売』の日曜附録で、この作者は、デカダンといはれたことをいたく憤つて居られたが、もし此の作中の『彼』を作者其の人とすれば、余りデカダンでなくもなささう也。(42)

巻頭は真山青果の『六月廿三日』で、国木田独歩が遂に世を去つた日の記事である。これが小説ならば世の中に小説でない記事といふものは無くなるだらうと思はれるほどに、生地まるだしである。(43)

徳田秋声「さびれ」（『趣味』明41・10）を除くここで言及されたすべての作品が、テクストが日付の記述によって区切られて進行する準日記体といっていい体裁をとっており、それにつれてか題材も主人公をめぐる日常の断片をスケッチしたものがほとんどである。さらに、事件そのものよりも主人公たちの心理過程の叙述を目指したものが多くなっていることも指摘できる。

準日記体でない秋声の「さびれ」にしても、語り手と視点人物は共に一人称の「僕」であり、引用が述べるとおりその「僕」が単に誘われて酒を飲みに出たというだけの話で、事件らしい事件は何もない。また「僕」についての説明もまったくといっていいほどなく、ただストーリーの展開に沿って、彼の抱く陰鬱な心象が叙述されてゆくだけである。当の秋声自身が自分を「僕」として造形したのかどうかは確証がないが、テクストの形式として事件を描かず主人公の人物描写もないまま主人公の心理を前景化して書きつづる形式は、小説よりもむしろ随筆的なものにより近く、それゆえその叙述者が作者その人と一致しているのだと読みとる欲望を読者に対し喚起することになる。事実このテクストに対する評は、「写生文派が避けて捨てゝる方面をただ写生したばかりのやうに思はれる」というものであり、視点人物＝叙述者＝作者であるということが基本的に前提となっているジャンルである「写生文」に、作品が擬されているところから、この評の書き手が「さびれ」の主人公かつ視点人物かつ語り手である「僕」を作者秋声自身であると見なしていることが確認できる。

秋江の「八月の末」（『早稲田文学』明41・11）は主人公の履歴が書き込まれている。主人公「彼れ」は「ある私立学校の文学科を、既う七八年も前に出た男で、つい一二年後までは、雑誌記者にもなつたり、流行の辞書物の編輯係にもなつたりして来た」、「友人の関係してゐる新聞だの雑誌だのに時々内心の悶々を洩す「不平録」のやうな雑録物を書き棄てゝはそれからも雀が餌を拾ひ集めるやうにわずかばかしの収入を計つてゐる」とされている。むろん周知のとおりこれらは現在知られる秋江自身の経歴と一致している部分が多く、ここから秋江の側にも自分自身を描くという意識が存在しており、またそう読まれることを想定して描いていたことが推察できる。また当然同時代の読者たちのうちのいくらかにとってもこのことはわかったはずで、引用の評のように「此の作中の『彼』を作者其の人とす」ることは容易なことであったろう。

ストーリーも、八月の末までに返さねばならぬ借金を負った「彼れ」が、前借りに新聞社へ行ったり翻訳の仕事に手を着けてみたり、仕事をはかどらせるために避暑に出てみたりするというもので、まったく大きな事件が起こるわけでもない。そのかわりにテクストには、返済期限が迫りながらも倦怠のためにろくろく仕事もしない「彼れ」の心境が、いいわけがましく連ねられてゆくのである。

青果「鎌倉まで」（『趣味』明41・4）は冒頭から

> 昨夜また徹夜して独歩集を読んだ。富岡先生、女難、少年の悲哀、夫婦どれを読んでも面白い、胸を刺される。あゝなれば最う単なる芸術品とは云はれぬ。活きた人生その物だ。〔…〕泣くも叫ぶも悶えるも咀ふも、その何れにしても総べて他の声ぢやない。慥かに自分の声だ。独歩民《氏》自身の痛切なる声である。〔…〕第三者の江間君は慥かに僕だ。僕の他の人では無い。作者は独歩自身を書いたと云ふかも知れないが読者たる僕は又僕自身を書いた者だと思つて読んだ。然し僕の江間君、僕のお鶴は第三者にある如き詩的なる大円団《マヽ》を取らなかつた。〔…〕
>
> 僕は甚麼場合にも真面目になれない男なのかも知れぬ。何時も下らぬ芝居ばかり打つて居る男なのかも知れない。――まア好い、兎に角書くんだ。書くだけが僕の職業なんだ。

と視点人物であり語り手であり主人公である「僕」が宣言する。独歩の作品を「独歩民《氏》自身の痛切なる声」として受けとめる読書習慣を保持する「僕」は、みずからもまた「書くだけが僕の職業なんだ」という小説家らしき人物として造形されている。彼は独歩の作品に作者独歩の声を聞くのみならず、その登場人物たちとその関係を自らとその周囲へと投射しなぞらえる。ここには自身をハウプトマンの戯曲中の人物「ヨハンネス・フォケラート」に重ねた「蒲団」の主人公時雄の姿を見透かすこともできるのかも知れない。ともあれ作品と現実とを織りあわせる地点から語り起こされた「僕」の物語――さきにも述べたようにこれは日記体をとっている――は、読者に対しその交差の枠組みを、「鎌倉まで」という現在読者が読みつつある作品と、作者青果との間の関係へと敷衍し、「僕」の物語＝日記を、作者青果の物語＝日記として読むことを要請する。この作品の評としてなされた「余りに自己を語りすぎてゐる。作者が真剣で自己を語つてゐるやうだ」という評価は、このテクストの戦略に乗せられた結果のものといえるだろう。

以上見てきたように、「蒲団」以降、作家が自らの経験や心情を作品化したテクストは急速にその位置を小説ジャンルのなかに固めつつあった。〈身辺小説〉が流行を見せ、題材を自らの周囲に取る作品が増え、作家自身のことを書き込んだものも姿を見せはじめていたところに、「蒲団」は出現した。その影響力は大きなものであったかもしれないが、それは「蒲団」というテクストそれ自体の力のみに帰せられるものではなく、作者花袋の文学空間内での地位や、「モデル問題」との時期的な一致、そしてその時期形成されていた現実参照的な読書慣習の力がそこに流れ込んでいたのである(44)。それら文化的コンテクストと交渉することによって、「蒲団」は読み替えられ、小説ジャンルに変革をもたらすほどの力を付与されて、その出来事の符牒として流通することになったのであった(45)。

自分を小説に書いてもよいのだという、「蒲団」をめぐって産出された言説群の起こした小説ジャンルの変動は、すみやかに他の作家たちの共有するところとなり、彼らはそれぞれの形で、それぞれの〈自己表象〉を行ってゆくことになる。先にも引用した正宗白鳥の「知らず〲皆んながかぶれて、多くの作家が我勝ちに自己の持つてゐる『蒲団』式の小説を書き出した」（前掲「文芸批評」）という回想からは、〈自己表象〉へと傾斜していった文学空間の趨勢がよくうかがえる。次の引用は、そうした変化に対してなされた同時代の批評である。

〔「所謂自然派の作品」と小題して〕第一、どれも〱取材の範囲が似通ひ過ぎてる〔ママ〕〔…〕第二、どうも書き方が似通ひ過ぎて居る〔…〕第三、何うも模倣らしいと思ふ作品が多い〔…〕第四、これを読むと、小説は誰にも書

ける、訳のないものだと云ふ考を持たせる。(46)

今の所謂自然派側の在る論者の説に従ひ、作家自身の直接の閲歴直接の実感を書くに限る、といふやうな傾向が進んだなら、その結果は何うなるであらう。多く考へるまでも無く、小説の主人公は千篇一律、いづれも作者肌のものに限られるであらうし、事柄も大抵似たり寄たりの小衝突小波乱で、甚だ寂しいことにならう。〔…〕近頃は既に其の傾向が幾分見えて来たのである。(47)

二葉亭先生の「平凡」を始め此節は文学者を材に取る事が大流行だ。是も作家自身の最も切実に触れた事を率直に描かんとする自然主義のせいだらう。(48)

自然主義が作家たちに小説の書き易さを示唆したのであり、そのように濫造された小説がステレオタイプ化してしまっているという指摘である。〈自己表象〉は予想を超えた勢いで拡がりつつあった。文壇では、こうした方向の安易さへの非難さえ、すでに現れていたのである。これらの引用からやや後、明治四二年一〇月に書かれた批評では、「△此頃は妙に自己の告白とか現実暴露とかいふ事が流行るさうだ。小説といふ小説はみんな自分の事を書くのださうだ。小説ばかりではない、論文まで左様なのださうだ。書く人には都合が良いかも知れないが読む方は良い災難だ」とまで言われるようになっていた。(49)

しかしこうした批判的言説の数々は、逆にそれだけ当時の作家たちにとってこの表象法が魅力的だったことを証言しているとも言える。新しく登場した〈自分を書く〉という手法を非常に魅力のある表現の形式として認め、積極的に利用しようとしていた者たちが数多くいたからこそ、それだけ批評もされたのである。(50)

明治四〇年前後には、小説を書きたがる青年たちの数が増加していることが『文章世界』の編集をしていた花袋の口から伝えられている。[51]また岩佐壮四郎「〈雅号〉の終焉」[52]の指摘する、雅号を棄て本名をもって作品を執筆しはじめる「新しい芸術家」たちの登場も、やはりこの時期である。自分自身を描くということの積極性を、本名を名のって〈自己表象テクスト〉を発表していった若い作家たちは認めていたようなのだ。自分を描くという方法に対して微妙な態度を見せていた花袋や風葉、秋声たちに対し、彼らよりも若い世代に属する青年たちは、より積極的かつ直接的に〈自己表象〉を行いつつあったらしい。次章からはこの点について、〈世代〉の問題を意識しながら、〈自己表象〉という新しい表現形式にかかわる態度差のありかたやその背景となる思潮を考えてみたい。

注

(1)「文芸界消息」(『趣味』明40・9)。
(2)「文芸界消息」(『国民新聞』明40・9・8)。
(3)国木田独歩「予が作品と事実」。『文章世界』(明40・9)の「事実と作品」という企画に寄せられたもの。他にも「牛肉と馬鈴薯」について「彼の演説は余の演説である。而して北海道熱は余自身の実歴にして、空知川の岸辺は此実歴の実証である」という言及がある。
(4)「緩調急調」(『新声』明40・10)。
(5)柳川春葉「事実と人物」(『文章世界』明40・9)。「事実と作品」という企画中の記事。
(6)後藤宙外「自然派とモデル」(『新小説』明40・10)。
(7)△□△「『蒲団』を読む」(『新声』明40・10)。
(8)鸛鵲子「小説の材料(上)」(『東京二六新聞』明40・10・2)。
(9)「文芸界消息」(『国民新聞』明41・1・19)。
(10)小栗風葉「「青春」と「天才」」(『文章世界』明40・9、特集「事実と作品」)。

(11) たとえば徳田秋声「事実と想像」(『趣味』明40・11)。

(12) 「雲中語」(『めさまし草』明29・11)。稲垣達郎「私小説と小説ジャンル」(『文学』21、一九五三年一二月)、小笠原克「私小説・心境小説論の根太」(『講座日本文学の争点 5近代編』明治書院、一九六九年四月)に指摘がある。引用は『鷗外全集』第二四巻(岩波書店、一九七三年一〇月、144頁)による。八面楼主人(宮崎湖処子)「紅葉山人の『青葡萄』」(『国民之友』明28・11・9)も「『青葡萄』は小説にあらず」といい、「一篇の紀事文」「渠の生伝の一片」と評している。

(13) 引用は「前月文芸史」(『新潮』明40・2)。

(14) 「『蒲団』合評」(『早稲田文学』明40・10)。以下『早稲田文学』同号の「『蒲団』合評」は、早稲田合評と略す。

(15) 「九月の雑誌」(『文章世界』明41・9)。

(16) 「十月の雑誌」(『文章世界』明41・10)。

(17) 小笠原克「私小説の成立と変遷——注釈的覚書——」(『解釈と鑑賞』一九六二年一二月)の言う、「蒲団」を「文学」として「楽屋落小説」を「文学」から締め出した明治末の「批評主体」とはこうした状況を指しているだろう(序章21頁参照)。

(18) 前掲早稲田合評の緒言部分より。また同様の指摘は同合評中の小栗風葉、星月夜(島村抱月)の評言中や、衣水生「自然主義派の作物 花袋氏の「蒲団」」(『帝国文学』明40・10)、「『蒲団』を読む」(『新声』明40・10)にもみられる。

(19) 「先月の小説界」(『趣味』明40・10)。

(20) 前掲『帝国文学』(明40・10)の「蒲団」時評。

(21) 徳田秋江の早稲田合評における評言。

(22) 「緩調急調」(『新声』明40・11)。

(23) この点については、和田謹吾「事実への傾斜——「蒲団」前後——」(『描写の時代——ひとつの自然主義文学論——』北海道大学図書刊行会、一九七五年一一月、所収)、五井信「花袋小説における〈人称〉の問題——明治40年前後の短編の分析——」(『立教大学日本文学』66、一九九一年七月)を参照。また本章であげた四点の他にも、相馬庸郎『日本自然主義文学再考』(八木書店、一九八一年一二月、112頁)は、「蒲団」が「時代」の思潮と関連づけて捉えられていたことを指摘している。

(24) 「田山花袋氏の『蒲団』」(『明星』明40・10)。

(25) 無署名(田山花袋)「小説作法」(『文章世界』明40・10・1)。

(26) 前掲片上天弦、早稲田合評。また同様のものに、「今日に於て作者が赤裸々なる現在の事実を以て其作の主材としたりといふ事由を以て其文芸的価値を疑ひ、道義問題を云々するが如きは蓋し想はざるの甚しきものといふべし」（「『蒲団』を読む」『新声』明40・10）という評言もある。

(27) 両者とも「緩調急調」（『新声』明40・11）。

(28) 正宗白鳥「文芸時評」（『中央公論』一九一五年一一月）。引用は『正宗白鳥全集』第二三巻（福武書店、一九八四年二月）によった。

(29) 以下初出→メタ情報掲載誌（紙）とする。

真山青果「茗荷畑」（『中央公論』明40・11）→「甘言苦語」（『新潮』明40・11）
小栗風葉「恋ざめ」（『日本』明40・11・18〜明41・1・4）→「『蒲団』合評」（『早稲田文学』明40・10）
真山青果「妹」（『趣味』明41・1）→「一月の小説壇」（『新潮』明41・1）
高浜虚子「俳諧師」（『国民新聞』明41・2・18〜7・28）→「文芸界消息」（『国民新聞』明41・2・23）
真山青果「鎌倉まで」（『趣味』明41・4）→鰶生「小説月評」（『文章世界』明41・4）
島崎藤村「春」（『東京朝日新聞』明41・4・7〜8・19）
→町の人「『春』の中の人物――『文学界』当時の状態――」（『文章世界』明41・7）など
田山花袋「生」（『読売新聞』明41・4・13〜7・9）→田山花袋「『生』に於ける試み」（『早稲田文学』明41・9）
村山鳥逕「恋不足」（『文芸倶楽部』明41・7・1）→「七月の雑誌」（『文章世界』明41・7）
伊藤銀月「断腸記」（『新小説』明41・9）→「九月の雑誌」（『文章世界』明41・9）
徳田秋声「さびれ」（『趣味』明41・10）→「十月の雑誌」（『文章世界』明41・10）
竹内政女「平凡ぎらひ」（『文芸倶楽部』明41・11）→「十一月の雑誌」（『文章世界』明41・11・15）
徳田秋江「八月の末」（『早稲田文学』明41・11）→「十一月の雑誌」（『文章世界』明41・11・15）
真山青果「六月廿三日」（『趣味』明41・12）→「十二月の雑誌」（『文章世界』明41・12）

(30) 柳田国男談「文芸雑談　オスカー、ワイルドに就いて」（『読売新聞』明41・5・10、日曜附録）。

(31) 「文芸界消息」（『国民新聞』明41・2・23）。

(32) 後者のメディアの変化については、久保中人「文壇玩具箱」（『趣味』明42・12）の「△さらに言へば古い小説とても或る意味に於ては自己告白である。〔…〕併し当時はそんな事を臆面もなく口外はしなかつた。処が今日では何んでも吹聴するやうになつた。騒ぎを大きくするやうになつた。これが則ち告白の濫用され、従つてまたその附録としてモデル問題などを起す所以であらう」という指摘がある。
(33) 前掲『帝国文学』(明40・10)の「蒲団」時評。
(34) 小栗風葉、早稲田合評。
(35) 小栗風葉「覚醒せる明治四十年」(『文章世界』明40・12・15)の「明治四十年文壇の回顧」中。
(36) 徳田秋声「事実と想像」(『趣味』明40・11)。
(37) 当の花袋も「蒲団」発表の一年すこし後、「私が『蒲団』を書いた当時、いろいろな批評を受けたが、作者の懺悔録だとして見た人が大分多かつた。〔…〕尊い作者の心などといふものを其中から発見しやうとしたツて、それは駄目だ。作者は無論懺悔などをしたのではない。作者にもしあゝいふ境遇に邂逅したことがあつて、あゝいふ心理の状態に居る事があつたとしても、作者はあれを好い事とも悪いことゝも思つて居ない。要するに、現象である。ある事件に逢着してそれから起つた心理現象である。」と語っている(田山花袋『小説作法』博文館、明42・6。引用は『定本花袋全集』第二六巻、225頁、臨川書店、一九九五年六月)。花袋はこの「心」を読む「懺悔録」的読み方を拒否する一方で、また作品から作家の「実歴」を過度に読みとろうとしすぎる読書法をも嫌っていた。同じ『小説作法』のなかの彼の主張(同書「第六編　読者と作者」の章)に「かういふ読者は、又次のやうなことを言つて面白がつて居る。『この作は事実を書いたのだ相だ。作者の実歴ださうだ。成程、こんなことがあつたかナア』」という部分がある。花袋は「三面記事と同じやうな心持で小説を読む読者」を忌避しているのである。彼もまた、主人公と自らを同一視されることを拒みながら、そこに「心理現象」を書き込んだことを読者に示唆しているのだ。
(38) 引用は『二葉亭四迷全集』第一巻(筑摩書房、一九八四年一一月、420頁)による。
(39) 二葉亭四迷「『平凡』物語」〔談話〕(『趣味』明41・2)で、二葉亭は「平凡」が期せずしてそれが「サタイヤ」になってしまったことを述べている。ただし一方読者の側では、実際にこれを二葉亭と同一視してしまうような解釈も存在した。たとえば「▲六号漫言」(『新潮』明41・1)など。
(40) 鰶生「小説月評」(『文章世界』明41・4)。
(41) 「十月の雑誌」(『文章世界』明41・10)。
(42) 「十一月の雑誌」(『文章世界』明41・11・15)。
(43) 「十二月の雑誌」(『文章世界』明41・12)。

(44)「告白的小説の系列」に注目しつつ、前掲和田「事実への傾斜」も、「日本の自然主義文学の性格」について「「蒲団」以前から、読者の要求によって決せられていたと考えられる」と論じている。

(45) この点から考えて、藤森清「「蒲団」における二つの告白——誘惑としての告白行為——」(『日本近代文学』48、一九九三年五月、後に『語りの近代』有精堂、一九九六年四月に所収)の示した、芳子の「誘惑」に力点を置く見解には、検討の余地があるように思う。「蒲団」が提示したものについて、同論文は、「「蒲団」が抱月らの解釈共同体によって告白と認定されたとき、告白に関する、それ以後慣習化されたものとなる読みのコードが成立したわけだが、そのとき同時に、抱月らはこの誘惑の身振りに反応したのだと考えられる。〔…〕「蒲団」というテクストにそうした読みの体制を引き起こす力があったのだとすれば、その力の源泉は、〔…〕つまり他者であった「新しい女」として芳子にあったのだといわなければならないだろう」としている。「蒲団」というテクストそのものの力に力点を置きすぎているという点と、芳子の果たした役割について過大評価をしすぎているという点の、二点について疑問が残る。「蒲団」の影響力はそれを取り巻くコンテクストの力によるものも大きかったことは確認したとおりである。また、第二節末で述べたように、作品を「告白」として読むという作業は、登場人物を作者とみなす読書の変異型の一つであり、この読書慣習は明治三〇年代から継続して行われてきたメディアの情報編成の産物である。ゆえに「「蒲団」というテクストにそうした読みの体制を引き起こす力があった」とみなすことはできないし、芳子の「誘惑」にそれを帰することもできないのではないか。「蒲団」が変化させたのは、「読みの体制」であるよりもむしろ、小説ジャンルの境界意識であると考える。

(46)「前月文芸史」(『新潮』明40・8)。

(47) 後藤宙外「随感録」(『新小説』明40・10)。

(48) 小栗風葉「一月の小説壇」(『新潮』明41・1)。風葉は早稲田合評でも、「或る批評家が自然派の起つた為めに、素人が皆小説に手を出すやうになつたと言つたのは、一面真理であると共に、今の所謂自然派小説なるものゝ一般に誤解されてゐるのみならず、自ら自然派と称して書きつゝある作家にも、充分其意味が解されて無い事が分る」と、類似の見解を見せている。

(49) 引用は久保中人「文壇玩具箱」(『趣味』)。久保の念頭にあったのは、鷗外の「ヰタ・セクスアリス」(明42)、藤村の「春」(明41)、島村抱月の「懐疑と告白」(明42)である。

(50) のちに批判的な口吻を漏らした正宗白鳥も、実はその一人であった。真山青果「爐傍」、徳田秋江「八月の末」ほかの作品を評して彼は次のように述べていた。「此等の作は如何にも新しい天地に、何の繋累もなく自由に自分の特徴を発揮してゐるやうだ。「自然主義が起つてから、勝手な自分の実験を書けばいゝとなつて、誰でも小説が書けるやうになつた。」と、或る大家が冷笑的に云つたことがあるが、さう云つた大家は四畳半で鑓を遣つたり、口で筆を持つて書いたりするのを芸術の極意と思つてる〔ママ〕のだらう」（「机上雑感」『読売新聞』明41・11・8、日曜附録）。

（51）「文章世界の投書に小説が非常に多い。百五十通から二百通位来ることがある。何うしてかう今の青年は小説が作り度いたらうかと驚かれる。また碌な字も書けないやうな人が小説を作る。何ういふ気で、かういふ風に小説を作るか鳥渡弁らん位だ」（前掲、花袋「小説作法」『文章世界』）。

（52）岩佐壮四郎「〈雅号〉の終焉」（『日本文学』一九九六年一一月）。

第3章　〈文芸と人生〉論議と青年層の動向

東京府下青山に住む杉原迂生青年は、明治末のとある早春、その友人の鶴藤君、小倉徂峰君と、「理知と本能の極端に離れたる時代」に生きる「現代青年の煩悶」について議論した。鶴藤君は「無計画なる追欲的自己発展」を唱え、徂峰君は「自我主義的思想は空想であらう」と難ずる。迂生青年はこの時自分の考えを述べなかったが、その後『中学世界』一三巻五号（明43・4〔一九一〇〕）の「読者倶楽部」に、以上の経緯を述べつつ自らの見解を発表した。「態度の宣告（近代的青年の賛助を求む）」と題されたそれは、「計画的本能の盲動的発展」を謳い、「理知を本能の梶として盲動する」という立場に立つものであった。迂生青年はこれを唱えつつ、「日本全国、いやしくも青年のある所は大演説会を起こし、又機関雑誌を発行し、来る可き世に確定する新道徳の下地を作りたい」と抱負を述べ賛助を乞うたのである。

岩野泡鳴の「新自然主義」「刹那主義」、あるいは遠く高山樗牛の「美的生活論」の響きも聞きとれる府下の投書青年たちの一幕は、百年後の我々に明治末の思想的雰囲気をよく語ってくれる。こうした青年たちの活動を拾い上げていくことも、それはそれで興味は尽きないが、本章の課題はそうしたややノスタルジックな作業ではない。

この「態度の宣告」の発表された翌月、同欄に中村天涯による「杉原迂生君足下」という反応が寄せられた。迂生青年が直接天涯青年を訪れて話し込んだ夜に約束したものだというその記事は、かなり手厳しい迂生論への批判となっているのだが、その記事中で迂生青年の言として紹介された「僕は文芸即実行です」という一文にこそ、目をとめる必要がある。いわゆる「実行と芸術」論争である。府下の投書青年たちのサークルが交わしていた議論は、単なる岩野泡鳴や高山樗牛の思想の咀嚼だったのではなく、しばらく前から「中央文壇」で闘わされていた大論争に連なる論議だったのである。

「実行と芸術」「芸術と実生活」などと呼ばれる論争は、「私小説」や「政治と文学」の問題を考える過程で脚光を浴び、早くから論究されてきた論題である。この議論の代表的な達成である平野謙『芸術と実生活』（講談社、一九五八年一月）は、たとえば次のようにまとめている。「岩野泡鳴の芸術即実行論とそれにつづく石川啄木の積極的自然主義論との挾撃にあつて、（天渓・花袋・抱月らが結論した）芸術の観照性はゆるがぬわけにはゆかなかつた。自然主義文学はたじろきつつ後退し、その間隙をねらつて、永井荷風・谷崎潤一郎らの耽美主義文学や武者小路実篤・志賀直哉らの理想主義文学が台頭してきた」（10頁）。「この「実行と芸術」問題の流産が屈折し、白樺派に媒介されて、心境小説の一母胎となるのである」（109頁）。自然主義の観照性が批判され、その「屈折」を白樺派が「媒介」して「心境小説」が生まれ、また「私小説」を結果していく、というわけである。もちろんこの平野の図式は正確とは言い難く、個別作家論の形を取った後続の論によって、すでにその恣意性が明らかにされてきている。島村抱月を例にとりながら、「「実行と芸術」の問題の出発点が、いわゆる私小説論に直結するような性質のものとは全く異質の、もっと明治的な問題意識であった」とした和田謹吾の指摘などがそれである(1)。

平野の図式の恣意性は明らかとなり、個別の作家研究も深化した。しかしこの明治後半期最大の論争の一つといってよい議論の実態については、次に述べるような先行論の偏りもあって、実はそれほど明らかにされているわけではない。

平野謙をはじめとする先行の論者たちは、論議のある重要な構成要素を見逃してきた、と私は考えている。他ならぬ、冒頭のような青年たちの動向である。検討の対象を田山花袋や島村抱月などといった著名な文学者の言説のみに限定してきた先行論は、この方面を完全に視野の外に置いてきた。だが、当時の投稿論文や六号活字を通覧していくと、〈文芸と人生〉論議――後述の理由からここではこう呼称する――の裾野の広がりは驚くべき規模に達していたことが見えてくる。著名文学者たちの論戦の横で、その「読者」である青年たちもまた、活発な議論を繰り広げていたのである。

この視角から、本章は次の二点を課題としている。一つは、大作家中心の文学史叙述に異議を唱え、彼ら以外の存在――ここでは青年文学者とその予備軍――を、〈世代〉あるいは〈層〉という概念を仮設することによって可視化し、複数の〈層〉間の交渉と相互葛藤を考察しようという方法論的なもくろみである。

具体的に本論の対象に即して言えば、若い世代の動向と「中央文壇」の動向との間に形成されていたと考えられる、有機的で相互交渉的な連関がここでの問題である。抱月・花袋・天渓・啄木などの著名作家たちを点でつないでゆく文学史叙述では、〈世代〉や〈層〉の間の差異と交渉がもたらす文化的変動のダイナミズムを把握しきれない。著名作家と青年層の動向を同時に視野に入れる地点に立たなければ、〈文芸と人生〉論議の構造と意味を総体的に捉えることはできないと考えるのである。

もう一つは〈自己表象〉の誕生に際する、〈文芸と人生〉論議の経緯と行方の重要さを明らかにすることである。この論議と「私小説」成立の連関を説いたのは先の平野謙であったが、平野論は自然主義文芸論の限界と、岩野泡鳴、石川啄木による反論をしか視野に入れず、そこへ自然主義とは別種の傾向としての白樺派を対置するという構図を取った。これに対し本論は、より広い青年層の動向――そこには啄木も若き白樺派も含まれうる――を把握することの重要性を主張し、彼らのよってたっていた「人生観上の自然主義」に注目する。〈文芸〉と〈人生〉を一体に捉えるべく志向するこの理念の構成を明らかにすることにより、なぜ青年層が〈自分を書く〉ことを積極的に価値づけたのかが見えてくるはずである。

1 〈文芸と人生〉論議の推移

〈文芸と人生〉論議は明治四一（一九〇八）年から四二年にかけて行われた論争で、その名の通り「文芸」とその担い手の「人生」「生活」との距離や密着性、あるいは文芸に「実行」が伴うべきか、などが主たる焦点となったものである。

この論争勃発のそもそもの起因には、自然主義文学とその担い手たちに対する社会的なバッシングがあったといえる。「都会」裁判・出歯亀事件・煤煙事件などといった世間の耳目をそばだたせる出来事によって、社会の性的な乱れや青年の風紀問題と自然主義文学との関連づけが顕著に見られていたことは周知のところである。[2] こうした社会的な批判に答える形で、長谷川天渓や島村抱月が発言をはじめたのが明治四一年の四月から五月頃だった。

◎近頃の新聞では、自然主義と本能満足主義とを、全然同一義に使用してゐるのみならず、一部の有識者間にも、両者一なりといふ見解を抱いてゐる人もある。

◎先づ第一に差別すべき点は、自然主義は、文芸上の問題であつて、本能満足主義とは、人生上の実行問題であることである。[3]

以上のように述べた天渓と同様に、抱月も『教育時論』（明41・5）に寄せた「文芸上の自然主義」という談話で、

「数年前流行した本能満足主義と、混同せられ易い」、「両者の相異点は、本能主義は実行の主義であるが、自然主義は文芸上の一傾向で、これは実行と直接の関係を有つておらぬ」と述べていた。問題の発端にあったのは、古くからある〈文芸対道徳〉の図式であった。

ここへ批判的に介入してきたのが岩野泡鳴である。泡鳴はすでに『万朝報』の素堂と論争をするなかで「僕は外界の存在を許さない唯一自己を主張するのである」(4)などと述べており、天渓・抱月の姿勢を見て批判を始める。

一体、僕等の新自然主義は人生観であり、同時にまた芸術観でもあり、人生と芸術とに何等の区別を置かない程切実であるべき筈だが、花袋氏を初め、天渓氏も抱月氏もただ区別された芸術の範囲でこれを考へてゐるらしい。(5)

「文芸上」と「人生上」の分別を説いた天渓・抱月に対し、泡鳴はその一体性を主張したのである。ここに〈文芸と人生〉論議が始まる。ただし論議といっても、実際にこの時期に活発に応酬を繰り広げたのは泡鳴と天渓ぐらいであり、そこに抱月が自然主義の美学的価値づけをしてゆくかたわらコメントを述べ、外には徳田秋江や『文章世界』の六号活字が反応を見せる程度であった。諸雑誌・新聞に掲載された記事を見てゆくと、この一連の議論は大体一〇月頃でいったんの終息を見せるようである。これを第一期とする。(6)

論争第二期の開始は、田山花袋の評論が契機と考えられる。

実行上と芸術上と、自然主義に区別はないといふ説が大分多いやうだ。〔…〕けれど自分は実行上の自然主義といふものは意味を成さぬと思ふ。自然主義の傍観的態度は既に始めから芸術的学問的である。(7)

この一月の評論のあと、同欄二月の記事で花袋は「実行上自然主義と芸術上自然主義とに就いて、大分前号の「評論の評論」が物議を醸したやうだ」とその反響を述べるが、実際この花袋論を機に四二年に入ってから論争は活発化しはじめる。

花袋「評論の評論」は、社会問題としての〈文芸対道徳〉からは完全に切れたところで提起されたところに特徴があった。そのため、論争は第一期より問題の範囲も参加者も広汎になり、その分議論は錯綜する。『読売新聞』日曜附録「文壇無駄話」を定位置とする徳田秋江の積極的参加が目立つほか、金子筑水や田中王堂、さらに後藤宙外・樋口龍峡ら文芸革新会のメンバーなど、さまざまな人間が発言するようになる。

これにともなって「実行」概念も多義化する。第一期において「実行」は「本能満足主義」の「実行」という文脈を保持していた。第二期ではこの限定性が薄まり、問題は人生と文芸との関係一般や、行動というほどの意味における現実生活の「実行」と文芸創作時の「観照」との関係などに開かれてゆく。(8)

論争の行方としては、明治四二年の第二期に入った途中から、天渓・花袋・抱月という「観照派」とまとめられる文学者たちがその態度を微妙に変えていくことが見てとれる。当初四二年一月の段階で「自分は実行上の自然主義といふものは意味を成さぬと思ふ」（前掲引用）と述べていた花袋が、五月には「▲要するに、私の考では、作者が其心持を実行すると否とは、自然主義といふ上からは、（虚無主義社会主義などでは大に違ふが）枝葉論であつて、実行しやうが為まいが、さういふことは作者の個人性にまかせて置いて好いことだと思ふ」(9)と、以前の主張をなし崩しにするような譲歩を示すようになる。長谷川天渓も当初「自然主義なる語は、飽く迄も芸術上に用ゐねばならぬ」としていたのを、一年後には「例へば無理想無解決の態度を以つて芸術を製作するとせば、作家其の人の日常生活も亦、無理想無解決である。〔…〕芸術と実行が一致すとは、此の意味に於て言ひ得るであらう」と、限定を付しながらも「芸術と実行」の「一致」の地点を認めるに至っている。[10]

天渓・花袋がこうして分離の姿勢を軟化させていったのに対し、島村抱月はあくまで「観照派」の立場を崩さなかったようである。しかし、「実行」と「芸術」の区別は守ったものの、四二年の六月、評論集『近代文芸之研究』を刊行したその「序に代へて人生観上の自然主義を論ず」において〈人生観〉論へと足を踏み入れる。[11]「観照派」の主軸であった抱月によるこの論の発表は波紋を呼び、〈文芸と人生〉論議の着地点を物語るものともなっていく。この点の詳しい分析は後に譲り、ひとまずここではこの抱月の「序に代へて人生観上の自然主義を論ず」をもって第二期が終わるということを述べるにとどめておく。

こう見ていくと、「観照派」とされる花袋・天渓・抱月らが、そろってその主張を変化させてゆくようすがうかがえる。いったいなぜ彼ら「観照派」は、立場の「後退」とも見える変化を見せねばならなかったのか。

この時期の自然主義の作家・評論家たちの変化については、それぞれ文脈は違うものの、先行する論考においてもさまざまに分析がなされている。相馬庸郎「田山花袋の「実行と芸術」」(注1参照)は、花袋の「積極的挑戦の論理」が「無差別的肯定の論理」へと転換した原因に対道徳意識やモデル問題の存在を指摘する。同じく相馬「島村抱月「問題的文芸」と「観照」」(同前)は、抱月の転機を「「建前」が強いた矛盾」と「虚構論の不在」に帰す。谷沢永一「自然主義文芸批評の屈折」[12]も、抱月の転身を「テーマとモチーフの喪失」に求めている。それぞれに一定の説得力を持つ議論だが、こうした議論のほとんどが、それぞれの作家の論理の内部で説明されているところに問題がある。このため、結論は彼らの論説の系譜における矛盾や、伝記的な事実の参照からのみ導き出されてしまう。

「観照派」とされる側の文学者たちがそろって譲歩をみせたという事実には、そうした個人的文脈の他に、なんらかの理由にもとづいた連関性、連動性を想定するべきではないかと私は考える。そこにこそ、〈文芸と人生〉論議を推移させた動因が存在するだろう。

2　青年たちの〈文芸〉と〈人生〉

ヒントを与えてくれるのは、〈文芸と人生〉論議のさなかに書かれた一つの同時代文学史の記述である。岩城準太郎『増補　明治文学史』第九章「新興の文学」の第一節「思想界の新潮」は、次のように述べている。

樗牛等の予言的運動は、今日始めて鮮明なる色彩と重要なる意義を有せる一般的運動となれりと言ふべし。されば自然主義は、単に文芸上の新主義たるに止らずして、又人生観上の新主義たり。此の主義や、所有伝統を破壊して後に起りし新自我の所生なれば、即ち解放せられたる新人の人生観にして、物心合一霊肉一致、自己は唯全一体として存するのみ、心性は知に非ず情意に非ず、又全一体として存するのみ、現実の外に理想なく真の外に善美なしと称する一元的新見地に立てる者なり。(13)

注目しておきたいのは三点である。自然主義を「文芸上」に止まらない「人生観上」のものとしていること、その人生観が「新自我の所生」であり「新人の人生観」としていること、そしてその人生観は「一致」説に従うとし、それを岩野泡鳴の用語で語っていることである。

「新興の文学」として自然主義文芸の特長を整理するこの文章は、執筆時まさに係争中であった〈文芸と人生〉論議の用語を明らかに参照して語られている。「復刻凡例」にある明治四二（一九〇九）年三月擱筆という記述からわかるように、岩城の文章が書かれたのはまだ「観照派」の勢いが衰えていない時期である。とすれば、明白に岩野泡鳴の論理の側に立つ岩城の記述は、かなり偏ったまとめ方であるといわねばならない。しかし仮にも『明治文学史』を名のる書物であり、岩城の主観一方で書かれているとも思えない。この立場をとるのには、なにかそれなりの理由があるはずである。

先の引用で、岩城は自然主義を「新自我の所生」であり、「解放せられたる新人の人生観」であると述べていた。なんらかの新しい動向の台頭を捉えてなされた論述のようである。彼が見ていたのは、どういった存在たちだったのだろうか。

「同じく自然主義にかぶれて居ても、私は先生から教へられた通り、芸術と実行とを別々に考え度いと思ひ、佐伯はまたK先生の態度を――つまり自分に勝手な都合の好い事は之を実行し、反対に不利益と見るときは芸術は絶対に観照だと称へる、さうしたやりくちは嫌だ卑怯だと云つて、芸術と実生活とをぴツたり一つに行かうとする〔…〕」(76頁)。引用は花袋の弟子であり「蒲団」の芳子のモデルとされた永代美知代の小説「ある女の手紙」の一節である[14]。テクストが自ら示すように「私」は美知代自身、「佐伯」は永代静雄、むろん「K先生」は田山花袋が前提されている。三者がかつて起こした衝突の主因として示されたのが、「芸術と実行（実生活）」問題に対するそれぞれの態度の不一致である。「ある女の手紙」というテクスト自体は、こうした断絶を掘り下げていく方向をもってはいない。しかし、ここに示された佐伯の指向は興味深い。彼の主張するところは、単なる彼個人の思想的立場として片づけられるものではないようなのだ。佐伯の背後には、同じように「芸術と実生活とをぴツたり一つに行かうとする」青年たちの群が控えていた。言うまでもなく、冒頭の迂生青年もその一人である。

岩城の文学史が念頭に置いていたのはおそらくこうした青年層の動向である。もちろん岩城の言う「新人」をそのまま年齢的な若さに直結させることは慎まねばならないが、〈文芸と人生〉論議に対する青年たちの発言を拾っていく限り、岩城の評言が彼らの方向性を踏まえていたと考えることは、それほど的はずれではないように見える。

彼らの言うところを引いてみよう。(15)

▲早稲田文学　島村抱月の「芸術と実生活との界に横はる一線」が巻頭の論文で、大分長い。嚙んでくゝめるやうによく説いてあるので、誰にでも解るであらう。けれどもこの説の如きものが芸術ならばどうも芸術は生温いものゝやうに思はれる。芸術はもう少し自我に痛切のものではなからうか。(16)

それ文芸は或る意味に於て人格の発表である。吾人は文芸上の主義と実際生活の行為とを区別する天渓氏や抱月氏の説に服する事は出〔来〕ない。かゝる手緩き事で果して立派な作物が得られよう〔ママ〕か、苟も真面目に文芸上の主義を奉ずる限り、その行為もこれと軌を一にするのが当然であるまいか。(17)

戦慄すべき人生の真相、それが今自己人生の当面であると知つた時、人は尚ほ能くかゝる態度を持続し得るであらうか。由来人生を客観視すといふは、他面全然自己を人生より離さんとするのである。然し此の態度は、決して自己人生の当面に対する吾等の態度ではない。(18)

実行論者のいふところは、唯だ人生の生活者として、事ごとに、はた時ごとに、常に全力的であれ、全人格的であれといふのである。〔…〕斯処に於て我即人生、人生即我である。我と人生との間に、何らの隙間もなく、ギャップもない。(19)

人生のための芸術と云ふが如き言葉は、我等の心の直現ではない、自己の生活即ち芸術の生活である、われ

く は生きんが為めに活きるが如く、先天的衝動の発現によつて芸術品をなさゞらんとするも得ないのである、芸術と実行とに二致あるものでなく実行即ち芸術、実行の表現は即ち芸術と云ふことになつて来た。[20]

注に記載した発表の日付からも明らかなように、花袋、抱月、天渓らが盛んに文芸と実人生との区別を説いていたころから、青年たちはすでにそれとは違う立場をとりつつあった。もちろん、「観照派」的な立場の青年たちもいるにはいたが、管見では「一致」説に立つ論者たちが多数派である。著名作家の論説のみを眺めていった場合、「一致（実行）派」の岩野泡鳴の立場は、独特の、孤立したものに見えるが、実際は全くそうではない。若い世代の論を丹念に拾っていけば、「観照派」を探す方がむしろ難しいほどなのだ。

花袋らの「譲歩」を生み出した要因の一つは、こうした青年たちの傾向にあると私は考える。先行論ではそれぞれの論者における論理的破綻や道徳意識からくる限界などが理由とされてきたが、それだけでは花袋・天渓・抱月がそろってほぼ同時期に変化した理由が十分に説明できない。やはりそれは、青年たちの論説群から浮かび上がるような時代的な思潮を、彼らが意識したからこそ起きた変化だったと考えるべきではないだろうか。

このことは、論争の展開と彼らの文芸メディアに対する立場との二面から説明できる。論争第二期開始の端緒となった花袋「評論の評論」発表後、第一期の抱月・天渓・泡鳴といった顔ぶれに加えて、続々と論者が参入し、激しい応酬となる。その新規参入メンバーの中には、徳田秋江や金子筑水といった「一致」説に立つ文学者も現れ、抱月・花袋らに論駁していく。[21]一方、それと並行して今紹介した青年たちも声をあげはじめ、〈文芸〉と〈人生〉の一致をそれぞれの思いから求めていく。この過程で、筑水や抱月のような論者たちが、こうした青年たちの動向に注目し、それを分析しつつ論理に組み込んでいくといった展開が発生する。たとえば、「青壮年」「新鋭の作家」における「自己覚醒運動」と「自然主義運動」の「交錯」を指摘した、抱月「二潮交錯」（『早稲田文学』明42・4）

がその例である。先に引用した花袋の「実行しやうが為まいが、さういふことは作者の個人性にまかせて置いて好い」(「文章講話　作者と作品」)という文学青年に向けた指南記事での発言は、この抱月論における「新鋭の作家等が自己胸中の鬱勃から、此の両面(「自己覚醒運動」と「自然主義運動」)を一つに綯ひ交ぜやうとすると否とは、その人の自由であるが〔…〕」という言明と非常によく似ていることがわかるだろう。花袋らの変化は、以上のような論争空間全体の展開の中で考えねばならない。

一方、文芸メディアに対する花袋・抱月などの立場にも注意しておく必要があるだろう。個々の青年の発言は、権威性や説得力において相対的に小さなものであっただろうが、この日露戦後という時代が、新聞の文芸欄が急激に増殖し、新しい青年雑誌も数多く創刊された時代であったことを忘れてはならない。青年たちが発言する場は、以前よりも格段に増加していた。しかも田山花袋・島村抱月・長谷川天渓らに関して言えば、彼らがそれぞれ『文章世界』『早稲田文学』『太陽』文芸欄の編集の責任を負う立場にあったことは重要である。特に花袋や天渓は、しばしば『文章世界』の「文叢」欄に寄せられる投稿論文の選評者の任にあたっている。非掲載論文も合わせれば、彼らは当時の文壇でも、最も青年たちの意見に向き合っていた文学者たちだったのである。「観照派」の論者たちが、日露戦後のメディア状況の中にどっぷりと浸かった――浸からざるをえなかった――者たちだったという要素もまた見過ごせないはずである。

強調しておきたいのは、大作家たちと青年たちの間に見られる相互的な交渉作用である。予想されるように、青年たちは大家たちと立場を異にするとは言え、使用語彙や論理を大家たちのそれから借り受けていることも多い。たとえば、岩野泡鳴の「刹那(主義)」「肉霊合致」や島村抱月の「懐疑」「告白」の語が顕著である。(22) 大家たちから青年への影響はむろん見やすい。ところがその一方で、今見たように、青年たちの傾向も花袋たちの論争のゆくえに見逃すわけにはいかない影響を与えていた。積極的に論争に参加し、論争空間において無視できない規模に達し、一定の風向きを形成しえた青年たちの発言もまた、大家の側へ働きかける力を持っていたのである。それぞれの〈層〉は、その〈層〉独自の論理をもってはいるものの、独立して自律的に動いているわけではなく、相互の交渉作用の中で推移したと考えるべきである。

3　「人生観上の自然主義」という思想

では以上確認してきた青年たちの傾向は、どのようなところから生まれてきたのだろうか。彼らが大家たちとは異なった立場を選択した、その理由を考えてみたい。

鍵は先の岩城の文学史にも出てきた「人生観〔上〕」という言葉にある。一致説と「人生観」を繋ぐ論理を示してくれるのが、次の『文章世界』の投稿評論である。

自然主義は、その発頭《(ママ)》当時に於て、単に芸術上の主義として唱へられた。その後とても、その論議は主として芸術観上の論議であつた。けれども、我が国青年多数の頭は、その人生観の中に自然主義を受納すべく用意せられてあ〔つ〕たのである。青年の清新にして固まらざる頭は、漸やく従来の道徳習慣なるものを懐疑の眼を以て見やうとしてゐた。人生問題を取り扱つて疲れやうとしてゐた。無理想無解決の思想は、枯草を焼くが如く、煽々として心から心へ燃え拡がつた。即ち自然主義を単に、芸術観上に止まらしめず、之れを人生上に移し、はては、実行上に於ても、この主義的気分を以て行ふやうになつたのである。(23)

谷口の評論は、当時の「自然主義」が、青年たちにとって「芸術上」の領域に限定しえない、深く彼らの「人生」

そのものに相渉った問題であったことを教えてくれる[24]。自然主義がこうしたいわば思想的な衝撃力を持ちえた理由を、谷口は「我が国青年多数の頭は、その人生観の中に自然主義を受納すべく用意せられてあ〔つ〕た」からだと言う。その「用意」として彼が挙げるのが道徳習慣への「懐疑」と「人生問題」である。

自然主義と一致説と青年思潮とが交差を見せるのは、この〈人生〉の問題系においてである。金子筑水は次のように指摘している。「実人生の真相如何、人生の真義如何。これ思想界の新傾向の裡面に横はる根本の意識的又は無意識的疑惑である。〔…〕斯くの如き思想界の新傾向と、文芸上の自然主義、少なくとも高義の自然主義文芸との間には、極めて密接な関係が有る」[25]。ここでも「実人生の真相如何、人生の真義如何」という〈人生問題〉が論旨の鍵となっている。筑水もやはり、思想界における〈人生〉論的な風潮と「文芸上の自然主義」との間に、「極めて密接な関係が有る」というのである。

〈人生問題〉は明治後半の青年思潮のキーワードであり、哲学、宗教に深い関心を寄せていた知識青年たちの懐疑的思想課題を総称する言葉である。谷口の引用が語ったように、青年たちにとって「自然主義」は「文芸上」の問題に限定しえない広がりと衝撃力をもっていた。そうしたいわば現代思想としての「自然主義」の性格がここでの鍵である。これは、小説ジャンルとの繋がりでのみ評論を考えたり、抱月・花袋たちの論説だけを読んでいてはつかめない、青年思想に深く根ざした問題である。それは三〇年代後半から自然主義以後へと貫いて流れる大きな潮流と関連している。高山樗牛や綱島梁川らの影響を受け、宗教熱と修養論の時代を生きながら、あるいは中学校の修身科の授業で〈人格〉や〈自我〉といった観念を刷り込まれながら、青年たちは〈人生〉についての問題や〈自己〉というものの扱いを模索していく[26]。彼らが自然主義を受容したのはこうした受け皿の上でのことであったのだ。それゆえにこそ自然主義は、彼らにとって「人生観上の」ものでありえた。

青年たちと花袋らの傾向の間に横たわっていたギャップは、この〈人生観論〉〈人生問題〉の系譜から説明できる。たとえば、島村抱月がいよいよ〈人生観論〉へと踏み込み、「それでも尚人生の目的如何といふ問題は少しも解けて居ない。我等が営々として追ひ行く現在の第一義人生は、何を究極の指揮者とするか。是れが人生観論である」[27]と述懐したとき、徳田秋江は次のように嘲笑った。「吾等とても、左様な問題に就いては藤村操くらゐの年輩には、相応に頭を痛めたることあれども、今は其様な空想には耽り不申候。然るに抱月氏が、年既に四十、西洋まで行つて文芸哲学などの奥義を極めて帰られながら、今尚ほ藤村操と同じ智識的程度の空想に耽り、それが分らねば何物でも疑ふなどゝいきまかれるは稍物笑ひの種と相成可申候」[28]。四〇にもなる西洋帰りが、藤村操式の煩悶を語るのはお笑いぐさだというわけである。〈人生問題〉に関心を払わなくなった〈層〉が示す反応の、顕著な例と見てよいだろう。

しかし一方で、これに対する青年たちの立場は次のようであった。

生田長江は先の秋江の嘲弄に対し、「人生の問題が全然分からないなぞと云ふのは、藤村操同然の幼稚なる懐疑であるとかなどゝ、気焔の俄かに恐ろしくなつたには驚く。何しろ吾々は、今以つて藤村操同然の疑惑を抱いてゐるのであるからして、何だか自分達も叱られたやうに感ぜられる」[29]と自身の現在を述懐する。三井甲之もまた抱月の『近代文芸之研究』を論じて「抱月氏が自然主義を説きつゝ遂に文芸上の自然主義に止まつて、人生の悲哀を説かなかつたのは同氏の議論に力を与へなかつた所以である。けれども自家の芸術論に一段落を附けやうといつて最後に人生観上の自然主義を説いたのは、吾々をして同氏の評論の将来に対して期待の緊張を禁ずる能はざらしむるものがある」と歓迎の意を表した[30]。こうした傾向を受けて、片上天弦は明治四二年の文壇を「人生問題中心の年」と題してまとめたほどである。

近頃の文壇に於いて、いろ〳〵のやり口で人間としての自分を考へ、自分を見出して、それをいろ〳〵の形によつて表白し、又それが為めに苦しみそれが為めに悶えてゐると思はれる、ライフの問題、ハウ、トゥ、リヴの問題、要するに自分自身の生活をどうして行くかの問題に、いくらかでも密接な関係のある現象ほど、僕には最も興味が深い。これは純然たる文学上の問題ではないと言はれるかも知れぬ。しかしながら、今の僕の心持ちでは、文学上の問題と、一般人生の問題とを、二つに区別して考へることを不満足に思ふ。[31]

〈人生観〉論をめぐる態度には、あきらかに世代差があった。この背景にあるのは、明治三〇年代より引き続く〈人生観〉〈人生問題〉の系譜であり、その思想的枠組みに接合される形で受容された自然主義のあり方である。「無理想無解決」「幻滅時代」といった言葉が語るように、一種の社会観・世界観としてありえた自然主義は、青年層にとっては文芸の領域を超えた思想運動としてあったのである。〈文芸と人生〉論議において自然主義が「文芸上」のものに限定されようとしたとき、彼らが不満の声を挙げたのは当然であろう。〈人生〉という言葉が吸い寄せてしまう問題系にこそ、青年たちが「文芸」と「実行」の「合致」にシンパシーを感じ、「人生観上の自然主義」にこだわって積極的に論議に参加した秘密があったのである。

4　論議の行方

再び〈文芸と人生〉論議の行方に戻ろう。島村抱月が発表した「序に代へて人生観上の自然主義を論ず」や「懐疑と告白」(『早稲田文学』明42・9)など一連の〈人生観論〉に対する文壇の評価は、実はさほど高くなかった。恵美光山が「苟も近代人文の一面を窺つた程の輩は何れも皆知る所の寧ろ陳腐な人生観」[32]であると述べたように、それは彼の論が時代の水準を超ええなかったためである。

しかし自然主義の理論的主柱の転身は「観照派」の敗退の印象を残し、結果的に「人生観上の自然主義」がいわば「公認」される結節点となってしまう。XYZ「現文壇の鳥瞰図」は、抱月の「序に代へて人生観上の自然主義を論ず」「懐疑と告白」を評価しつつ、「爾来、懺悔、告白、懐疑等の文字が所在に用ゐられたり論じられたりするのを見ても其の影響が少くなかつたが分るであらう。〔…〕文壇全体が一種真摯な色を帯びて、自己告白の意義を考へるやうになつたことは争ふべからざる事実である」(33)とその余波を語る。抱月による〈人生観論〉の発表は、青年思潮を体現する象徴的な言葉であった〈人生観〉〈人生問題〉という問題系に、論議の表舞台に立つだけの正統性を与え、かつそうした「懐疑」を「告白」として発表する道をも開いたのである。

ここまでの流れを整理すれば次のようになる。

（1）明治三〇年代から顕著になった煩悶青年的な〈人生問題〉の系譜は、日露戦後の自然主義時代にまでその命脈がずっと続いていた。（2）そこに日露戦後の新潮流として自然主義が現れた。青年たちは自分たちの気分を代弁するものとして関心・支持を寄せる。（3）ところが、社会的な批判におされて自然主義が「文芸上」のものへと後退する気配が現れ、「観照派」／「実行（一致）派」の対立が出現する。（4）もともと〈人生問題〉を基調として自然主義を受容していた青年たちは文芸と人生との一致を説く「実行派」を支持し、論争に乗じて発言をはじめる――というようにまとめられるだろう。

〈文芸と人生〉論議は、論破という形をとらなかったにせよ、「観照派」側の軟化・譲歩と青年たちの発言の増加によって、一致側優勢の雰囲気のうちに終息した。ただ皮肉なことに、「人生観上の自然主義」が前景化されるとともに、「文芸上の自然主義」は急激にその新しさを失っていき、文壇では「自然主義以後」が語られるようになっていく。自然主義の時代は、終わりを迎えるのである。

しかし注意せねばならないのは、「文芸上の自然主義」は終息したが、「人生観上の自然主義」は終わらなかったということである。「人生観上の自然主義」は〈人生問題〉を引き継ぎ、〈文芸〉と〈人生〉を一体に考えようとする思想的な枠組みとしてあった。文学運動として理解されることのない知の枠組みとしてのそれは、以降明示的に問題化されることなく、名前を伏せたまま自然主義以降の文学空間を生き延びていくように見えるのである。

この〈文芸〉と〈人生〉を一体に考えようとするパラダイムにおいては、描こうとする作品と自らの生が一致する（かのように見える）表象法が、独特の意味を獲得すると考えている。自分自身の体験や思想をそのまま作品化しうるならば、〈文芸〉と〈人生〉の一体性はもっとも容易な形で形象化でき、また読者・批評家の前にも提示しうるからである。〈自己表象テクスト〉誕生期の青年たちの心性を特徴づけていたのは、こうした一体性への渇望だった。

では、彼らが表象を試みた〈文芸〉と〈人生〉を合致させて生きる〈自己〉とはいかなるものであったのか。次はその構成を探る必要がある。

注

（1）和田謹吾『描写の時代』（北海道大学図書刊行会、一九七五年一一月、87頁）。他に相馬庸郎「田山花袋の「実行と芸術」」（『日本自然主義論』八木書店、一九七〇年一月、所収）、同「島村抱月「問題的文芸」と「観照」」「石川啄木　啄木の「実行と芸術」」（『日本自然主義再考』八木書店、一九八一年一二月、所収）など。

（2）論争の発端とそれからの経緯については今井素子「実行と芸術」（三好行雄・竹盛天雄編『近代文学3　文学的近代の成立』有斐閣、一九七七年六月、所収）の整理が詳しい。また新聞による自然主義文学（者）の表象と論争の動因との関連については、中山昭彦「〝芸術〟の成型――〈美術〉と〈文学〉の場および抱月・花袋・天溪――」（『日本近代文学』61、一九九九年一〇月）に分析がある。

（3）天溪「自然主義と本能満足主義との別」（『文章世界』明41・4）。

（4）素堂「社論」（『万朝報』明40・11・11）および岩野泡鳴「文界私議」（『読売新聞』明40・11・17）。

（5）岩野泡鳴「文界私議（中島氏の『自然主義の理論的根拠』）」（『読売新聞』明41・4・26、日曜附録）。
（6）論争第一期においては、1．〈本能満足主義〉との差異化――文芸対道徳の文脈、2．「観照」論と「無理想無解決」理念との密接さ、3．抱月による自然主義の美学的追求、4．泡鳴の「肉霊合致」「刹那主義」論の提示、5．二葉亭の提起した「文芸は男子一生の事業とするに足ざる乎」との関連などが主要な／関連する論題として存在した。論争の時期区分については前掲今井素子「実行と芸術」の考察に示唆を受けた。
（7）田山花袋「評論の評論」（『文章世界』明42・1・15）。
（8）〈文芸と人生〉の呼び名も多様を極める。「芸術と実人生」「観照と実行」「文芸対人生」「観照対実行」「文芸と人生」（以上「明治四十二年文芸史料」『早稲田文学』明43・2）、「実生活と文芸」「文芸と実人生」（金子筑水）、「傍観と実行」（松原至文）、「人生と文芸」（後藤宙外）、「文芸と実行」（徳田秋声）、「実行と芸術」（田山花袋）、「芸術と実生活」（島村抱月）。本論はこの論争と後述の「人生観論」との接続を重視しているため、〈文芸と人生〉の総称をとった。
（9）花袋「文章講話　作者と作品」（『文章世界』明42・5・1）。
（10）長谷川天溪「無解決と解決」（『太陽』明41・5）および「芸術と実行」（『太陽』明42・8）。
（11）「人生観上の自然主義」を論じることは、すでに明治四一年九月発表の「芸術と実生活の境に横はる一線」の末尾で予告しており、抱月にとっては折り込み済の予定であった。
（12）谷沢永一「自然主義文芸批評の屈折」（初出、関西大学国文学会『国文学』一九六二年三月、のち『近代評論の構造』和泉書院、一九九五年七月に所収）。
（13）岩城準太郎『増補　明治文学史』（育英舎、明42・6、復刻　修文館、一九二七年一〇月、476-477頁）。初刊は明治三九年である。
（14）永代美知代「ある女の手紙」（『スバル』明43・9）。「ある女の手紙」については光石亜由美「自然主義の女――永与美知代「ある女の手紙」をめぐって――」（『名古屋近代文学研究』17、一九九九年一二月）があり、テクストの織り込んだ「芸術と実行」問題へも分析を加えている。
（15）「青年」を判断するに際して、年齢が判明する者については年齢を、不明の者について発表欄の性格（投稿、月評欄）などから推定した。
（16）「九月の雑誌」（『文章世界』明41・9・15）。
（17）青木健作「真実なる人生と文芸の対境」（『帝国文学』明41・12）。

(18) 伊藤三郎「自然主義の帰嚮」(『文章世界』明42・2・1、投稿)。
(19) 松原至文「傍観と実行」(『新潮』明42・7)。
(20) 井上豊果「芸術とは何ぞや」(『新声』明43・1)。
(21) たとえば、「私は大体に於て岩野泡鳴氏の説に賛成する」という徳田秋江「文壇無駄話」(『読売新聞』明42・1・24)、「実生活から離れて、果たして文芸に何等独立の意味が有らうか。文芸は飽まで実生活のためにのみ存在する」という金子筑水「実生活と文芸」(『中央公論』明42・2)。
(22) 泡鳴の思想の受容については、たとえば石川啄木におけるそれを明らかにした鎌倉芳信「石川啄木「時代閉塞の現状」の青年像——内からの目、外からの目——」(『岩野泡鳴研究』有精堂、一九九四年六月)がある。
(23) 谷口源吉「芸術と実行」(『文章世界』明42・8・1、投稿)。
(24) 石川啄木「弓町より(食ふべき詩)」(『東京毎日新聞』明42・11・30〜12・7、引用は『啄木全集』第四巻、筑摩書房、一九六七年九月、213頁)も、次のように述べている。「私は最近数年間の自然主義の運動を、明治の日本人が四十年間の生活から編み出した最初の哲学の萌芽であると思ふ。さうしてそれが凡ての方面に実行を伴つてゐた事を多とする。哲学の実行といふ以外に我々の生存には意義がない」。
(25) 金子筑水「文芸と実人生(自然主義と思想界の新調)」(『中央公論』明42・5)。
(26) 修身教育との関連については本書4-1を参照。
(27) 島村抱月「第一義と第二義」(『読売新聞』明42・6・6、日曜附録)。
(28) 徳田秋江「文壇無駄話(何故に文芸の内容は実生活と一致するか)(二)」(『読売新聞』明42・6・13、日曜附録)。
(29) 生田長江「無題録」(『新潮』明42・9)。
(30) (三井)甲之「評論　▲『近代文芸の研究〔ママ〕』」(『アカネ』明42・7)。
(31) 片上天弦「人生問題中心の年」(『文章世界』明42・12・15)。
(32) 恵美光山「文芸上の第一義欲」(『新小説』明42・10)。
(33) XYZ「現文壇の鳥瞰図」(『文章世界』明42・11・1)。

第4章　〈自己〉を語る枠組み

4-1　〈自我実現説〉と中等修身科教育

1　〈自己〉への関心

日露戦後の自然主義思潮、なかでも片上天弦、相馬御風、松原至文などといった若い世代の発言を通覧していくと、「我」や「自我」「自己」という言葉が一種のキーワードのようになっていたことが見てとれる。自然主義文壇の理論的支援者としてあった島村抱月は、明治四〇（一九〇七）年一一月に発表した論説「梁川、樗牛、時勢、新自我」において、三〇年代の樗牛らの運動の成果を認めつつ、次のように文壇の行方を予想している。「蓋し今後のあらゆる努力は如何にして新自我を建設し展開するかといふ一題に集中するのであらう(1)」。

本章では、「自我」「自己」などといった言葉が広く流通した、明治三〇年代半ばから四〇年代にかけての思想状況を考える。こうした言葉にとりわけ顕著な反応を見せたのは、高等教育を受けた青年たちである。彼ら青年たちを〈自己〉――この表記で一連のキーワードを代表させる――への関心に向かわしめたものは何なのか。社会の「進歩」にともなって自然発生的に〈自己〉観念も確立していくという近代的自我史観がすでに説得力を失った今、こうした関心の形成をどのように捉えればよいのだろうか。

〈自己〉は、自然に関心の対象となり、それをめぐって言説が生み出されていったのではないと私は考える。なんらかの知的枠組みが先に与えられてはじめて、そこに語るべき〈自己〉が現れた。関心が広がりをみせるにはそれなりの素地の存在が条件となろうが、関心の対象を明視させる知の枠組みがなければ、人々はその関心と情報を共有することはできない。片上天弦と安倍能成というこの時期の若い世代を代表する鋭敏な批評家は、こうした知的枠組みの存在を意識していたようだ。

> 智識は吾等に強烈なる自己の意識をよびさました、自意識は経験智識の産物である。経験を嘗め智識を味つた吾等の心の真唯中に、湧き出でたる自意識は、最も尊き経験の賜ものであると共に、また最も哀しき所産である。前代の少数人が、僅かに有したる自意識を、今の吾等は殆んど皆有してゐる(2)。
>
> 自分は古い時分の文壇や思想界のことを知らないが、兎に角自分達は氏〔樗牛〕によつて粗笨ながらも「我」といふものを教へられ、「我」の自覚を有するに至つたと思ふ。我等は恰も恋するものゝ如く、このロマンチツクな心持を、極めて華やかに涙多く、熱き血のめぐりもて経験した(3)。

〈自己〉は自然に立ち現れてくるのではない。〈自己〉を〈自己〉として「教へ」る、「智識」が先行する。とすれば、問題となるのはその知の枠組みがいかなるものであり、どのように現れたのか、そしてそれがどのように流通したのかである。

明治三〇年代では、高山樗牛とニーチェ主義、あるいは綱島梁川に代表される宗教熱の問題が、時代の主我的傾向の動因としてすでに指摘されてきている。(4) 複数の存在が想定されるこうした同時代の枠組みのうち、本章では従来文学界との関係がまったく問われてこなかった倫理学の言説がもたらしたものを検討する。具体的には明治二〇年代後半から紹介が始まり、後に中等学校修身科教育のカリキュラムへと組み込まれる〈自我実現説〉という学説が分析の対象となる。この倫理学の示した枠組みとその流通のありようとを確認しながら、三〇年代から四〇年代に向かって青年たちの〈自己〉をめぐる思考が成型されていった道筋の一つの例を検証する。そしてそれは同時に、〈自己〉への関心が形作られていく中で、その〈自己〉を理解し語る方途と、小説や絵画、その評論といった芸術の表現法とが接続され、新たな表象の形が編み出されてゆく過程を分析する手がかりともなるだろう。

2　〈自我実現説〉とは何か

次に挙げる二つの証言を読むことからはじめたい。一つめは明治四一（一九〇八）年に発表された樋口龍峡の「自然主義論」(5) である。「我現代の新自然主義の主張」の「史的及び学理的意義と価値」を論じた第四点目において、龍峡は次のように指摘している。

第四は、自我実現の思想の反映たる事これなり。〔…〕自我実現説の根本思想は、小我と大我との融合統一を求むるにあり。大小我の相即不二を実証するにあり。近世科学の産物たる進化論の思想の上に、大小我の契合を説くにあり。現代の倫理学がたとひその立説の経路に於て異るありとも、根本に於て自我実現説と密接の関係あるは争ふべからず。自然派が自然の事象に情生命を見出でむとするの傾向は、其我の意義に於て頗る異なるものありといへども、其根柢に於ては、進化論に基づける此新思想と相通ずるものなくんばあらず。

さらにもう一つ。こちらは『文章世界』の特集「四二年思想界の収穫」に寄せられた恵美光山の文章である。

統一されたる自我、大なる主観と言ふやうな言葉と今日の倫理学界に用ひられてゐる『自我の発展』とか『人格実現説』とかいふ言葉との間には、頗る密接の思想上の交渉があるらしい。文学者の方では倫理界の方の思想上の運動を少しも見ることなく、道徳家は理想主義の人であると独断的に解釈してゐるやうであるが、今日の倫理思想は、やはり自然主義を生んだと同時代の新しい精神から生れて、次第に進歩発達したるもので、同じく科学的であり、現実といふことを重んじ、超絶的の思想は夙くに打棄てられてある。(6)

「小我と大我との融合統一」、「統一されたる自我」を鍵としながら、樋口龍峡と恵美光山がともに自然主義との関連性、相似性を指摘している思想、それが〈自我（人格）実現説〉である。同時代においても文学界の資料のみに目を配っていては視野に入らず、今日の文学史からも忘れ去られているこの倫理学説に注目しよう。

〈自我実現説 self-realization theory〉は、イギリスの新理想主義学派の代表的哲学者T・H・グリーン Thomas Hill Green（1836–1882）の影響のもとに広がった倫理学説で、〈完全説〉と呼ばれることもある。詳細は後に譲ることにして取り急ぎ事典の記述から紹介しておく。「グリーンによれば、自我とは、経験関係をふくむ統一が経験的個我において実現されるかぎりにおける絶対我（絶対意識）であり、この絶対我への接近が人格の形成であり、その実現が自己の善であり、公共の善にほかならない」(7)。この学説の日本における移入者は、東京帝国大学の倫理学講座初代教授、中島力造（1858–1918）であった。

中島力造は、明治一三（一八八〇）年二二歳で渡米、イェール大学の哲学科で博士の学位を取得、同大で講師まで した俊英で、同大学でグリーンとも交流のあったラッド George Trumbull Ladd に学んでいる。明治二三年に帰国、帝国大学文科大学倫理学講師の後、二五年に同大学教授となり、倫理学及び倫理学史を講義した。日本の倫理学とくにイギリス倫理学研究の草分け的存在といえよう。三三年には修身教科書調査委員となり、修身の教科書も多数著述・校閲している。(8) とりわけ本章は、彼がこの修身（倫理）教育の方針決定に深く関わった点に注目する（次節）。

中島が紹介したグリーンを筆頭とするイギリス新理想主義学派は、当時の英米系倫理学界においてはまさにリアルタイムで広がりつつある最新思潮であった。グリーンの主著『倫理学序説 *Prolegomena to Ethics*』（1883）の全訳（明35）に際して『哲学雑誌』彙報は「グリーン氏の原書は実に近来の傑作にして倫理学史上に及ぼせる勢力の大なることは苟も斯学に志すものは何人も否認し能はざる処ろなり、(9) 我邦に於て輓近倫理学研究の日に月に盛大となるに従ひ、グリーンなる名は真の意義に於ての村学究の口にまでも膾炙せらるゝに至」っていることを言い、「斯る学術界に権威を有する大著が我邦語に訳せら」れたことを祝っている。中島も啓蒙的な著述『倫理学説十回講義』（冨山房、明31・7）において、「此グリーンといふ人の説が此頃非常に亜米利加や英吉利で尊敬される」、「此説は最新説で、目下多くの学者が唱ふる説であります」（第七回）と紹介している。

この学派は二三年に帝大で中島が講義をはじめて以降、桑木厳翼・中島徳蔵らの丁酉倫理会、西田幾多郎、吉田静致といった門下生、受講生に大きな影響を与えた。樗牛、梁川、長谷川天渓、坪内逍遙なども読んでいたことが確認できる。(10) むろん門下生や受講生の間だけでなく、関心をもつ読者たちに向けても続々と関連図書が刊行されていたし、雑誌記事も少なくない。『哲学雑誌』には〈自我実現説〉関連の論文・記事が比較的多く掲載されており、石原千秋「自我の記号学」[11]が紹介した一連の記事は、実はそのほとんどが〈自我実現説〉系のものである。また教育専門誌『教育学術界』には中島によるグリーン倫理学説の入門が連載されていたし、[12]先の丁酉倫理会も雑誌『丁酉倫理会 倫理講演集』を出していた。専門の書籍に対するレファレンスも、洋書を中心としては中島による紹介が『輓近の倫理学書』（冨山房、明29・3）でされ、国内の書籍についても『教育学術界』が明治三六年一月の附録「教育学書研究指針」の「倫理学書　自己《ママ》実現説に関する者」で、桑木訳『倫理学』以下八冊の書籍を示唆している。[13]帝大倫理学講座系の講師たちが行った講演会や、夏期講習会[14]という浸透の経路も想定していいだろう。

一九三二年の時点でグリーンの *Prolegomena to Ethics* を訳すにあたって、この倫理学説の広がりについて訳者らはこう回顧した。「苟くも倫理学を口にするもので自我実現説を知らぬものはなからう。同時に自我実現説を語つて、直ちにグリーンを想起しないものはあるまい」。「〔学説が紹介されて〕爾来倫理学説といへば自我実現説が極致であるかのやうに考へられるに至つた[15]」。

3　中等修身科教育と〈自我実現説〉

このように日本に紹介されつつあった〈自我実現説〉の流布経路は、大学の講義、哲学・教育系雑誌の記事、単行専門書、講演会など数系統確認できるが、とりわけ本章で注目したいのが中等教育のカリキュラムにそれが取り込まれていった点である。先に触れたように、中島力造は日本の修身教科の再整備に深く関わっていた。この教育制度への組み込みの観点から〈自我実現説〉に注目すると、〈層〉として青年たちを成型・再生産する社会的な構成過程が視野に入ってくる。

儒教系のものであったにせよ西洋系のものであったにせよ、明治一三（一八八〇）年の改正教育令以降、一貫して首位教科として「修身」に力を入れるのが明治政府の方針であった。このうち、小学校教育が「忠君」「孝行」「友愛」といった徳目の反復教育に重点を置いたのに対し、明治中期以降の中等修身教育では倫理学説に基づく記述が増えていた。これは三〇年代前半に見られる教育・倫理熱の社会的な高まりと密接な連関を持っているだろう。[16]この中学の修身教育の傾向を押し進めた一人が中島力造であると推定される。彼は三〇年代から、制度内部の組織に深く関わってゆく。

明治三一（一八九八）年には教科教育の指針「尋常中学校教科細目調査報告」（以下「報告」）の作成に「倫理」部門で関わり、三三年には修身教科書調査委員となる。「報告」は三五年に「中学校教授要目」として結実するが、この動きの中で「倫理」[17]科の示した方向性は注意しておいた方がいいだろう。「第四学年ヨリ第五学年ニ及ヒテハ国家ノ要義ヲ明ニシ主トシテ将来中等以上ノ社会ニ立ツヘキ者ノ心得ヲ講シ又倫理学ノ一班ヲ授クヘシ」（「報告」）。これ以降、「中等以上ノ社会」の未来の担い手たる中学生に対し、第五学年で「倫理学ノ一班」が課されることになる。そしてこの「倫理学」とは、とりもなおさず帝大中島講座系のもの、すなわち〈自我実現説〉を採る立場だった。中学の教科書は検定制で当初必ずしも制約は強くなかったが、三五年の「中学校教授要目」制定以降、ほぼ〈自我実現説〉系の記述に足並みを揃えてゆく。[18]

では当時の中学校教科書に取り込まれることになった〈自我実現説〉は、どのような形を取っていたのだろうか。ここでは「最も長命な教科書であり、その影響力も大きかった」[19]という井上哲次郎『中学修身教科書』[20]をみておく。まずは第三学年で学習する予定であった第三巻第一章「自己に対する責務」第五節「人格」の記述である。「各人一切の道徳は、人格の発表なれば、人格なき人には、道徳亦見るべからず、故に人格を陶冶するは、即ち人の徳性を涵養するに外ならざるなり。是を以て人の人格に対する責務は、自己に対する責務中、最も高尚なるものたることを知るべし」。「一切の道徳」の基底に存在するものとして「人格」が位置づけられていることに注意しておきたい。この人格は「陶冶」可能であり、またすべきもので、それが「自己に対する責務中、最も高尚」とされる。さらに第五学年で学習予定の第五巻第三章「理想論」第四節「実現説」を見る。ここは「人生の目的」を考察する章にあたり、感情、知性の満足をそれぞれ目的とする「快楽説」、「克己説」を否定した後、教科書は「実現説」を支持するよう促す。

必ずや、智・情・意を一体としたる人性其のものの満足を以て、目的とせざるべからず。換言すれば、吾人は、自己の本性を実現し、之を完成するを以て、究竟の目的とせざるべからずと主張するもの、之を実現説と云ふ。吾人が、以て道徳主義とすべしと思惟するものは、即ち此の説なり。

人性の完成とは、何を意味するか。曰はく、人格の発展是なり。然らば人格とは如何ん。人格とは、智・情・意を備へて、之を統一し、之を自覚するものを云ふ。

人格の貴重なること、此くの如し。人生究竟の目的は、人格を実現し、人格を発展することを措いて、他に求むるべからざるなり。されば此の目的を達するが為めには、如何なる事物を犠牲とするも、固より意に介すべき所に非ず

「智・情・意」一体となった人性の満足・完成＝自己の本性の実現が、ここでは人生の目的とされ、それがすなわち人格の発展とされる。先に「自己に対する責務中、最も高尚」とされた人格の陶冶は、ここでは「実現説」として「人生究竟の目的」に置かれるのである。そしてこの「発展」には限りはない。教科書は続けていう。「人格は、吾人の努力に依りて、無限に進化発展するものにして、又無限の生命を有するものなり。吾人の生理上の生命

は、肉体の破滅と共に、雲散霧消して、復痕跡を留めずと雖も、人格は、毫も之が為めに影響を受けず、未来永遠に存続して、窮りなきものなり」。

井上の記述はやや「人格」に力点をおいた記述となっている。「人格」は佐古純一郎『近代日本思想史における人格観念の成立』(注8参照)が明らかにしたように、井上と中島によってPersonalityの訳語として明治二〇年代に登場した言葉だが、当初の倫理・哲学の専門用語としての枠を超え、早くも明治三〇年代には日常語として定着を見せはじめる。この言葉が文芸用語にも入り込み、また人格主義などといった言葉を生み出してゆくことは周知の通りだが、その根幹に〈自我(人格)実現説〉系の思想があったことは注意されてよい。

ただ、明治四四年の「中学校教授要目改正」以前の他の教科書においては「自己の実現は、社会共通の善、即ち洽善たると共に、自己の最高善」(A)、「此の如き円満なる状態を名づけて、自我の実現といひ、此状態に到達するを以て、人生究竟の目的、即ち道徳的理想となす」(B　以上傍点日比)といったように「自己」「自我」を「実現する」とされるものが多いことは指摘しておきたい。[21] むろんどちらも実現説を採用している点では変わりがない。

ここでグリーンの説と中等修身教科書との異同を押さえておこう。[22] 主に注目しておきたいのは二点、**1 絶対的「永久意識」の抹消**、**2「自己」の空白**である。グリーンの倫理学説においては、神的な「永久意識」[23]が人間の意識に再現されるとされ、個人の責務はそれを十全に実現することにあると論じられる。まず、教科書においてはこの神的な統括点が抹消される。もう一つ。「自己」の実現が強調されたにもかかわらず、その「自己」の内容がまったく充塡されていなかったことに注意したい。これは実はグリーンの説からしてそうであり、中島力造が「グリーンが使用する所の自我実現なる語の意味が甚だ不明である」[24]と不満を漏らした点でもあった。つまり事態としては、達成されるべき目標が不明瞭なまま、それが「自己の本務」なのだからと、生徒たちはいたずらに「自己」の「拡充」「実現」「発展」へと駆り立てられていたことになる。これが「人生の究竟目的」であるとされても、生徒は戸惑うはずである。あるいは当時の青年たちの煩悶の原因は、このあたりにもその一端があったかもしれない。

さらになぜ中学の修身教育において〈自我実現説〉が選択されたのか、という点について興味深い指摘があるので参照しておく。小柳司気太は〈自我実現説〉を論じて「我儒教の倫理と対照し又之を我帝国の国風に徴して少なからざる興味を覚ふる」といい、「宋儒等が太極説」にその論旨が似ていることを指摘している。[25] 同様の指摘は深作安文も行い、「この主義は我国民の多数の道徳意識の背景となつてゐる儒教倫理と左右逢原の点が少くない」[26]と述べる。「永久心」／「天」、「自我実現」／「致良知」の対照、さらには人格の重視など「朱子学そのものと酷似してゐる」という。こうした点が西洋的教育制度と儒教的な忠孝観念を折衷した「教育勅語」以来の理念に、うまく合致したようだ。先のグリーンの説と教科書との異同を踏まえて言えば、「中等以上ノ社会」の未来の担い手として中学生を想定した中等修身科教育は、最新の英米系倫理学説であると同時に儒教的な修身観とも接続可能だった〈自我実現説〉を採用したのだともいえるだろう。その際に、天皇や国家に対する忠誠心の教育と齟齬をきたすであろうキリスト教的な「永久意識」――すべての自我・人格の根源とされる――は抹消された（神的統括点に天皇をすべり込ませてはいない）。

こうした中等修身科教育の再整備は、三〇年代以降社会問題化した青年の「乱れ」に対応しようとするものだったと考えられる。教育制度はこうした「乱れ」を規制で押さえつけようとすると同時に、その対策の理論的柱として期待された倫理学の道徳論そのものを、授業を通じて青年たちに内面化させようと目論んだのである。[27]

しかしそこには少なくとも一つの問題があった。青年の「乱れ」とされた代表的なものの一つが個人主義的傾向であるが、〈自我実現説〉はそうした傾向をもちはじめた彼らに向かって、人生の本務とは自己（人格）の限りなき実現にほかならない、と説いたのである。おそらくこれは逆効果だった。曖昧模糊とした〈自己〉を明視させ、あるいは〈自己〉尊重の気分を理論づけてしまっただけでなく、それに限りなき実現・発展という力動性をも与えてしまった。さらにこの〈自己〉には明確な内実は示されず、もともとの倫理学説には存在した〈自己〉の究極的な根源かつ終極点すら抹消されていたのである。〈自我実現説〉は、青年の煩悶に解答を与えるかに見えて、その実、盲目的な自己発展の欲望のみをもたらしてしまったのかもしれない。

4　〈自己〉を語る枠組みの形成

当時の中学校卒業者の満二〇歳人口に占める割合は、明治三三年で〇・四％、四四年で二・三％という[28]。比率ではこの数字だが、それでも卒業人数で同年それぞれ八千人弱、一万七千人、生徒総数ではそれぞれ八万人弱、一二万人超である。「修身（倫理）」教科書の編集方針がほぼ変わらなかったという高等女学校、実業学校をあわせれば、それぞれ生徒総数一四万人、二二万人超となり[29]、かなりの規模の層が生産されつつあったことは確かだろう。もちろん中学教育のほかにも、先に触れた教育・哲学系の雑誌や講演会、あるいは倫理学の単行図書の出版などによる、一般の知識人層への広がりも想定できる。

ともあれ、明治三〇年代の半ば頃に明確な中等学校修身科教育の内容として姿を現した〈自我実現説〉は、その教育課程を経てきた四〇年代以降の青年たちに、一定の成型作用を及ぼしたと考えてよいだろう。文学に携わることを選んだ若い批評家や文学青年たちにおいても、それは例外ではない。中村星湖と片上天弦の述べるところを聞いてみよう。

元来人格の表現は其の場所と形式とを択ばぬものである。或は言語に、或は体度に、或はまた客体（人をも含む）取扱ひの上に。しかも如上の芸術の間に、我等は其の最も切実なる、而して比較的永遠の表現を見得ると信ずる。更に此の人格の表現、それは芸術の主眼ではなく、むしろ真なる事象の描写に伴ふ事情ではあるが、やがてまた自己拡張の主要部分と見らるゝのである、換言すれば長く且つ広く生きんと欲する人類欲求の発露である。[30]

已に作物が個性の表現である限りは、個性の大小深浅等は、直ちに真の作物の面に現はれて来ねばならぬ。それ故に、作家の個性を拡充し発展せしめるといふことが、やがて作物の味ひ意味、即ち価値を、高く深く且つ広からしめることとなるのである。抑も自己の真実であるといふことは、自己に佞するの意ではない。自己に真実であれといふは、自己に還れといふ意である。再び自己に立ち還つた上は、その自己を展開し拡大し、而してまた深くしてゆくのが、作家自からの発展である。[31]

中村星湖の中学卒業年が明治三五年、片上天弦が三三年。明治一七年、一八年生まれの彼らが、〈自我実現説〉系の修身教科書で教育を受けたか否かの境となる世代と見てよいだろう。[32]この世代は、安倍能成、武者小路実篤、石川啄木などの世代である。

青年たちの関心は〈自己〉に向かっていた。その証左となる資料は数多いが、これについては4-2で詳説する。[33]ひとまずここで指摘しておきたいのは、彼らがただ単にその関心を〈自己〉へと振り向けていたのではなく、彼らが見ていた〈自己〉にはゆるやかではあるが一定の型があったということである。すなわち、「発展」する／させるべき〈自己〉である。星湖・天弦の文章に見られた「自己拡張」「自己を展開し拡大し」といった文句は、この時期の青年たちの常套句のようになっている。

改めて確認すれば、こうした指向性は社会の「進歩」に従って自然に醸成されたのではなく、明治三〇年代の

〈自己〉へのまなざしを形成した言説に負っている。むろん関心の高まりそのものを〈自我実現説〉のみに帰するのは誤りで、これまで指摘されてきた高山樗牛や綱島梁川などといった影響力のある批評家・宗教家[34]の思想や、広くこの時期の社会に浸透しつつあった修養論の枠組みとの複線的な節合を見定めねばならないだろう。また〈自我実現説〉・樗牛・梁川らの枠組みを四〇年代の青年思潮が引き継いだといっても、それらを一律にならして考えてしまうべきではない。いうまでもなく、それらの間には相互に大きな異なりがあり、そうした異なりも含めてすべて青年たちが受容してしまっていたわけではないからである。

そうした複数存在し、相互に異なっていた枠組みのなかから、四〇年代の文学青年たちが、どういった部分を引き継ぎ、どういった部分を抹消していったのか、その主要な部分についてまとめてみよう。

1　**「発展」「完成」する〈自己〉という発想**　星湖・天弦の言説にうかがわれるように、四〇年代の青年思潮において〈自己〉は単に特権的に価値付与されるだけではなく、それを「発展」「拡充」するという発想のもとに考えられることが多い。こうした社会進化論的な〈自己〉の捉え方[35]はおそらく〈自我実現説〉の考え方を継いだ発想である。グリーンなどの影響下で卒業論文を書いたことのある梁川にはこの指向が確認できるが、樗牛には「自己発展」的な発想はほとんど見られない[36]。

2　**芸術への価値づけ**　文学青年たちの検討ゆえ当然だが、彼らの芸術への価値評価は高い。これはニーチェを「詩人」として顕彰した樗牛や、宗教体験における「詩」の重要さを説いた梁川[37]の系統の考えである。グリーン、中島の〈自我実現説〉には芸術の重視は存在しない。また先の中村星湖の引用に端的に見られるように、彼らにおいては芸術と「人格」「自己」とが非常に密接に考えられていたことにも注意しておきたい。

3　**社会の進歩との一致（の抹消）**　〈自我（人格）実現説〉に特徴的なのが、個人と社会の発展は一致するという思想である。この特色ゆえに修身教育という国家的制度がこの学説を採用するところとなったとも言えよう。前掲した井上哲次郎『中学修身教科書』(第五巻第三章第四節)を参照しておく。

尚一言すべきことは、個人と社会との関係なり、社会は、個人の有機的団体にして、個人は、社会を離れて生存し得べきものに非ざるが故に、人格の進化発展は、社会の進化発展と相離れて成就し得べきものに非ず。この関係を了知せざるときは、動もすれば、己を完うして、他を顧みざる個人主義の弊害に陥らざるを保し難し。要するに人格は、社会に於ける個人としての品性なり、社会を離れては、人格も意味なく、発展も望みなし。

3節で整理したように、グリーンにあった「永久意識」は教科書では抹消され、天皇と国家への責務が最上位に存在した。「中等以上ノ社会ニ立ツヘキ者ノ心得」を取得させることを「尋常中学校教科細目調査報告」(前掲)が目的として掲げていたことを思い起こせば、中等修身教育はたしかに明治社会の構成とその成員とを再生産するべく機能していたことが露骨にわかってくる。

だが四〇年代の文学青年が語った〈自己〉においては、この実現説的な「個人と社会との関係」が完全に抹消されていた。自然主義が「幻滅時代」をキャッチフレーズとしたように、彼らの文芸に対する態度とこの発想は相容れなかったようだ。

5 結び――〈自己〉・人格・芸術

以上の作業で、中等教育という制度や雑誌・書籍などの媒体を通して流布した、三〇年代から四〇年代にかけての〈自我実現説〉の広がりが確認できただろう。

興味深いのは、いみじくも井上が他ならぬ教科書の記述で危惧していたように、〈自我実現説〉は「己を完うして、他を顧みざる個人主義」へと転じる危険を常にはらむ思想であったということである。だからこそ、その後〈自我実現説〉は〈人格実現説〉へと力点をずらしたのだと井上はのちに述べている(38)。そして文学青年たちの言説を例にとって見てゆく限り、まさに井上の憂慮した事態が瀰漫しつつあったといってよい。「道徳」的な身の処し方を教え込む「修身」「倫理」の授業が、かえって〈自己〉を絶対化する心性を養ってしまうという逆説的な事態がそこでは起こっていた。日露戦後の言論界を騒がせた自然主義に対する教育界の反発や「戊申詔書」(明41・10・13)に代表される危険思想への締め付けは、こうした事態に対応しようとするものでもあったはずである。

しかし一方で文学青年たちの側に目を転ずれば別の局面も見えてくる。彼らの〈自己〉への処し方は、巧妙に種々の傾向を組み合わせた枠組みとなっており、〈自我実現説〉・樗牛・梁川といった先行する言説群から引き継ぐべきところを引き継ぎ、消し去るべきところは消し去ったものと考えられるのである。

修身教育が意図した個人と社会の「発展」の幸福な一致には目を向けることなく、むしろ文学青年たちは、〈自己〉の「発展」という図式を芸術の方面へ振り向けた。自然主義以降の芸術の担い手たちは、三〇年代諸思想のもたらした先行枠を巧妙に取捨選択しながら、それぞれの〈自己〉を語る枠組みを手に入れてゆく。〈自我実現説〉はそうした参照枠のうちの一つとしてあり、その何とでも解釈のきく空白の〈自己〉観念と、際限のない「実現」「発展」の図式をもって、〈自己表象〉の一つの枠組みを提供したと考えられるのである。

注

(1) 島村抱月「梁川、樗牛、時勢、新自我」(『早稲田文学』)。

(2) 片上天弦「新興文学の意義」(『太陽』明41・3)。

(3) 安倍能成「自己の問題として見たる自然主義的思想」(『ホトトギス』明43・1)。
(4) たとえば吉田精一『自然主義の研究』上(東京堂、一九五五年一一月、第一部第三章)。
(5) 樋口龍峡「自然主義論」は、初出『明星』明41・4-5、のち『時代と文芸』(博文館、明42・3)に所収。引用は『明治文学全集』41(筑摩書房、一九七一年三月、340頁)によった。
(6) 恵美光山「自然主義、儒教の復興」(『文章世界』明43・1・15)。恵美文に見られる「人格実現説」は基本的に〈自我実現説〉と同じ思想である。140頁「結び」参照。
(7) 『哲学事典』(平凡社、一九七一年四月)。
(8) 中島力造については、『丁酉倫理会 倫理講演集』第436輯(一九三九年二月)の特集「故中島力造博士歿後二十周年に際して」、山田孝雄編『近代日本の倫理思想』(大明堂、一九八一年二月、96頁―)、佐古純一郎『近代日本思想史における人格観念の成立』(朝文社、一九九五年一〇月、第三部)、北村三子『青年と近代』(世織書房、一九九八年二月、第三章)を参照。
(9) 彙報「〇グリーン氏倫理学の和訳」(『哲学雑誌』明35・5・10)。この訳書は、西晋一郎『グリーン氏倫理学』(金港堂)を指す。
(10) 高山林次郎「道徳の理想を論ず」(『哲学雑誌』明28・6-9、特に「本論(一)」)、梁川についてはグリーンの影響を受けた東京専門学校文科の卒業論文「道徳的理想論」(明28)がその証左となる(佐古論、注8による)。天溪については「自然主義とは何ぞや」(『明星』明35・9)に、逍遙には「牛のよだれ」(『新小説』明38・9)にグリーン、〈自我実現説〉への言及がある。また渡英中の島村抱月が、新理想主義学派隆盛の雰囲気に触れたことは岩佐壮四郎『抱月のベル・エポック――明治文学者と新世紀ヨーロッパ――』(大修館書店、一九九八年五月、184頁―)に指摘がある。
(11) 石原千秋「自我の記号学」(『漱石の記号学』講談社選書メチエ156、一九九九年四月、127頁―)。
(12) 中島の連載は『教育学術界』16巻5号(明41・2)から18巻5号(明42・2)まで。のち中島『グリーン氏倫理学説』(同文館)として明治四二年に出版された。同誌所載の主要な関係論文としては深作安文「自我実現説評論」(『教育学術界』明39・4・15)などがある。
(13) 以上の資料などから知られる〈自我実現説〉関連の明治期主要図書を挙げておく。中島力造『輓近の倫理学書』(冨山房、明29)、ミユイアーヘッド原著・桑木厳翼補訳『倫理学』(冨山房、明30)、中島力造閲、山本良吉編『倫理学史』(冨山房、明30)、中島徳蔵『倫理学講義』(冨山房、明32)、渡辺龍聖『倫理学序論一名批評的倫理学』(開発社、明33)、藤井健治郎編著『倫理撮要』（普及舎、明34）、マッケンヂー原著・野口援太郎訳『倫理学精義』（冨山房、明34）、中島力造『現今の倫理学問題』（普及舎、明34）、西晋一郎『グリーン氏倫理学』（金港堂、明35）、バウルゼン著・蟹江義丸訳『倫理学大系』（博文館、明37）、西晋一郎「グリイン氏倫理学序説」（『倫理学書解説』育成会編集・刊行、明38増補改訂）、中島力造『グリーン氏倫理学説』（同文館、明42）。

(14) 夏期講習会は、夏期休暇を利用して教師などを相手に当時盛んに開催されていた。その主要な開設科目が倫理学であった。たとえば加藤玄智「夏期講習会の学科に就いて」（『教育学術界』明34・10）などを参照。

(15) 友枝高彦、近藤兵庫共訳『グリーンとその倫理学』（培風館、一九三二年五月、序）。

(16)「最近数年間に於ける本邦思想界の趨勢が倫理的、教育的に傾きつゝあるは争ふべからざる事実なり。帝国大学が年々出すところの卒業生中、その最多数を占むる者の一は常に倫理、教育の学士也。精神科学の研究を目的とする会合、団体中に於て最も多数を占むるも亦常に倫理、教育の学会也。新刊雑誌、著訳書に就いて見るも、倫理宗教に関するもの最も多きに居る。夏期講習会に於て村夫子の間に最も歓迎せらるゝものも亦常に倫理、教育の講師也」（高山樗牛「姉崎嘲風に与ふる書」『太陽』明34・6）。同様の指摘は藤井健治郎「人生の理想と世界の根柢」（『丁酉倫理会 倫理講演集』明37・4）にも見られる。

(17) 修身科は明治一九年から三四年の間は「倫理」科とされていた。

(18) 筑波大学付属図書館（体育・芸術図書館）所蔵の教育課程文庫教科書の調査に基づいている。たとえば井上円了撰の教科書は、明治三二年の『中等倫理書』（集英堂）と明治三八年の『中学修身書』（海学指針社）とを比べた場合、〈自我実現説〉への修正を行っていることが明瞭にわかる。また、〈自我実現説〉系の内容に収斂する以前の教科書にも、「自己」を大項目として立て、「衛生」「開智」「修徳」「自制」などといった配慮を教える記述があったことも指摘しておく。秋山四郎編『中学倫理書』（金港堂、明32）、井上哲次郎・高山林次郎『新編倫理教科書』（金港堂、明30）、岡田良平編述『中等教育倫理学教科書』（内田老鶴圃、明24）など。

ただし実際の教育の現場では、説明の粗密の差や曲解があったことも考えられる。『教育学術界』第九巻四―六号（明37・7―9）には、校長金田楢太郎により「大阪府立北野中学 修身科細目」が寄せられており、第三学年で「自己の完全を期し其の幸福を計るべきこと」などが教授されていると報告されている。

(19) 教科書研究センター編『旧制中等学校教科内容の変遷』（ぎょうせい、一九八四年三月、249頁）。

(20) 井上哲次郎『中学修身教科書』（金港堂、明35、引用は明36訂正再版）。

(21) A 渡辺龍聖・中島半次郎『倫理学教科書』第三版(成美堂・目黒書房合梓、明37、77頁)、B 中島力造校閲・山辺知春編纂『中学修身教科書』第四版(大日本図書株式会社、明36、巻五、78頁裏)。なお、四四年以降でも坪内雄蔵・森慎一郎『新訂中学修身訓』(三省堂書店、明45修正再版、巻五、76頁)などは「我等ハ総テノ関係ニ於ケル自己ノ生活ヲ完全ニセンコトヲ念ヒテ、〔…〕日夜奮励シテ其ノ理想ヲ実現センコトヲ務メザルベカラズ」としている。

(22) 前掲北村『青年と近代』は中島力造のカント、グリーン理解について、中島は「彼らから実体に関する議論や宗教的と感じられる部分をまったく排除してしまった。つまり、すでにそれまでの日本に受け入れられていた、経験論や実証科学的な枠組みの中で受容したにすぎないのである」(79頁)と指摘している。

(23) グリーンの学説については当時の全訳、西『グリーン氏倫理学』(前掲)によった。当該箇所の論述は特に第一編第二章。

(24) 前掲中島『グリーン氏倫理学説』362頁。

(25) 小柳司気太「自我実現説と儒教の倫理」(『哲学雑誌』明38・10)。

(26) 深作安文「恩師中島力造先生を偲びまつる」(『丁酉倫理会 倫理講演集』一九三九年二月)。同様の指摘に、井上哲次郎「中島力造博士を追憶す」(同講演集同輯)、行安茂・藤原保信編『イギリス思想研究叢書10 T・H・グリーン研究』(御茶の水書房、一九八二年四月、320頁)などがある。

(27) 日清戦後の中学校の「生徒管理」に関しては斉藤利彦『競争と管理の学校史——明治後期中学校教育の展開——』(東京大学出版会、一九九五年一月)の第二部に詳しい。同書第六章では生徒の「操行査定」が「倫理」の成績評価と関連づけて実践されていた学校の例も示されている(268—269頁)。

(28) 天野郁夫『学歴の社会史』(新潮選書、一九九二年一一月、155頁)。

(29) 前掲『旧制中等学校教科内容の変遷』。高等女学校、実業学校の教科書編集方針については252—255頁。生徒数については20、25頁、斉藤利彦『競争と管理の学校史』(前掲)37頁。ただしこの人数の中には、当時かなりの割合を占めた半途退学者も含まれているようである。当時の半途退学に関しては斉藤同書第一部第一章を参照。

(30) 中村星湖「文芸上の人格問題」(『早稲田文学』明40・11)。

(31) 片上天弦「自己の為めの文学(六)」(『東京二六新聞』明41・11・17)。

(32) むろん本章第2節で述べたように、学校教育以外でも教育・哲学系雑誌や倫理学の単行図書、講演会などで〈自我実現説〉にふれるチャンスは十分にあり、教育制度的な世代論のみで影響の有無が測れるわけではない。

（33）たとえば以下。安倍能成「自己の問題として見たる自然主義的思想」（『ホトトギス』明43・1）。魚住折蘆「自己主張の思想としての自然主義」（『東京朝日新聞』明43・8・22）。助川徳是「一高の青春――折蘆を中心に――」（『日本近代文学』10、一九六九年五月）は、一高の『校友会雑誌』などの調査をもとに、明治期後半の学生たちの「個人主義」の諸相を論じている。
（34）樗牛と梁川の〈自己〉の扱いに関しては、たとえば以下。樗牛「感慨一束」（『太陽』明35・9）の「畢竟デカールトの哲学の如く、吾等は先づ自己の存在に関する自覚を呼び起こして茲に其立脚の地盤を確かめざるべからず」。綱島梁川「応心録（「自己」の実在、「自己」と神）」（『病間録』金尾文淵堂、明38・10）の「吾人の「自己」には「自己」みづからの擅まゝに左右する能はざる客観的権威の儼存するを見る、真善美の観念、是れなり」。
（35）この点は既に中島力造が指摘している。「進化と云ふことは、啻に生物のみならず。精神界にも道徳界にも存する所のものである〔…〕現にグリーンの自我実現説なるものは、一種の進化論である。」（中島『グリーン氏倫理学説』115―116頁）。
（36）樗牛も初期の「道徳の理想を論ず」（前掲）にグリーンの引用・言及があり、「平清盛論」（『太陽』明34・11）に「自我の実現」の語が現れたりするが、後年その主張のほとんどは「自我の満足」に力点が置かれ、「発展」が指向されることはない。
（37）樗牛「文明批評家としての文学者」（『太陽』明34・1）。梁川『病間録』（金尾文淵堂、明38・9）の「基督の詩」「一家言」など。
（38）「自我実現といつても真に自我を実現するには之を社会に実現するより外ないが、あまり自我を力説すると個人主義のやうに聞え、個人主義者に利用される嫌がないではないから、寧ろ改めて人格実現とすればその心配はない」（井上哲次郎「中島力造博士を追憶す」『丁酉倫理会 倫理講演集』一九三九年二月）。たとえば中島も関わった教科書、中島校閲・山辺編纂『中学修身教科書』（前掲）でも、明治三六年四版の「人格を完全にするとは、徳性を涵養し、人の践むべき道徳を実行するにあり。之を称して自我を実現すといふ」（26頁裏）の記述が、「新撰」となった四一年三版では「之を称して人格を実現すといふ」（54頁）に修正されている。

4-2　日露戦後の〈自己〉をめぐる言説

1　「二潮交錯」

島村抱月に「二潮交錯」（『早稲田文学』明42・4〔一九〇九〕）という評論がある。自然主義の立場に立ちつつも、その理論的考究者としての一歩退いた地点から行われたこの評論は、当時の文壇に流れる二つの「潮流」を見きわめようとした興味深い分析を示している。

簡単に内容を紹介すれば、高山樗牛などが唱えた「極端なる本能満足主義」が「先づ其の影響を及ばしたのは青年の一部であるが、今日といへども未だ全社会を漂はすといふまでには至つて居ない」としながらも、抱月は「今の我が文壇に流れてゐる大潮流の一つが、此の根本的、道徳的、精神的な革命運動であることは呶々を要すまい」と指摘する。さらに「是れと相並んで日露戦役以後即ち四十年期の文壇に横たはる大潮流は言ふまでもなく芸術上の自然主義運動である」と認め、続けて言う。

自己覚醒の嵐が一たび鋭敏な青壮年の心海に起つて以来、そこの波瀾はおのづから溢れて内面悲劇の大文芸をなすに足るものであつた。〔…〕此に於《〔ママ〕》てか芸術そのもの丶態度に根元的革新を企てやうとした。それが即ち自然主義である、而してそれらの文人は多く右の如き自己覚醒の嵐に漂はされてゐる人々であつた。斯やうな順序で文芸上の自然主義と其の材料の上に存する自己覚醒の道徳的革命主義とは相連合した。

抱月の言う「二潮交錯」の意味は、この「道徳的地盤に立つ所の自己覚醒運動」と「芸術的地盤に立つ所の自然主義運動」の「交錯」である。(1)それは「道徳／思想」と「芸術」との「交錯」であると同時に、三〇年代思潮と四〇年代思潮の「交錯」でもあるという点において、二重の「交錯」である。

ここまでの考察において〈人生問題〉の系譜（第3章）と〈自己〉の問題系（4-1）を扱ってきた本論にとって、この抱月の分析はその裏付けを示す興味深い評論となっている。三〇年代から続く〈人生問題〉が、四〇年代においても文学青年たちの大きな関心の対象としてあり続け、〈文芸〉と〈人生〉を合致させる方向へと論争を導いたことはすでに論じた。〈自我実現説〉という〈自己〉を語る枠組みが、教育制度を介して青年層へ植え込まれつつあったことも確認したとおりである。四〇年代の思潮は、まさに抱月の言うとおり、先行する枠組みとの「交錯」のなかで理解せねばならないのである。

ただし〈自己〉の問題系については、とりわけ日露戦後の文芸論との接合の分析が、いまだ不充分である。4-2ではこの課題に答えるべく、〈自己〉をキーワードとして見渡した日露戦後文学界の言説布置を粗描する。

日露戦後の文芸評論界では、〈自己〉というものを論じることが隆盛を見せている。矢崎弾『近代自我の日本的形成』（鎌倉書房、一九四三年七月）をはじめとする、いわゆる〈近代的自我史観〉にもとづいた著名な考察が多いため、この問題に対する研究の蓄積は進んでいるようにも思われるが、実際はそうではない。〈近代的自我史観〉が考察したのは主として藤村や花袋などといった自然主義の著名作家たちの「自我」(2)であり、評壇や文学界以外の動向までをも含めた日露戦後の〈自己〉の問題系の見取り図は、ほとんど描けていない状況にあると言ってよい。(3)

ここでは具体的な批評・論説が、どのように〈自己〉という概念を用い構成しているのか検討しながら、なるたけ広い範囲に目をくばって当時の〈自己〉論の系統を分類してゆく。そしてこの分類の中から、とりわけ青年たちの論説に注目する。

というのも、先の抱月「二潮交錯」は次のようにも述べていたからである。「◎斯う見て来ると、今の文壇に動々もすれば相混じ相撲って流れてゐる二大潮流は、道徳的地盤に立つ所の自己覚醒運動（延いて其の続きとして生じたる種々の近代思想）と芸術的地盤に立つ所の自然主義運動とであつて、新鋭の作家等が自己胸中の鬱勃から、此の両面を一つに綯ひ交ぜやうとすると否とは、その人の自由であるが、傍から之れを観察し説明せんとするものが両者を混同するのは許すべからさる誤謬である」。抱月の立場は、分析者として二つの「潮流」を分けて考えねばならないとするものであった。しかし一方で、この立場は、逆説的にそれら二つを分けずに「綯ひ交ぜ」てしまう者たちがいたことも示唆している。とりもなおさず、それが「自己胸中の鬱勃」の要請に突き動かされた「青年」＝「自己覚醒の嵐に漂はされてゐる人々」＝「新鋭の作家等」であったのだ。樗牛が点火した「自己覚醒」を我が事として引き受けている集団は、「四十年期」現在の自然主義文芸の担い手と重なり合っていると抱月は言う。この「綯ひ交ぜ」「連合」の蝶番の一つとなったのが、〈自己〉論であり、それを担ったのが青年層だと私は考えているのである。

2　〈自己〉論の三つの系統（1）　自己の文芸論

まずは明治四〇年代に現れた種々の〈自己〉論を概観するため、大きく三つの系統に分類して整理しておくことにする。文芸（小説・評論・詩など）の性格や役割・目的と〈自己〉とのかかわりを追求しようとする**自己の文芸論**の系統（1）と、〈自己〉をいかに描くべきかという**自己の描写論**の系統（2）、〈自己〉というものそのものの（理想的な）あり方を論じる**自己の探求論**の系統（3）である。（1）と（2）は基本的に文芸評論として括れ、（3）は文学者——とりわけ若い文学者——たちの心性を窺うことのできる一種の精神論と位置づけることも可能だが、この時期が自然主義描写論の隆盛期であることも踏まえて、（2）を別に立てることとした。

＊

自己の文芸論の系統でまず見ておかねばならないのが、島村抱月の自然主義論である。とりわけ彼の一連の著述のなかでも注目されるのが、「芸術と実生活の界に横たはる一線」（『早稲田文学』明41・9）で展開した「芸術本能」論である。抱月は、「芸術は何の為に此の世に存するか」という「外在目的」の論を越えるために芸術の「内在目的」の考察を始め、その根拠を据えるために「芸術本能（又芸術衝動 Art-impulse）」の存在を説く。「摸倣本能」をはじめとする八つの説を数え上げたうえで(4)、彼は次のように言う。

吾人の結論のみを言へば、〔…〕自己表現本能の説である。人間は自己を表白せんとする本能的衝動を有してゐる。芸術の成る動機が即ち是れである。斯う見る説は比較的よく芸術本能の実状に適合する。唯一図に其の品を其の品らしく作らうとする努力は、他面から言へば自己中に所有してゐる感想を其のまゝ減殺する所なく直写しやうとする努力に外ならない。即ち自己表現の衝動であらう。

抱月によれば、芸術は人間の持つ「自己表現本能」を充たすためにあるもの、ということになる。この論文における彼の最終的な論旨は、「自己表現」の芸術を超えて「生の為の芸術」にまで達せねばならぬというところにあったが、人間は〈自己〉の表現を欲するものだという論を、「本能」「衝動」という「科学」の意匠を用いながら説いたことは注意されてよいだろう。

大東和重は、小栗風葉の価値評価が高下する過程を検証しながら「自己表現」性が日露戦後の〈文学性〉の評価軸になってゆくことを明らかにしているが、[5]実際この時期、文芸の意義を「自己表現」におく論説はほかにも多い。「文学成立の源を尋ねても、またその究極するところを考へても、所詮文学は自己を語り自己を表白するものである」とする抱月門下の片上天弦「自己の為めの文学」[6]をはじめ、相馬御風も文章一般について論を拡張しながら、「此頃の文章と云はれるものは、既に言文一致の時代を通り越して、厳密な意味での自己表現となつた」[7]と言う。

また、明治四一年の半ば以降流行語のようになる「(自己)告白」[8]という言葉もこの系統に接ぎ足されていく。「「自己告白」は文芸作家の当然取るべき態度で」「作家が文芸上の作品を製作するにあたつての第一の要件」と衣水[9]が主張し、倫理学者藤井健治郎が「真の文学、真の芸術は「自己告白」であり又あらなければならないと思ひます」[10]と述べるのが典型的である。

「自己表現」という言葉ではないにしても、同時代の文芸の特徴を説明する鍵概念として〈自己〉を設定する論説は多い。白柳秀湖の論説は、「文壇は竟に作者の『全自己』を窺ふ可き創作を要求するに至れり」[11]と語り起こされていたし、後藤宙外も「最近文壇の重要なる問題は、概ね自己内観に関係して居ないものは少ない。此の自己の内観又は自己の批判といふことを中枢として、幾多の小問題が分派し、廻転して、評論界を賑かして居る」[12]と指摘している。

当然こうした現状認識は、当時話題の中心であった自然主義と関連づけても展開された。岩城準太郎は自然主義以前の文芸との差異を指摘しながら、「逍遙紅葉時代の文学に在りては、作者と作物との間に多少の間隔あり、作者は自己の経験せる事象を閑却して故らに材料を他の世界に求め」ていたけれども、「今の文学は作者が直接経験せる人生の一片を赤裸々に表白する者」で、「作者と作物、事実と文学」が密着した「偽らざる自己の告白或は一人格の自然なる表現」「厳粛なる主観の所産」であると論ずる。[13]徳田秋江「文学者の心の閲歴、経験」も同様の趣旨を述べた箇所をもつが、[14]秋江、岩城いずれもが自然主義文芸とそれ以前の文芸との差異を述べるにあたって〈自己〉という概念を鍵とし、〈自己〉と作品との連関性や告白性を重視している。

この**自己の文芸論**の系統では、抱月とならんで岩野泡鳴にも注目したい。彼が唱えた新自然主義（刹那主義ともいう）は大略次のようなものである。「新自然主義は実に徹頭徹尾自己発展の態度である。すべての伝習思想を打破して、大我小我論の遊戯物ではない自己その物の刹那に発揮する態度である」。[15]彼の言う「新自然主義」は〈自己〉の絶対的な尊重と一元性を基調とするものだが、おもしろいのは彼の主張が「芸術の本志は、帰するところ、自己描写である」[16]というように、ここでいう**自己の文芸論**としての側面をもつと同時に、このあと述べる**自己の描写論**でもありまた**自己の探求論**の性格をも兼ね備えていた点である。むろんこれらの分類は私が便宜的に立てたものゆえ、それを横断していることに不思議はないわけだが、泡鳴の〈自己〉論がこの時期の〈自己〉をめぐる問題系の非常に広い部分をカバーしていたことは確かである。

3　〈自己〉論の三つの系統（2）　自己の描写論

自己の描写論の系統で〈自己〉が問題となるときには、その「見方」が話題となる。この文脈で比較的よく発言しているのが徳田秋江である。『読売新聞』紙上に連載した「文壇無駄話」の書き手として知られていた秋江は、一方で「八月の末」などいくつかの短篇小説も発表しつつあり、それらの作品の一部に関して彼は自ら自分のことを書いたと言ってはばからなかった。[17]

「縁」の作者（花袋）が、久振りにインキ壷を書いた。その中に、「吾々の作は自己告白なぞを遣つて居るのではない云々。」と言つてゐるのは頗る賛成である。私自身に就いて言へば、これまであまり小説などゝいふものを書いてゐないが、唯今の処、自分を書くのが、最もよく知つてゐるから書き易い。けれども私は、それによつて、自己を、道徳的或は社会的に弁護しやうなどゝする卑怯な態度に陥ることを力めて避けるつもりだ。〔…〕唯、自己の現実を忌憚なく書くのだ。其場合、自己を竹杖木石と等しく客観界に発見してゐるのである。[18]

この秋江の引用からは、作家自身のことを描いたとされる〈自己表象テクスト〉が「自己告白」や「懺悔」として受け取られることがままあり、秋江がそれに対して警戒感を持っていたことがわかる。こうした警戒感に基づく花袋らの微妙な姿勢については第2章4（92頁）で論じたが、要は経験的心情的〈真〉を描くために自己の経験・見聞を重要視する一方で、作品と現実との混同のもたらす世間の誤解を避けたいという、一種の板挟みの状況であった。

また次の小杉天外の例のように、〈自己〉の客観視が芸術家・小説家としての条件として挙げられることもある。「普通の人々は唯漫然と其日〳〵を生活して行つても、作家は其生活を自ら顧み、反省して、其実生活の中より何物かを捉へ来つて作品の材料とする。即ち自己の実生活を冷かに感味し、批判して行くと行かないとで、作家としての吾々と、普通の人々との実生活に対する心持が違つて来るのである」[19]。花袋も同様の趣旨で「自分を絶えず批判しつつ、コンベンシヨンな倫理に囚はれず、又さうかと云つて惑溺もせず、一方自己を現実の行動の中に沈めつつ一方自巳《ママ》の理智性に依つて観察しつつ行く[20]」と述べている。いかに〈自己〉を描くかの議論は、いかに〈自己〉を「観察する」かという議論と一体であるかのようになっており、この論はそのままいかに「作家」はあるべきかの規範論としても流用された。

さらに、先の秋江の引用に見たような客観視論が「モデル問題」的な事態を回避するための対世間意識を根底に持つものだとすれば、文学界内部における対旧派の意識からも**自己の描写論**は展開される。

自然主義はいふまでもなく直接経験の世界即ち客観の事象そのものを重視するに於いて、写実主義と異ならぬ。唯異なるところは、その直接経験の世界が経験の主体たる「我」に対し、若しくは「我」が経験の世界に対して、動かされ若しくは動く主観の動揺を、客観の事象と同等に若しくはそれ以上に重視するの点である。[21]

島村抱月が自然主義をすでに前期と後期に分けていたように、[22]日露戦前から客観描写を謳う小杉天外ら写実派が存在した。花袋たちの日露戦後の自然主義は、これを理論的に乗り越えねばならなかった。その時に重視されたのが「我」だったのである。[23]すでに（1）**自己の文芸論**で触れたように、この点は自然主義文芸において〈自己〉を重視することが特徴とされ、「自己表現」に評価軸が移り始めていたこと（大東論）と連動している。

4　〈自己〉論の三つの系統（3）　自己の探求論

ここでいう**自己の探求論**とは、〈自己〉というものの規定やその理想的なあり方を追求しようというタイプの言説である。これは文学者たちによって論じられはするものの、前二者と異なり、必ずしも文学と関わらないところで論じられることも多い。

この時期の**自己の探求論**には、一つの大きな特徴があるといってよいようである。それは中島孤島の論説の題名「己を大にせんとするの悶え」[24]が端的に表現しているような、〈自己〉を「拡充」「発展」していこうという欲求である。孤島の語るところによれば、「吾人を以つて之れを見れば現代の煩悶の最も大なるものは実に「己れを大にせんとするの悶え」なり、現代青年の煩悶は実に此の一語に尽く、誰れか今の世に於て己れを大にせんがために悶えざるものありや」ということになる。この自己発展の希求が、第三の系統の大きな基調となる。

もう一つ、探求論そのものからは少しずれるが、孤島は「己を大にせんとするの悶え」が「現代青年の煩悶」であると指摘していることにも注目しておきたい。関係論説を見渡した印象から言っても、彼の言葉は正しいように思われる。金子筑水[25]や先に触れた岩野泡鳴など少数の例外を除いて、ある程度の年齢に達した既成作家・評論家たちが、現在の思潮状況の分析という作業以外で「己を大にせんとするの悶え」に踏み込んで論じることは少ない。〈自己〉の「発展」を我が事として論究するのは、もっぱら青年文学者たちである。

こうした傾向を代表すると思われるのが、『早稲田文学』の片上天弦と『新潮』の松原至文である。天弦についてはすでに（2）**自己の文芸論**でも触れたが、師である抱月が「自己表現」を説きはするものの「観照派」的な自己客観視の立場を出なかったのに対し、天弦はより積極的に〈自己〉の「拡充」を述べたところに注目すべき特徴がある。[26]

「近代の文学は、作者の懺悔告白であると謂はれる」と始められた天弦「自己改革者の心事」（『読売新聞』明42・3・15）では、「今の文壇には謂はゆる自己の告白者が少なくない。凡そ真実の生活に入らんとする欲求は、先づ人をして自己に革命を行はしめる。告白者は自己の改革者である」と述べ、同時代の自己告白的な文芸の作者たちに対し「自己の改革者」たることの必要性を説いていた。また前掲の「自己の為めの文学」でも、「已に作物が個性の表現である限りは、個性の大小深浅等は、直ちに真の作物の面に現はれて来ねばならぬ。それ故に、作家の個性を拡充し発展せしめるといふことが、やがて作物の味ひ意味、即ち価値を、高く深く且つ広からしめることとなるのである」と、作品と作家の「個性」の即応性から「個性を拡充し発展」させるべきだと強調していた。[27]この時期の天弦の文芸論は「自己改革」論的な色彩を強く帯びている。

松原至文はこの〈自己〉の「発展」「改革」という面においてはさらに一歩踏み込んでおり、文学という限定を外した〈自己〉そのものの改革論を展開する。先の天弦「自己改革者の心事」に直接呼応すると見られる「自己告白者の心事」（『新潮』明42・11・1）において、至文は次のように言う。

然れば謂ふところの自己告白とは何ぞや。一言にして之れを云へば、自己告白とは、少なくとも旧自己を破壊し、旧自己より擺脱して、新らしき自己に行かんとするものが、旧自己を懺悔する言葉でなければならぬ。言葉を換へて言へば自己に対する自己革命の宣言、他人に対する旧自己破壊の懺悔、これでなければならぬ。

むろん至文は文芸批評も行っており、「最も多量の『自己』と、最も積極的なる『自己』とを有した」という点から透谷と樗牛を評価したり[28]、〈文芸と人生〉論議を受けつつ「思想上の自己革命、新生命は、やがて又文芸上の新生命、自己革命である」として「北村透谷の苦悶」「高山樗牛の苦悶」「田山花袋が、センチメンタリズムから脱したのも此の自己革命」「正宗白鳥の虚無主義的思想」「岩野泡鳴の心熱主義刹那主義」「片上天弦、小川未明の最近の諸論[29]」などと列挙し、「自己革命」を基準として文学者たちを論じていったりしている。

天弦、至文に見たような「自己発展」あるいは「自己改革」の欲求は、その他の青年文学者たちにも共通のものである。太田みづほが自己の発展段階を三期に分けて分析して示しているのをはじめ[30]、安倍能成も「我等は我等の現実をどうにかせねばならぬ。この要求を外にして人の生くる道はあるまい。かゝる要求におされて、そこに深さもあり張りもある自己の内観といひ、自己の批評といふこともある。自己を改革し、懺悔し、自己を造るといふこともこゝに至つて始まるのであらう」と論じているし[31]、『帝国文学』の時評も小山鼎浦「最新最奥の要求」に対し「何処までも自己発展といふ一語こそ吾人が希望し困難し実現せんとする大目的の代表者である[32]」とコメントしている。「真の詩人」の条件として〈自己〉の「改善」をはじめとするいくつかの条件を挙げて見せた石川啄木「弓町より（食ふべき詩）」[33]もこの系統に位置づけることができるだろう。武者小路実篤を代表とする初期『白樺』同人たちの自己尊重の傾向も、この地平で理解すべきである。[34]

こうした「改革」を伴う「自己発展」の指向は、理想的文学者像の変容を促す。すなわち天弦や至文に顕著だが、たとえばよりよい文芸を創り出すためには〈自己〉そのものの変革・発展が必要であるというように、作家の実践行為の変化をこの枠組みは要請するのである。

5　〈自己〉論の隆盛と〈自己表象テクスト〉

まずはなにより、日露戦後の文学界には、これだけの規模の〈自己〉論が存在したことを知らねばならない。従来の〈私小説起源論〉は、作家の「自我」のありかたを論じ、封建制の残存に起因するとされるその「歪み」を追究したものの、同時代の〈自己〉論の水準についてはほとんど眼を向けてこなかった。だが、〈自己表象テクスト〉の誕生を考えるに際し、同時期の評論界にこれほどの規模の動きがあったことは、もっと注目されてしかるべきだろう。

日露戦後の〈自己〉論の展開は、まさに多彩である。**文芸論・描写論・探求論**としてここに仮に分類してみたが、そのそれぞれが、隣接する問題群とも論点を共有しつつ幅広い展開を見せていたことが見てとれる。**自己の文芸論**は、第2章で考察した〈自己表象テクスト〉の増加と連動しながら相互に保証しあっていたし、**自己の描写論**は、むろん自然主義文芸論の描写的〈真〉性を支える有力な論拠として機能していた。そしてとりわけ、本論の視角からは**自己の探求論**の展開が興味深い。前章での議論で明らかにしたように、「己を大にせんとする」青年たちの

「悶え」は、三〇年代から続く知的傾向——特に〈自我実現説〉の枠組みと密接な関係があったのである。

この探求論の主たる担い手である青年たちに焦点を絞って考えれば、抱月が指摘した「交錯」「綯ひ交ぜ」は、より明確に捉えることができる。倫理学的な枠付けによって形取られた「自己拡充」への志向性が、「自己表現」重視の趨勢とかみ合い、先端的な描写論とも符合しながら、小説テクストによる表現を見出していく——というルートが見えてくるのである。

自然主義の〈身辺小説〉の中から生まれつつあった〈自己表象テクスト〉と、〈自己〉を語る枠組みは、明治末へ向けて流れを速めていく潮流のなかで合流し、大きなうねりとなっていくだろう。

注

（1）林原純生「美的生活論、自然主義、私小説——ひとつの史的見取図の試み——」（『日本文学』一九七八年六月）は、自然主義と私小説双方が美的生活論の射程の中に含まれていたと論じている。樗牛の評論活動と自然主義運動との連関については首肯できるが、同論の最終的な見取り図には「私小説」的な枠組みの美的生活論への逆投影から導かれている部分も存在しているように思われる。

（2）当時の「自我」と「自己」の意味的な差異について私見を交えて触れておく。「自我」が比較的抽象度が高く概念的な言葉であったのに対し、「自己」はそうした概念性を保ちつつも同時に一人称的な指呼性を備えた言葉だったようである。文芸批評にはこの「自己」や「我」が目立ち、「自我」は哲学や倫理学・心理学の文脈で多く用いられていたようである。本論では「自我」という言葉も、括弧をつけた〈自己〉の問題として扱うこととする。

（3）〈生の哲学〉の視点から、主観的傾向の強い片上天弦や相馬御風などの自然主義評論を大正期の思潮へつなげる試みもなされている。しかし以下詳述するように、〈自己〉の問題をめぐる言説は明治三〇年代から非常に幅広い領域で積み上げられてきており、それを〈生〉あるいは〈生命〉の語の中で包括してしまうのは、少々危険すぎる。天弦・御風らと〈生の哲学〉の関連を説いたものとしては、森山重雄「「芸術と実行」の問題——「生の哲学」の方向——」（『実行と芸術』塙書房、一九六九年六月）、

田中保隆「近代評論集II解説」（『日本近代文学大系 近代評論集II』58巻、角川書店、一九七二年一月）など。

（4）「(1)摸倣本能」「(2)自己表現（の本能）」「(3)遊戯衝動」「(4)秩序本能」「(5)吸引本能」「(6)威嚇本能」「(7)交通衝動」「(8)心霊具体本能」の八つ。抱月の重視する「自己表現」の具体的な記述は以下。「(2)自己表現（Instinct for Self-Expression）の本能が芸術本能である。自分を向ふへ突き出して見たいといふ本能が芸術を成す。アメリカの心理学者ボールドウヰン氏等の唱説する所が是れである。此の説などが本論の研究には最もよく適合する」。ただし抱月の論拠となっている原著では、Baldwin ではなく Bosanquet の著作が紹介されていることを指摘しておく。Charles Mills Gayley and Fred Newton Scott, *An Introduction to the Methods and Materials of Literary Criticism : The Bases in Aesthetics and Poetics*, Boston : Ginn & Company Publishers, 1901. 当該部分は同書172頁以下。

（5）大東和重「文学の〈裏切り〉――小栗風葉をめぐる・文学をめぐる物語――」（『日本文学』一九九九年九月）。

（6）片上天弦「自己の為めの文学」（『東京二六新聞』明41・11・11、13―17）、引用は『明治文学全集43』筑摩書房、一九六七年一一月、240頁）。

（7）相馬御風「雑感数則」（『読売新聞』明42・8・1、日曜附録）。

（8）島村抱月の「序に代へて人生観上の自然主義を論ず」（『近代文芸之研究』早大出版部、明42・6）、「懐疑と告白」（『早稲田文学』明42・9）が話題を呼んで以降、「告白」は一時文芸評壇の流行語のようになっている。

（9）衣水「自覚の境に入れ」（『帝国文学』明43・5）。

（10）藤井健治郎「自己告白」（『新小説』明42・7、談話）。

（11）白柳秀湖「肉情細叙の傾向」（『読売新聞』明40・9・15、日曜附録）。

（12）後藤宙外「自己内観の不透徹」（『新小説』明42・11）。

（13）岩城準太郎『増補 明治文学史』（育英舎、明42・6、473頁）。

（14）「今の自然主義が起る以前の頃は〔…〕自己を遠くに離れた種々な社会の人事を描く事が専ら行はれた。自然主義が起るやうになつて、自己を作中に仄めかすと云ふやうな事が行はれて来た」（徳田秋江「文学者の心の閲歴、経験」『秀才文壇』明43・1・1）。

（15）泡鳴「諸評家の自然主義を評す」（『新自然主義』日高有倫堂、明41・10、初出『読売新聞』明40・10・13）。引用は日本図書センターからの復刻版（一九九〇年一〇月）200頁による。

(16)　泡鳴「肉霊合致＝自我独存（長谷川天溪氏に答ふ）」（前掲『新自然主義』346頁、初出『読売新聞』明41・5・24）。
(17)　徳田秋江「八月の末」（『早稲田文学』明41・11）。紅野謙介「読書行為の変容と文学」（『学燈』一九九三年四月）は、文学者をめぐる雑報欄が流す文壇のうわさ話とそれが形成した読解習慣に触れつつ、秋江の「「別れたる妻」連作の小説はむしろそこで作り上げられた「うわさ」の言説の後に生まれた」としている。
(18)　徳田秋江「思つたまゝ」（『読売新聞』明43・5・13—15）。
(19)　小杉天外「自己の今為せる事旋て大なる芸術の材料也」（『新潮』明42・11・1）。
(20)　田山花袋「自然主義の前途」（『新潮』明41・3・15）。
(21)　片上天弦「人生観上の自然主義」（『早稲田文学』明40・12）。
(22)　島村抱月「文芸上の自然主義」（『早稲田文学』明41・1）。
(23)　もちろんこの「我」への注目は、無根拠になされたものではないだろう。第二節で詳述するが、花袋や天弦の目には、〈自己表象テクスト〉の増加と三〇年代からこの時期までを貫流する「自己覚醒運動」（抱月）とが映っていたはずである。「我」・〈自己〉は、これらの動向群をつなぐ論理を構築するための鍵語として選ばれ、機能していた。
(24)　中島孤島「己を大にせんとするの悶え」（『読売新聞』明40・1・6、日曜附録）。
(25)　金子筑水はこの時期「自己発展」を積極的に論じていた。たとえば筑水「我れを如何に造るべきか」（『新小説』明42・11）は「即ち自己人格の構成、又は新しい自我を造出すこと、これが結局我々の生活乃至真満足の成立つ領域で、此の外に我々の真の生活は無いと思ふ」と述べている。
(26)　抱月・天溪らの世代との差異の指摘も含め、この時期の天弦については助川徳是「片上天弦の変貌」（『日本近代文学』17、一九七二年一〇月）に詳しい。
(27)　天弦は「批評論」（早稲田文学社『文芸百科全書』隆文館、明42・2、所収）でも批評家の「人生観」や「人格」が「直ちに批評の標準となる」と述べ、それゆえに批評家は「自己の人格全体を、最も深き広き意味に於いて豊富にすることを怠つてはならぬ」と論じている。この時期は天弦や徳田秋江を中心として「印象批評」論が戦わされるが、そこで議題となった批評の基準の問題においても〈自己〉は重視されていた。
(28)　松原至文「明治の批評家（透谷と樗牛とを憶ふ）」（『新潮』明42・3・1）。
(29)　松原至文「芸術の新生命とは何ぞや」（『新潮』明42・6・1）。

(30) 太田みづほ「我論四題」(『読売新聞』明41・7・19、日曜附録)。第一期は「自己が肉と肉に囚れた自己を引つくるめて、それを認識し批判する状態」。「今の青年者又文壇の一角」。第二期は第一期がますます展開し「自我は益々寂寞を感じて行く」。第三期は「此の分離した自我が肉に還元する時だと思ふ。霊肉の一致――岩野さんの云ふ様な力の漲つた全熱全盲動の時期が如何しても来ざるを得ない」。「霊肉は遂に一致の者で相抱き相擁するのが自我の本色である。否や其処で人間の匂が出て来るのである」。

(31) 安倍能成「自己の問題として見たる自然主義的思想」(『ホトトギス』明43・1)。川副国基「近代評論集Ⅰ解説」(『日本近代文学大系　近代評論集Ⅰ』57巻、角川書店、一九七二年九月)は相馬御風、片上天弦、安倍能成、阿部次郎などが「同時代の、同年配の知識人」としての同じ志向性を持っていることを、「主観的」「理想主義的」「ベルグソン流の生命の燃えた文学」という言葉で説明しているが、〈自己〉を鍵語とした場合、この近親性はとりわけ顕著だと思われる。また余吾―真田育信「「近世的精神」としての〈自然主義〉――魚住折蘆の「文明史」的視点と主体的「懐疑」――」(『日本近代文学』53、一九九五年一〇月)は、折蘆の思想の同時代状況における独自性と意義を説いて示唆に富む。ただ本論で見た周囲の青年たちの傾向と照らし合わせる限り、「「自然主義」に「自己主張」を見ようとする」折蘆の発想を「コペルニクス的転換」とまで評するには当たらないように思う。

(32) 正雪「最近文芸概観　評論」(『帝国文学』明43・11)。

(33) 石川啄木「弓町より(食ふべき詩)」(『東京毎日新聞』明42・11・30、12・2―7)。

(34) 猪野謙二『明治文学史』下(講談社、一九八五年七月)も「「初期」に関する限り、この「白樺」派を「反自然主義」の有力な一翼などとみるよりも、むしろこれを、成立当初の自然主義文学が敷いた透谷以来の自我中心の日本近代文学の路線の延長上に、ただその後のこれが後退のあとを受けつぐものとしてはじめて結実した一つの成果」(482頁)と見るべきだと指摘している。

第５章　小結――〈自己表象〉の誕生、その意味と機能

1――小結

本書冒頭の問いかけ――「〈作家が自分自身を登場人物として造形した小説〉は、どのようにして誕生したのだろうか」――に再び戻ろう。

日露戦後になって徐々に増加のようすを見せはじめたこの種の小説を、「私小説」の〈起源〉として捉える発想には問題が多い。その種の作業は、往々にして予断に縛られたものになりがちであり、その表現形態が持っていた時代的な固有性や積極的な意味は見過ごされやすくなる。そうした〈起源探し〉の試みは、結局まなざす自分自身の似姿を過去に探すことにしかならず、そのためにそこで起こる事態は合わせ鏡のような堂々めぐりでしかない。そこでは、異なった相貌をもって立ち現れる過去の姿と向き合うことによって、現在の自分たちの姿を逆照射しようという応答的な営為が起こりうべくもないのである。

そこで私は、〈私小説起源論〉の陥穽から逃れるために、ひとまず〈自己表象〉という代替概念を提出した。このやや抽象度の高い言葉を用いることにより、論の射程を幅広くするとともに、より細緻で理論的な分析を目指そうとしたわけである。

作者が自分自身を小説に描くという〈自己表象テクスト〉のあり方を、それがどのようにして可能になったのかという観点から考えると、いくつかのポイントとなる条件が見えてくる。序章において提示した論点は、次の5点であった。

（1）噂話・楽屋話などのメタ情報の掲載が恒常化するメディア状況
（2）メタ情報と作品とを交差させて読む読書慣習
（3）小説ジャンルの境界意識の変化――〈自分を描く〉ことの認可
（4）同時代の〈自己〉論の水準、枠組みの分析
（5）隣接ジャンル・青年層の動向

小笠原克をはじめとする先行の論者がメディア状況・読書慣習の問題に触れるとき、ほとんど明治四〇年代初頭の「モデル問題」を象徴的事件として語る。藤村の「並木」や「春」のように、友人をモデルとして用いる小説が現れ、その舞台裏を明かすような批評、さらにはその楽屋話を享受する読者が誕生した、というわけである。これに対し本書は、投書雑誌『新声』を中心に分析しつつ、明治三〇年代の状況を明らかにした。作品とは直接関係のない作家個人の情報〈作家情報〉、作品の由来を明かす〈題材／モデル情報〉は、すでにこの時代から青年向けの文芸メディアを中心にさかんに発信されており、それを作品と交差させて享受する読者たちも存在したことが確認できた。またこの〈作家情報〉・〈題材／モデル情報〉・作品の三項間の関係の変化に注目すると、三〇年代から四〇年代への変化も明確に把握することができる。三〇年代においては、作品と〈作家情報〉、作品と〈題材／モデル情報〉、といった組み合わせでのテクスト享受しか存在しなかった。ところが四〇年代にはいると〈作家情報〉

と〈題材／モデル情報〉という組み合わせのテクスト享受が可能になる。

情報がこの形で結びつくようになった背後には、作家の身辺が題材になるという自然主義文芸の台頭があった。自然主義が勢力をえていくのに伴い、小説の取材源が作者自身の体験や見聞、知己のようすなどといった作家の身辺に狭まってゆく傾向が現れる。これによって〈題材／モデル情報〉を提供することが、〈作家情報〉を提供することと重なる状況が出現したのである。（1）（2）

本書が〈身辺小説〉と呼んだこの種の作品の中には、「蒲団」に代表されるような、作者自身が作中に登場し、モデル情報によって読者もそのことを承知しているという〈自己表象テクスト〉も含まれていた。「蒲団」発表後、自然主義的傾向の代表としてその意義が論じられていくのに伴い、作家が自分自身のことを作品に描いてもよいのだというように、小説ジャンルの境界意識に変化が起こってくる。〈真〉を描けという自然主義の理念を受け入れた作家たちにとって、この変化が小説を書きやすくする方向へ働いたことは、おそらく確かである。自分やその身の回りのことを描くことが、〈真〉という理念下――とりわけ描写のリアリティが尊重される状況下では、もっとも確実であり、ある意味では容易な道の一つであることは想像に難くない。藤村「春」、花袋「生」、森田草平「煤煙」など文学史に名を残す優れた作品はこうした雰囲気の中から生まれたのであるし、また丹念に同時代の文学空間を眺めていけば、月々に発表されては消えていく「小さな」作品たちの間にも、やはり〈自己表象テクスト〉の数々を見出していくことができるのである。（3）

生まれて間もない〈自己表象テクスト〉に対する作家たちの意識は、やや複雑であったようである。自分自身の経験をもとに作品を創作した場合、その読者たちはメディアの流す噂話・楽屋話を参照しつつ、作者にまつわる〈事実〉を作中に見出していく。花袋や小栗風葉、正宗白鳥らに共通して見いだせたのは、こうした読書慣習をエスカレートさせ、〈事実〉にばかり興味を示す者たち――「矢鱈に作品中の人物を作者自身と見做して彼此云ふ読者批評家」（正宗白鳥）[1]――への戸惑いと苛立ちであった。

ところが、こうしたある程度文壇で名をなした作家たちとは別の考えをもつ者たちも声を上げつつあった。より若い、青年文学者とその予備軍の文学青年たちである。明治末から大正にかけての〈自己表象テクスト〉の隆盛を現出したのは、実はこうした青年層の動向だった。

この世代的な差異が端的にあらわれたのが、明治四一、二（一九〇八、九）年に闘わされた〈文芸と人生〉論議である。文芸とその担い手たる文学者の人生・生活とは一体であるべきか、距離を保つべきかをめぐってなされたこの論争において、青年層とその上の世代とでは、取る立場が異なる傾向にあることが確認できる。自然主義的な客観描写の立場を守り、実人生から一歩離れた距離の必要性を説く花袋たち「観照派」に対し、青年たちの立場は〈文芸〉と〈人生〉の不可分性を訴える「合致派・一致派」と呼ばれるようなものだったのである。

さらに、こうした差異は〈文芸と人生〉論議においてのみならず、日露戦後の〈自己〉論の展開のなかにも見出せる。とりわけ、〈自己〉というもののあり方を考えようとする「探求論」の文脈においては、その差異が著しいようである。〈自己〉について思考をめぐらし、その「拡充」「発展」への指向を語った青年層に対し、より上の世代は岩野泡鳴や金子筑水などの例を除き、ほとんど関心を示さない。（4）

こうした世代的な差異は、三〇年代思潮との距離から説明できるだろう。三〇年代四〇年代と言っても、青年思想に関して言えば、日露戦争を挟んだというだけで実質的に等質な部分も多い。安倍能成や石川啄木の回想からもわかるように[2]、三〇年代半ばに煩悶青年などと呼ばれた懐疑的傾向をもつ青年たちの一部は、そのまま自然主義時代の青年文学者たちでもあるのだ。彼らの思想的キーワードである〈人生問題〉、あるいは倫理学説〈自我実現説〉によって植え付けられたと考えられる「自己発展」への指向が、彼らが文壇的な発言をはじめた四〇年代に上の世代との差異として顕現したと考えられる。（5）

2　〈自己表象〉の再評価へ向けて

後年正宗白鳥は「『蒲団』や『生』などが、日本の青年作家に、新しい人生鑑賞の態度を教へるとともに、小説の書き易さをも暗示した。「かういふ調子でいゝのなら、小説は雑作なく書けるものだ。」と思はせた[3]」と指摘している。花袋の示した道が亜流を輩出し、安易な「私小説」の風潮を生んだというのは後によく言われることであるが、自然主義当時においても同様のことは指摘されていた。たとえば岩城準太郎は、「前年自然主義勃興の当時、有力なる文士が無技巧写実を唱道し何等の修辞的技巧を用ゐずして自己経験を偽ることなく描き出でたる者即ち優秀なる文学であると論じたのを聞き風を望んで蹶起した駆け出しの青年文士は雨後の筍の如くであつた[4]」と述べている。

実際、この時期は「文学の時代[5]」とも呼ばれるほど、文芸の価値——もしくはそのイメージ——が上昇した時期であった。西園寺公望、小松原英太郎という政府の高官が文士招待会を開催し、文芸院の設立が取りざたされ、のち文芸委員会が設置されるといったように、「文芸」の価値を高めるかのような出来事がメディアを賑わす。新聞紙上では懸賞小説が大々的に募集され、賞金もつり上がっていく。こうしたなか文学青年向けの投書雑誌『文章世界』の編集を担当していた田山花袋によれば、同誌への小説の投書は月に「百五十通から二百通位来ることがある[6]」程であったという。

文芸の社会的イメージの上昇の一方、青年たちを取り囲んでいたのは就職難である。勤め口が見つからぬまま、華やかに見える文学界へ安易に身を投じようとする文学青年たちは多かったらしく、彼らを諌める論説がこの時期しばしば発表される。その中の一つ後藤宙外「文学志望と処世難」（『新小説』明41・10）は、「青年の思考が文学に傾き易き所以」を、彼らが夢見がちであることと、そこが「比較的功名の為し易き舞台である」と思われていることから説明する。そして宙外によれば、こうした青年たちの「文学志望」熱に油を注いでしまったのが自然主義文芸であった。彼は「自然主義が文学者、――特に小説家の速成に一大動機を与へたのは、疑ひの無いところである」といい、「自然主義に惑はされて、実験実感を其の侭に書きさへすれば立派な文学である、小説であるといふやうに、何の雑作もなく文学者になられると思つて踏み込んだ青年も静に自己の前途を考へて見る必要がある」と苦言を呈したのである。自分の体験・感情をそのまま書けば小説になるという「自然主義」の主張が、小説家を「速成」したという批判である。のちに繰り返されることになる「私小説」批判の一つの原型ともいえる形がここにはある。

宙外がこの記事で言うところは、おそらく当時において一つの正論であったろう。だがしかし、現在の我々までもが、今述べてきたような時代の雰囲気の中でこぞって小説を書こうと試みた文士予備軍たちの衝動を、否定的にのみ捉えるべきなのだろうか。彼らの傾向を安易だと却下することは、当時の批評を単純に反復する結果にとどまるだろうし、ましてや後の「私小説」のはしりとして否定するのは錯時的に過ぎる。いま必要とされているのは、否定し黙殺することではなく、彼らの衝動とその背景にあった条件を理解しようとすることではないだろうか。

白柳秀湖は「自然主義と虚無的思想」との関連性を論じる過程で、自然主義時代の文学のありかたについて次のように述べている。

> 嘗ては国家とか、教会とか、君主とか、制度とか、習慣とか、乃至は組織とか云ふものゝ前に何等の苦痛もなく自我を忘れて服従して居た人類は、今や自己批評の時期に入つた、切実に自己を批評する、内省する、自己を批評し、内省し、解剖した結果は之をヒューマニチーに問ふ、ヒューマニチーに参照する処に忌憚なき自白

がある、懺悔がある。

此の如くにして瞑想の時代は来た、沈思の時代は来た、彼らの捉へて来る所は、忌憚なき自己の解剖、懺悔でなければ親しい友人や知己の事ばかりだ、彼等は好んで自己の周囲に実在する人をモデルとして、喜ぶのではない、彼等が人生の真実を描かんとする創作的情熱は、自然に彼等を駆つて其日常生活に近い人物をモデルにとらしめるのだ、決して浅薄な好奇心から旧主人や、知己の私事を訐発しやうといふのではない。(7)

白柳秀湖の主張は、反自然主義的な立場の論者たちが、自然主義文芸の弊害として小説の取材源の狭隘化やモデル問題を云々したことを踏まえている。秀湖は、こうした当時においてもやや否定的な受け取り方をされていた現象を、新しい時代の肯定的傾向として価値転換しようとしているのである。

その際に彼が拠りどころとしたのが、現代は「自己批評の時期」であり、当代の文学は「人生の真実」を描くことを目指しているという認識だった。この白柳の見解は「自己の文芸論」（4-2、第2節）の傾向と一致する。この立場から、彼は「自己批評」「自己の解剖」を行うことが、すなわち「人生の真実を描」くことに直結するという論理を提示したのである。

そして興味深いのは、そうした「自己批評」と「人生の真実」の描画を結び付ける書き手たちを駆り立てるものとして、秀湖が彼らの「創作的情熱」をやはり指摘している点である。白鳥の回顧や宙外の批判がいうような安易さを挙げるだけでは、この時期以降〈自己表象テクスト〉が増加していく理由を充分に説明できない。自らの〈生〉とそこからもたらされる〈作品〉とを一致させようとする欲望。自分自身の〈自己〉を、限りなく「発展」し「拡充」しようとする衝動。文学に携わりたいと希望した青年たちのこうした心性を理解することなくして、

〈自己表象〉がその時代に保持していた魅力は理解できないだろう。『新声』第二十巻第十号（明42・11）に「創作と実行」と題した論文を投稿した田中雨軒は、次のように主張した。

> 創作と実行とは相一致すべき物と思ふ。即ち自己の書いた創作物は、自己のかつて、或る過去に於いて、或る処に或る時の追憶及び経験であらねばならぬ。〔…〕芸術の為に実行しろと云う《〔ママ〕》のぢやない。自己の実行せる事を創作にしろと斯う云う《〔ママ〕》のだ。〔…〕唯、自己のかつての経験及び追憶を真面目に書けばよいと云ふ。かくて、私は創作と実行とは一致すべき者と云ふのだ。

文章の推敲も主張の深さも必ずしも充分といえないこの投稿評論は、しかしながらその筆者の「情熱」だけは十二分に伝えてくれる。創作と実行とは一致しなければならない、という田中は、文壇の評論家たちが闘わせていた美学的な議論にはさほどこだわることなく、直接的な自己描写こそが必要なのだとストレートに主張する。「自己の実行せる事を創作にしろ」。田中の言葉からは、花袋らが見せていた〈自己表象〉へのためらいは微塵も感じられない。

作品に出てきた事件・主人公を作者自身のことだとして読みとる。またそうしたタイプの作品をみずからも小説として書く。〈自己表象〉をはじめた青年たちにとって、その創作作業は、単純に身辺を書くという以上の意味を持っていた。なぜなら文芸とは〈自己〉と密着するものであり、作家の「自己批評」や「自己発展」の追求と、その作品の価値とは切り離せないものであるとされていたからである。

「己を大にせんとするの悶え」を抱える青年たちの前に、それを芸術として表現しうる〈自己表象〉という道が開かれる。〈真〉を追求するための「近道」としての身辺描写から、より積極的な意義をもった創作行為へと、〈自己表象テクスト〉生産の意味は奪胎されていくだろう。

3　〈自己表象〉の意味と機能

〈自己表象〉が当時もちえた機能の一点目は、今まとめた誕生の経緯から導いて考えられる。自己の探求論（4-2、第4節）において確認したとおり、青年たちの「自己発展」の欲望が理想的な文学者像の変容を促した。「作家の個性を拡充し発展せしめるといふことが、やがて作物の味ひ意味、即ち価値を、高く深く且つ広からしめることとなる」（片上天弦）(8) という枠組みが、あるべき文学者の姿を規定していく。また〈文芸と人生〉論議の結論が文芸と人生は一体であるべきだという大勢に落ち着いてゆくにつれ、表現するという行為は〈自己〉のあり方が必然的に埋め込まれてしまう作業として理解され、ここから「芸術の生活化」（相馬御風）(9) が唱えられる事態も起こってくる。さらに「生活は芸術を産み、芸術は生活を革新して行かなければならない」（小泉鉄）(10) というような、表現することが〈自己〉の発展につながるという循環的な転倒状態までもが生まれてくる。

こうした循環状態や〈文芸と人生〉の一致状態においては、他ならぬ作者自身が作中に登場する〈自己表象テクスト〉は特別な意味をまとう。「自己発展」を志す〈自己〉そのものが表現の対象となり、表現することが「自己発展」をさらに推進する。こうした循環の中で試みられる表現は、自然主義の理念に沿ったありのままの〈自己〉の表現が指向されることもあるだろうが、自然主義以降その文芸理念の超克が目指されてゆけば、「自己発展」に向かう力動性をそのままフィクショナルな理想の自己像へと埋め込むことも出てくるだろう。〈自己〉を理想化して表現し、そう表現することが〈自己〉の変革につながる。その表現行為は、現状の自分を意識的無意識的に改変し造形的に覆ってゆく作業であるという意味において、やはり〈表象〉と呼ぶのがふさわしい。〈自己表象〉は作家としての〈自己〉のアイデンティティを表象しつつ形成する、独特の主体編成の形態となっていくのである。

二点目の機能は、〈自己表象〉が当時持ち得ていたはずの〈新しさ〉の力を考えることから明らかになる。「自己の探求論」において青年とその上の世代の差異に触れたが、「4-2　日露戦後の〈自己〉をめぐる言説」で論じた〈自己〉論の系譜を除いても、自然主義が勢いを得はじめた時期から文壇における世代間のギャップを指摘する言説がその数を増していた。[11]細田枯萍は次のような対話を構成している。A「近頃は自然主義も大分下火になつて、方々で又新ロマンチシズムなんて事を、云ひ出した様だねあれはどんな積りなんだらう」、B「其はつまり自然主義に対する反動だね。つまり中年に対する青年の反抗だね」。[12]細田の図式は文壇に流通していた世代ギャップ論の枠組みを下敷きにし、そのまま「自然主義以後」の枠組みへと戦略的に当てはめようとするものとなっている。

この世代間のギャップをめぐる言説が問題である。〈世代〉は、教育システムなどによる現実の人間集団の質的層的な切り分けを名指すものであると同時に、同時代のメディアなどの表象によってイメージとして成型され伝播するものでもある。細田だけではなく、たとえば片上天弦も「自然主義の文学は、若き文学である。新らしき文学である。而してまた実に青年の文学である」[13]と、「青年」という〈世代〉イメージを、自らの文学の価値づけに利用している。

登場してまだ日の浅い〈自己〉を描くという手法は、この時期おそらく〈新しさ〉の指標として機能しえたはずであり、ひいてはその作者たちの〈新しさ〉として見なされていく事態も存在したと考えられる。宇野浩二「「私小説」私見」は明治四三年創刊の『白樺』に掲載された「幾つかの小説」について、「これまでの自然主義派の小説で見た同じ一人称のものと、ひどく趣きが違つてゐるのに私は驚かされた」と回顧する。「これ迄の一人称小説」においては「作者の態度は三人称の小説を書くのと同じ態度だつた。所が、今いふ白樺派の或小説では、はつきりとそれ等の一人称の人物が作者その人らしく書いてあるのに、私は驚かされたのである」[14]というのである。この文章を「白樺派」に力点をおいて読むべきでないことは、すでに序章で述べたが[15]、当時〈自己表象〉がいかなる新しさと衝撃性を持っていたかの一端をうかがうことができるだろう。明治末、青年たちが書き始めた〈自己表象テクスト〉は、その表現様式の新しさそのものが意味を持っていた。と同時にそれは、〈新しい世代〉の青年像をも提示するという、〈世代〉イメージを利用した言説闘争の道具としても機能していた可能性があるのである。

注

（1）正宗白鳥「随感録」（『読売新聞』明42・3・3）。
（2）安倍能成「自己の問題として見たる自然主義的思想」（『ホトトギス』明43・1）、石川啄木「時代閉塞の現状」（明43・8稿）。
（3）正宗白鳥「田山花袋氏について」（『週刊朝日』一九三〇年五月二五日）。
（4）岩城準太郎「文壇に生きんとする努力」（『帝国文学』明43・4）。
（5）小森陽一「文学の時代」（『文学』一九九三年春）。
（6）田山花袋「小説作法」（『文章世界』明40・10・1）。
（7）白柳秀湖「自然主義と虚無的思想」（『新声』明40・12）。
（8）片上天弦「自己の為めの文学」（『東京二六新聞』明41・11・11、13―17、引用は『明治文学全集43』筑摩書房、一九六七年一一月、241頁）。
（9）相馬御風「芸術の生活化」（『早稲田文学』大1・9）。
（10）小泉鉄「自己批評と生活と芸術」（『白樺』明45・7）。
（11）よく知られているところでは花袋「蒲団」（『新小説』明40・9）冒頭の、青年は「其の態度が総て一変して、自分等とは永久に相触れることが出来ないやうに感じられた」という時雄の述懐。また姉崎正治「青年の文学と中年の文学」（『帝国文学』明44・1）など。
（12）細田枯萍「夢みる心と醒めた心」（『帝国文学』明44・4）。

(13) 片上天弦「未解決の人生と自然主義」(『早稲田文学』明41・2)。

(14) 宇野浩二「「私小説」私見」(『新潮』一九二五年一〇月)。

(15) 序章18-19頁参照。宇野は引用直後で白樺派にも「十分客観化され」たものもあり、「白樺派以前の小説」にも私小説的なものがあると譲歩している。以前以後の区分より、ここでは彼の自己描写の直接性に対する「驚」きが重要である。

II

〈自己表象〉と明治末の文化空間

IIにおいて展開されるのは、Iでの歴史論の試みに対する、各論にあたるものである。取り上げられるのは、自画像・永井荷風・舟木重雄である。

＊

第6章は東京美術学校の制度と自画像の問題を考えた小史であり、Iの議論と相補的な役割を果たす。Iでは文学ジャンルを中心に論を展開したため、この章をIIへまわしたが、隣接ジャンルの動向も視野に入れるべきだという本書の主張を支える一つの柱となっているものである。

他の二作家の選択については説明が必要かもしれない。大作家中心の文学史を排し、制度・慣習・多層性への注目に立脚した歴史論を目指す立場からすれば、「私小説論」の対象として確立された位置にある作家たち（の著名作品）を、まず論じねばならないと考える理由はない。

いわゆる「私小説」の作家ではない永井荷風を考えるときにも、『奇蹟』派のマイナー作家である舟木重雄の作品を論じるときにも、やはり〈自己表象〉は鍵となる概念でありうる。明治末の文学界に広がりはじめた〈自己表象〉という表現の枠組みが、それぞれの文脈に取り込まれながら多様な展開を見せていく。その豊かな複雑さの諸相を追究しようとするとき、荷風と舟木のテクストの検討は、絶好の材料を提示してくれていると私には見える。

＊

第6章　自画像の問題系
――東京美術学校『校友会月報』と卒業製作制度から――

1　自分を描く小説と絵画

明治末から大正にかけて、日本の文学界に作家が自分自身を描いた作品――本書のいう〈自己表象テクスト〉が数多く出現したことは、ここまでの論述でも再三触れ、またよく知られているところでもある。田山花袋「蒲団」に話題が集中し自然主義が文壇を席捲して後、島崎藤村や徳田秋江をはじめ、自然派・白樺派などの青年たちが、積極的に自分自身を小説作品中に造形していた。

その一方ほぼ同時期に、美術界、なかでも洋画において、岸田劉生や万鉄五郎など年間一〇作をこえる自画像を制作する画家が現れ、洋画界全体においても自画像の描画数が増加しはじめていたことは、従来さほど注目されていない。もちろん日本の近代美術研究においては、当然ながらこの現象はすでに確認されている動きであり(1)、これはこの事実を近代文学あるいは比較文学の研究者が積極的には取りあげてこなかったの意である。

あるいはそれと知っていながらも、たとえば白樺派とのつながり、などといった影響関係を考えることにより、この状況を当然視する傾向があったのかもしれない。たしかに岸田劉生などは白樺派の周囲にいた人物である。実際美術史の側でも、自画像の増加の原因は以下のようなところに求められてきた。「白樺派の影響によるものであろうか。人道主義、人格主義によって象徴される大正期のロマンチシズムが、自画像を多産するエネルギーになっているような気がするのである」(桑原住雄)(2)。

本章では、自分自身を描く小説と絵画の並行的な増加という、明治末に現れたこの一風変わった現象にあらためて光を当ててみたい。もちろん問題の及ぶ範囲は広いが、ここでは一つの取りかかりとして、東京美術学校をめぐる諸制度を分析する。東京美術学校は、途中中断期間を含みつつも、現在に至るまで卒業製作として学生に自画像の制作を課していることで知られる。自画像を「公的な」体系内に初めて位置づけたこと、日本の近代美術を背負ってゆく人材を多く輩出した教育機関であることを考えても、近代日本における自画像の歴史を考える際の同校の重要さは多言を要すまい。加えて、同時代の様相を敏感に映し出すメディア『校友会月報』(以下『月報』)を持ち、校友会文学部という文学界と美術界双方の動向に鋭く反応した集団を擁していたことを考えあわせれば、同校をめぐる諸課題の分析は、この時期の文学と美術が共有した文化の枠組みを明らかにすることにもつながるだろう。

以下『月報』の記事を中心とし、周囲の情報にも目を配りながら、制度、絵画読解の枠組み、画学生の心性の変化といった諸要素の絡みあいの様相を描き出してみたい。こうした分析から浮かび上がるのは、「白樺派の影響」(桑原)といった言葉では単純に捉えきれない、複線的複層的な文化の動態である。

2　東京美術学校西洋画科の卒業製作制度

まずは日本の自画像の歴史において、東京美術学校西洋画科の卒業製作制度が果たした役割を概観しておく。

日本における自画像の制作は鎌倉期に遡り、似絵《にせえ》の祖といわれる藤原隆信の子信実のものが、日本における自画像の嚆矢《こうし》とされる(3)。その後、早い時期のものでは、信実の孫伊信の例や、室町の僧明兆、雪舟がそれぞれ自画頂相《ちんぞう》を残していることが知られている。江戸期には、岸駒《がんく》や、司馬江漢、葛飾北斎など、個性的な風貌を刻んだ印象的な自画像を残す画家が現れ、幕末維新期には写真師横山松三郎が多く自画像を残している(4)。

これらの自画像の描画は、画家の自発的な衝動によるものもあり、「似絵」「頂相」といった絵画の様式的生産的な約束事の枠内から生まれ出たものもあったが、その流通は、個人間の私的贈与や宗教的儀礼的な寄進などといった形でのみ行われ、限定的なものにとどまっていたと言ってよいだろう。

ところが日本における自画像の意味は、東京美術学校西洋画科のカリキュラムに組み込まれたことにより大きく変化したと考えられる。同校に西洋画科ができたのは明治二九（一八九六）年。そのカリキュラムの一環として卒業製作に自画像が課されたのは開設後すぐだったようだ。画家自らの姿を描く絵画が、美術学校という官制の制度によって絵画の体系内に組み込まれるという、画期的出来事の到来である。用途・流通の面で限られた範囲にしか存在しえなかった自画像が、いわば「公認」されたわけである。自画像は、官制の美術教育のプログラム内に存在の根拠を与えられ、ジャンル的な確立に向けて、一歩を踏み出した。福田徳樹は次のように言う。「なぜ自画像を卒業生に描かせることが行われるようになったかを知らせる当初の記録の類は何もないが、一八九六年西洋画科創設時に、おそらく19世紀前半期にはほとんど完成をみていたヨーロッパのアカデミックな美術教育の方法を取り入れる過程で、科としてたてた方針にもとづいたものであろう(5)」。西洋画科に入学した学生たちにとって、自画像を描くことは制度的に課され、卒業するまでに必ずくぐる必須の課題となったのである(6)。

同校において具体的に自画像を取り巻いていた状況は、カリキュラムとしての制作と、自発的な制作に分けて考えられる。資料が乏しいこともあり、学生たちの自発的な制作の実状については明らかにしえないが、スケッチや習作から本格的な描画まで、さまざまな形で彼らが自画像を描くことはあったと見るのが自然だろう(7)。

カリキュラムとしてはまず卒業製作やその準備がある。いわゆる「卒業製作」の規定は、明文化されているものとしては『東京美術学校一覧 従明治三十五年至明治三十六年』（明35・12）の記述が早いようだ。「油画教室ハ第二年生以上ニ油画ヲ教フル所ニシテ学年ニ依リテ差異ヲ立テズ常ニ生人ノもでるニ就キテ描写セシメ午後ヨリハ出デヽ近郊ノ風景ヲ写サシメ其成績ヲ徴ス　第四年卒業期ニ至リテハ別ニ自画肖像ヲ作ラシム」(8)。この卒業製作について、黒田清輝は西洋画科設置に際しての抱負を述べた「美術学校と西洋画」において次のように述べている。「第四学年の卒業試験……是れは第四年となれば全年を卒業製作の為めに与へる、即ち前半年は其構案に、後の半年は其製作にといふ様に」(9)。ただし卒業製作では、自画像の他にも別の作品を提出するので、第四学年すべてが自画像のために費やされたと考えるべきではない。

この自画像の卒業製作についての生徒側の証言は少ないが、たとえば『月報』に次のような記事を見ることができる。

> 此の正面に廿有五の自画像が、二段にスラツと懸けられてある。其前に立つて箇々の容姿を仰ぐとき、種々凝匠の異同が、肖似と技巧以外に深き興味を覚えしめる。〔…〕それに倚つて暫らく眺めると、強い何物の力が此一室に籠もるやうに、胸が引き緊まる。生けるがやうな双眸から射出す感情は、芸術の上に溢るゝ抱負を恃む如く、口善悪なきものゝ皮肉にも、美はしい少女の凝視にもたゞ超然として誇負して居る。何たる雄々しき光明。何たる絶好の紀念、日本の芸術界は諸君によって愈々多忙に、吾校の名声は諸君によつて愈々光焰を上ぐるであらうと思ふと、胸中無上の喜悦が湧いた(10)。

「口善悪なきもの」や「美はしい少女」たちからの独立を誇り、芸術（家）の「超然」たる態度を謳うものだが、「何たる絶好の紀念」の一節が目をひく。おそらく、「卒業」に際し自画像を制作するという制度は、美術学校の課程を終えた自らとその研鑽の成果を、制作する自らの肖像の中に描き込むという意識を要求したであろう。ここに、個人の経験や人格、知識、歴史とその肖像との対応関係が求められることになる。引用からは、卒業製作としての自画像が、凡俗からの超越を旨とする芸術家とそれを育て上げる誇るべき母校を「紀念」し刻印する、「絶好」の形式として考えられていたことを窺い知ることができる。(11)

右の引用は、明治四一（一九〇八）年三月に東京美術学校にて行われた成績品展覧会における、西洋画科の展示を見ての批評である。東京美術学校では毎年の卒業証書授与式の後、来賓や父兄・保証人などの関係者に卒業製作などの成績品を縦覧させる慣習があり、しばしば招待客・卒業生関係者のみではなく一般の人々にまで公開されている。(12)来観人数も『月報』から判明する限りで、一五〇〇〇余名（明治三五年）、一〇五三四名（三八年）、五八四九名（四二年）、二〇〇〇〇余名（四三年）、五九一六名（大正三年）というから、かなりの人数が訪れていると言ってよいだろう。(13)もちろんそこでは西洋画科の卒業製作である「自画肖像」も展示され、観客たちの視線にさらされていた。

明治期における美術教育のひとつの権威である東京美術学校が、カリキュラムとして「自画像」を課し、それを買い上げるという制度を持っていたことは、(14)自画像の一般的認知に対し与るところが大きかっただろう。先に述べたように、官立の美術学校の教育制度に組み込まれることによって、自画像はいわば「公認」されたのである。さらにこうした学内のカリキュラムにおける自画像の位置づけは、成績品展覧会や絵葉書、(15)卒業製作『作品集』(16)などといった形で学外に向けても開かれており、これによって自画像という主題に対する周知の度合いが高められていったと推定される。

ただこうしたアカデミックな制度の整備を、自画像の量的な増加と直結させるべきではないだろう。このことは、自画像の増加を始める時期（明治末）と、東京美術学校のカリキュラムの運用開始時期（明治二九年）とが一致していないことからもわかる。自画像の卒業製作制度、成績品展覧会などが果たした役割は、直接的な動因として働く種類のものではなく、「画題」としての自画像の認知といった、いわば絵画界のジャンル布置の変換に関わるものであっただろう。

3 絵画の読み方――作品と「人格」

このような諸制度によって規律訓練を受けていた学生たちは、それではどのような情報に取りまかれ、何を考えていたのだろうか。ここでは、自画像観の近代的なありようを性格づけているひとつの主要な要素、絵画の〈読み〉の問題に焦点を当て、そのことを考えてみたい。自画像のジャンル的配置が明治に入って変容したのと並行して、自画像を見る――あるいは読む――知的な枠組みも、また変化したのではないかと筆者は考えている。学生たちがその読みの枠組みを手に入れてゆくありさまを、『月報』の記事を検討することにより明らかにしてゆこう。(17)

今日、自画像に触れる一般向けの著述の多くが、自画像に描かれた画家の容貌や眼差し、表情、ポーズを、その絵の色調や構成などと関連づけながら、画家自身の性向や人生などと結びつけて語る。自画像から画家へというひとつの回路が、そこには強固に存在している。たとえば黒井千次『自画像との対話』(文芸春秋、一九九二年一二月)の次の発言などは、その典型的なものだ。「自画像から強烈な印象を受ければ受けるほど、なぜその時にこの作品が生み出されたのか、との事情を摑みたいと願う。自画像が風景画や肖像画とは異り、自分自身を対象とするきわめて個人的な性格の強い絵画である以上、当然の願望といわねばならぬ。つまり、自画像を受容するには、当の画家の生涯についての最低限度の知識が必要となる」(159頁)。

言うまでもなく、この種のエッセイたちの示す解釈の枠組みが、日本で初めて自画像が出現した鎌倉期から存在していたはずもなく、これは画家の「個性」とそこからもたらされる「作品」といったすぐれて近代的な概念を前提とし、それに依存して成立している思考である。このことは言いかえれば、画家にその個人固有の人格や個性を見いだし、その個人的特質との関係のもとで彼の作品を捉えてゆくという思考が定着して後、自画像はその解釈枠の存在によって新しい意味をまといはじめたということでもある。

『月報』を読んでゆくと、作品を、その作者の固有性――「人格」と表現される――との関係のもとで思考する記事が、ある時期かなりの頻度で出現していることが見てとれる。近代的な自画像観の形成を考えるとき、この思考の跡は注目に値する。

かくして芸術家の人格と、その作品とは密着の関係を有すること、水魚のあひだの如し。若し作者にして大なる人格、深き広き、さては正しき知識に伴へる趣味を有せんか、其作品は大ならざるを得ず、これに反して小なる人格、低き狭きかつは誤れる知識に伴へる趣味ならんか、如何に苦心するも、其技術は甚麼に巧妙ならんも、そのものは遂に価値少なきものたらんのみ。[18]

海士を名のるこの文章の筆者は、大村西崖である。[19] 引用の文章は、彼が読書の効用を述べた部分に続いている。西崖は「芸術家の読書をなす」究極の目的を「人格の進歩」に定め、つづいて引用の文章で「芸術家の人格と、その作品とは密着の関係を有すること」を述べるのである。「小なる人格」「誤れる知識」で制作した作品では、たとえ技術があっても「そのものは遂に価値少なきもの」であると西崖は言う。

注目しておきたいのは、「芸術家の人格」と彼の「作品」とを「密着の関係」と断ずる西崖の主張である。西崖にとって「作品」は、「作品」そのものの論理に従って生み出され評価を受けるものではない。「作品」は、それを創り上げる作者の「人格」の強力な影響下に置かれ、「苦心」や「技術」によってではそこから抜け出すことはできないとされるのである。

このような西崖の論理は、実は文学界でもこの時期、頻繁に議論に上っていたものである。この論理は、制作者の心構えを説く一種の修養論であるのと同時に、作品を見る＝読むときに参照される解釈枠として機能するところに特徴がある。作品と作者の人格を密接に結びつけるような発想のもと、文学界においては、たとえば与謝野鉄幹の人格・素行を手ひどく誹謗する怪文書『文壇照魔鏡』（明34・3）が出版され、それによって鉄幹の主催する『明星』が大打撃を受け発行部数が激減するというようなこともあった（いわゆる〈文壇照魔鏡事件〉）。『文壇照魔鏡』がこの時用いたのが、「予輩は性行動作を度外視して、単に其作品のみで詩人の価値を定むる事の頻〔頗〕る危険なるものである事を断言する」[20]という、正しく西崖が用いたのと同じ、作品と作者の人格との不可分性の論理であった。

この時期の文学界における、作品と作者の人格をめぐる論議については本書第1章（43頁）ですでに触れた。ここで指摘しておきたいのは、このような文学界における動向や並行する美術界の動きに、かなり敏感に『月報』が反応していたということである。

先の西崖の評論をはじめ、『月報』第三巻第六号（明38・3・31）が紹介している井上哲次郎の論説「絵画の四要素」は、名画をなすに必要である四つの要素として、「第一に用材、第二に対象〔、〕第三に技倆、第四に天才」を挙げ、特に第四を強調する。そしてその「天才」について次のようにいう。「天才は其人格と密着不離の関係を有するものなり、天才の描出す所の絵画は、其人格の反射にして人格の有する品性は絵画中に発露するを免れざるなり」。「天才」たる作者の「人格」「品性」が、その作品に「反射」し「発露」する。この論理を展開すれば、ミケランジェロの「人格」は、その「寓して存する」ところの彼の「作品」から読みとることができるということにもなる。「ミケルアンゼロの製作品は、其絵画たると彫刻たるとを問はず、悉く彼が人格の反射なり、彼れは己れが人格の品性を永遠に其製作品に寓して存するを知るべきなり」[21]。

この井上の論説を紹介した『月報』の「芸苑談論紹介」欄は、幅広い話題に目を配る紹介記事であって、もちろん芸術家の「人格」に関わるもののみを取り立てて集めていたわけではない。だが、注21に示した記事の量が物語るとおり、同欄編集者が積極的に芸術家の「人格」をめぐる話題に関心を寄せ、『月報』の読者たちに紹介していたことは確実だろう。画家の人格が作品の上に現れるとし、また逆に絵画作品上に画家の人格を読みとろうとするといった、いわば絵画の〈読み〉の慣習は、明治三〇年代を通じて、一定の集団においてはかなり浸透しつつあったものと見なしてよいようである[22]。

　ところが興味深いことに、日露戦後になると、作品と画家の人格との関連づけも、そのありようにおいて微妙な異なりを見せはじめることが確認できる。たとえば明治四一（一九〇八）年に書かれた次の文章、青面獣「新時代」を見てみよう。

> △処が世の中には、親切な人もあるもので、芸術家を途方もなく神聖なる可き、又純潔なる可きものと独りで断定して、殆ど神か仏と同一のものでなければ、芸術家となる資格がない様な事を云ふものがある。斯かる人に限つて、芸術の作品に対しても、必ず権威とか悲壮とか、乃至道徳とか倫理とか、神聖とか純潔とか、〔…〕或一定のタイプを尺度として、其の分子を含まぬものは、芸術の作品でないと云ふ。要するに芸術を神や仏の所有物たらしめて、吾々人間の芸術を認めない手合の云ふ事だ、吾人の求めるのは〔ママ〕人間の芸術で、決して神の芸術ではない[23]。

　青面獣が攻撃している「芸術家を途方もなく神聖なる可き、又純潔なる可きものと独りで断定」している者とは、たとえば画家に「大なる人格」をもとめた大村西崖や、「今の芸術家の人格を高めずんば到底日本の芸術は振はざるべし」（「芸術は人格也」注21）と断じた大町桂月など、旧時代の——青面獣からすれば——批評家たちであろう。ところが引用の青面獣は、そのような高潔な芸術家像に対し、「人間」というものを対置する。いいかえれば、あるがままそのままの人のありようを尊重するということであろう。彼にとって芸術家とは、「神や仏」のように立派で「神聖」「純潔なる可きもの」ではなく、「人間の芸術」を創り出す、等身大の存在であるべきなのである。

ただし注意するべきは、青面獣が前時代との差異を強調しようとしていながらも、作品と「人格」との対応関係という大前提となる枠組み自体は、そのまま利用していることである。彼のいう「人間の芸術」は、作品とその作者である画家との結びつきなしには、成り立たない。なぜなら彼のいう「芸術」とは、この後見るように「飽くまで自我の発輝〔ママ〕が芸術本然の理想[24]」とされるようなものであるからだ。「自我の発輝」を理想とする芸術は、当然、作品と作者の「自我」との対応関係を前提にするだろう。

明治三〇年代を通して流通した、作品と作者の「人格」とは密接な関連を持つものであるという論理的枠組みは、『月報』という媒体やそこから参照された他のメディアの記事を通じて、確実に学生たちのもとへと流れ込んでいた。自画像を〈読む〉解釈枠が、こうして準備されていく。

4　〈自己〉への関心の広がり——校友会文学部と同時代の動向

この読みの枠組みの形成に、さらに絵画の描き手たちの心性の変化が交差してゆく。

日露戦後に顕著になってくるこの変化は、端的に言えば芸術の生産・受容の場における〈自己〉という概念の前景化である。この傾向の文学界における様相についてはすでに第4章で分析したが、同様のことが画学生たちにおいても言えるようだ。『月報』の記事やそこへ活発に寄稿していた校友会文学部の学生たちのようすから、それをたどってみたい。

東京美術学校校友会文学部の発足は明治三五（一九〇二）年である。当初は有志が歌会を開くなどしていたらしいが、さほど目立った活動はしていなかったようだ。それを、文学部の振るわないことを嘆き「文学美術と一口にもいはれてゐて、二者の間柄は兄弟姉妹の如く親密なるべきもの」、「文学趣味のない美術家はゼロ」[25]という〈さしで口〉や、団結して運動しようという〈若し設立の望みなき場合には瀑に投身する生〉などの投書に見られる気運の高まりを受けて、三九年当時西洋画科一年の中溝四郎らが再興する。[26]

再興された文学部の活動は、大きく言って「講演会開催、詩歌散文の創作、新刊文学雑誌の購読（部室に備え付けること）等」[27]であり、講演会には漱石が招かれるなどしている。主なメンバーには、大谷浩（のち『中外商業新報』記者）、口語自由詩の川路柳虹、高村豊周（光太郎の弟）、田辺孝次（のち『美術新報』『美術週報』記者）などがおり、のちに詩作や美術批評で名を挙げるものも少なくない（柳虹はこの時すでに詩壇に登場している）。

文学部の活動が活発化するとともに、当時の流行思想である自然主義の影響などが目に見えて現れはじめ、「此頃の話柄は天然痘と自然主義で持ち切りの有様」[28]という報告や、長谷川天渓の評論「無解決と解決」が「芸苑談論紹介」欄に登場したりする。[29]

先に触れた青面獣の「新時代」はこういった流れの中でおさえる必要がある。「人間の芸術」を創り出す等身大の芸術家を求める青面獣「新時代」の主張は、この評論の書かれた当時（明治四一年）文学界を席捲していた自然主義の主張の流れを汲む。彼は自然主義の思想をよく咀嚼していたようだ。

ただし青面獣の論説がとりわけ面白いのは、それが自然主義の主張を濃厚に受けているだけではなく、その「先」を見越したように見えてしまう部分すらその中に持っている点である。それは他ならぬ、〈自己〉への関心である。

〔…〕僕は絶対に自己中心主義だ、自己あつて後、初めて宇宙の存在を認める。自己は宇宙にして宇宙は自己なりと信ずる。／△此の思想を根底として、僕は飽くまで自我の発揮が芸術本然の理想であると主張する。
△自然主義の過渡時代を過ぎて、吾人は更らに新生涯に入る〔…〕而して其の新たに来る可き主義は何で有ろう《〔ママ〕》か、〔…〕僕は遂に此等凡ての主義を一貫する思想は、自己発揮、即ち自我の描出と云ふ事を出でまいと信ずる。

日本の近代文学史で〈自己〉尊重の気風を強く保持した集団といえば、やはり一般には白樺派の印象が強い。実際冒頭でも紹介したように、美術史の側でもその雑誌の性格とも相まって、白樺派の影響は特権的とも言える位置を与えられていると言ってよいだろう。この通説を受け入れれば、〈自己〉への傾斜は自然主義が衰退した後、すなわち明治最末年か大正初期からということになる。

たしかに、このあと『月報』には高村光太郎「緑色の太陽」（『スバル』明43・4）に反応するものをはじめ、武者小路実篤の影響を受けたかのような文章が数多く発表されてゆくことになるが、それらはすべて大正元年前後のことである。[30] この種の小品文・雑記・詩は実際枚挙にいとまがない。ここでは代表的なもののみを紹介する。

自己の生活から新しい意義を発見すると云ふ事は必要なことである。そこには自己の生活を豊富にすると云ふ意味もある。生活の芸術化と云ふ意義も含まれて居る。／作品は、何れも作家の生活の表現に外ならない。真実の作品は何れもその作家の生活の真の表現であらねばならない。[31]

今までのやうな因習に堕した、愚昧な無抵抗な態度を意地張つていくら多数の作品を産出してもその芸術には「自己」が存在しない。只、影ばかりである。自己の芸術に自己がない、――彼等〔工芸家〕は「自己の芸術」を知らないで安閑としてゐるのである。〔…〕自己の芸術を知らない者は芸術家としての根底を失つた哀れにも無惨なものである。(32)

「自己の生活」を「豊富」にしたいと願い、さらにはそうした〈自己〉を表現したいと考える。〈自己〉をめぐるこの時期に顕著な青年たちの衝動が、自画像という絵画の一形式と結びつく。東京美術学校のカリキュラム内に定位されて制度的な「公認」を受け（明治二九年）、洋画における画題のひとつとしてジャンル的な認証を受けた自画像は、若い画家たちの理想や感性の変容を刻み込む受け皿のひとつとして機能をはじめる。自己表現に強い関心を向ける彼らの感性に自画像という形式がよく応え得たことは、万鉄五郎や岸田劉生、高村光太郎、椿貞夫などの熱気を帯びた自画像を見ても感得できよう。(33)野口玲一「西洋画科の自画像――成立と展開」（前掲）のいう「おそらく単なる記録として始められた卒業生の自画像であるが、明治末期から大正期における画家の意識の変容によって、それは表現としての位置を獲得した」というまとめは、この意味で当をえているといえる。若い洋画家たちにとって自画像がもちえた意味の一つは、この流れからまずは理解できるだろう。

だがここで注意しておきたいのは、冒頭の桑原『日本の自画像』をはじめ野口論文も採用している「白樺派の影響力」という解答を鵜呑みにしてはならないということである。なぜなら、すでに見た、青面獣という存在があるからである。文学・美術交渉史で一般に流通する自己尊重主義の起源としての白樺＝武者小路という理解に従うならば、自然主義隆盛のただ中で「自己発揮」を主張した青面獣は孤立した存在ということになる。しかし、はたしてそうだろうか。

たしかに、島村抱月や長谷川天溪など自然主義の代表的論客とされる評論家たちや、主に描写論と実作の面からこの動きを牽引した田山花袋などの評論においては、四一年の時点においてこれほどまでに〈自己〉が前景化されることはない。〈観照〉という言葉が自然主義評論のキータームのひとつとなっていたことからもわかるように、彼らに共通する傾向は、「(小)主観」や「我」を、正確な認識を歪ませるものとして排除したり、より広く大きな境地(「大主観」)に回収する、またあるいはそれらを対象化し、静的に客観視しようというところにあった。[34] この系列の評論と青面獣を引き比べる限り、両者には明白な相違があり、青面獣は白樺派に近いようにみえる。

だが自然主義評論、と一口にはいえ、それは一枚岩的なものではない。もちろん抱月・天溪・花袋らの間にも差異は存在したが、より特徴的な評論活動を行っていた者に、抱月とともに『早稲田文学』に依っていた青年批評家片上天弦、相馬御風らがいた。抱月・天溪ら大家の言説にとどまらず、より若く注目度も低かった青年たちの言葉にまで目を向けるとき、事態の把握は別の様相を帯びることになる。たとえば天弦の次の主張を見てみる。

(四)

文学成立の源を尋ねても、またその究極するところを考へても、所詮文学は自己を語り自己を表白するものである。

已に作物が個性の表現である限りは、個性の大小深浅等は、直ちに真の作物の面に現はれて来ねばならぬ。それ故に、作家の個性を拡充し発展せしめるといふことが、やがて作物の味ひ意味、即ち価値を、高く深く且つ広からしめることとなるのである。〔…〕再び自己に立ち還つた上は、その自己を展開し拡大し、而してまた深くしてゆくのが、作家自からの発展である。(六)[35]

発表は四一年一一月である。天弦は「文学成立の源」「その究極するところ」を「自己を語り自己を表白する」ところに置く。さらに作品とは「個性の表現であり」、その「個性」は「直ちに真の作物の面に現はれ」るとする。それをふまえて、だからこそ「自己を展開し拡大し、而してまた深くしてゆく」ことが重要なのだと彼は説く。翻って見てみれば、「芸術本然の理想」を「自我の発輝」と捉え、「自己発輝は、芸術の根本にして、又自己の拡張は芸術家の勝利である」と謳う青面獣の主張と、この天弦の主張とが非常に似通っていることに気づく。

相馬御風もまたよく似た立場に自らを置いていた。この天弦の論文を受けて、彼は同じく『東京二六新聞』「時代文芸」欄において「自己の為めの文芸を説く片上天弦氏を得たのを嬉しく思ふ。更に進んでは自己と文芸との渾一不一を説く岩野泡鳴氏あるを甚だ心強く思ふ」と述べ、その末尾に「要するに如何に疑ひ、如何に呪はうとも、尚且「我《われ》」から発出するやうな文芸の天地が有りさうな気がする。其処へ行きたい」と言明する。(36)

〈自己〉をキーワードとして見てゆくとき、青面獣・片上天弦・相馬御風らの間には共通性が看取できる。私はこうした若い世代の共通性に注目するべきだと考える。〈自己〉を重視する青年たちが自然主義の中に存在したとするならば、〈自然主義の観照性〉対〈白樺の自己尊重〉といった文学史的通念は失効せざるを得ないはずである。これにより白樺に対する過度の特権化は抑えられ、より広い〈世代〉論的な把握が射程に入ってくる。

この点で片上天弦・相馬御風と、反自然主義的立場にいた漱石門下の安倍能成、阿部次郎らとの間にいくつかの点における共通性――「主観的」「理想主義的」「ベルグソン流の生命の燃えた文学」――を見た川副国基の見解は重要である。(37) 川副論が天弦らと安倍能成らとの間に指摘した「同時代の、同年配の知識人」としての共通性、いわば〈世代〉論的な視点は、もっと見直されてよいのではないだろうか。本論の注目する〈自己〉への関心の広がりも、おそらくこの世代的な共通感性の一つと考えうるだろう。文学史的区分を廃し、〈世代〉論的に考えればどうなるか。

天弦、御風、安倍能成、武者小路実篤などは、皆ほぼ明治一七年前後の生まれである。青面獣も当時美術学校の学生と考えれば、彼らのやや下あたりと考えてよいだろう。彼らは皆同じ世代に属する青年たちだ[38]。この世代の〈自己〉論の特徴については本書4-2で論じたが、最大公約数的な指向性をまとめておくならば、単なる〈自己〉尊重に止まらない、〈自己〉の発展と表現に対する渇望である。御風と同年である魚住折蘆の「現時の諸芸術殊に小説に対して生命の色濃さ、作家の強烈な主観の主張の現れた者に同情の注目を注いで居る[39]」という言明、それを批判的に継承した石川啄木の「斯くて今や我々には、自己主張の強烈な欲求が残つてゐるのみである[40]」という述懐。それぞれニュアンスの異なりがあるとはいえ、彼ら同世代の青年たちは皆一様に〈自己〉というものを一つのキータームとして、小説や絵画といった芸術作品中にそれを造形し、あるいは見出そうとしていた。

青面獣の「早さ」と見えていたものは、彼と同世代の青年たちが有していた集団的な感性とでも言ってよいものの現れだったと考えるべきである。明治三〇年代を通じて養われ、日露戦後にその開花を見た〈自己〉への関心の広がりは、自画像という画題に特別な意味を見出していくだろう。

5 〈自画像の時代〉へ

明治二九（一八九六）年の西洋画科設立とともにその体制を整え、機能を始めた自画像の卒業製作制度は、並行する「成績品展覧会」や『作品集』の発売などによって、徐々に絵画界に対して「画題としての自画像」の浸透を図っていった。もちろんこの制度が、画家・画学生たちの自画像の描画意欲を直接かき立てたというわけではない。それはやはり学生にとって「課されたもの」であっただろうし、学校側さえもその自画像を一面で「習作」と見なしていたふしもあるからだ。卒業製作制度の果たした役割は、より大きく、それまで画題としてローカルなものであった自画像を、「公認」し、絵画の知的体系の中に位置づけ直すという、枠組みの変換に関わるものであったはずである。

それゆえ、卒業製作制度を自画像描画数の増加に直結させることには慎重であらねばならない。ジャンルの枠組みの変換の問題と、青年画家・画学生たちの心性の変化とは、別々の論理で動いていたはずだからである。

この心性の変化が顕在化したのが明治末である。〈自我実現説〉、高山樗牛などといった三〇年代の文化的枠組みによって〈自己〉の尊重と発展への指向を植え込まれてきた青年層が、日露戦後に入って徐々に表現をはじめる。この時彼らの衝動は、画家の「人格」と作品の対応という絵画の読みの枠組みの形成を介して、自画像という表象形態の意味を変容させた。(41) こうした青年たちの心性は、ほぼ並行して流入がはじまったフランス後期印象派画家に対する理解の受容枠としても機能したはずである。最初の本格的後期印象派論として名高い柳宗悦「革命の画家」(『白樺』明45・1)の「人格」「人生」重視の傾向も、この地平で考えた方がよく理解できる。『白樺』が自画像特集を組み、その同人たちと交流もあった先鋭的な青年画家たちが、マニフェスト的展覧会〈ヒユーザン会〉(大正元[一九一二]年)で、彼ら自身の自画像を数多く会場に並べたことは、この動向が最も端的に現れたものとみられよう。(42)

「与」と署名した人物が『月報』第一三巻第八号(大4・1・30)に発表した「自画像」というタイトルの和歌六首は、それが歌として必ずしも優れてはいないにせよ、こうして大正期以降自画像という形式が帯びるに至ったある特殊な磁気のようなものをよく表現していると思う。

自画像　　与

戮人か貧者かあはれ自画像をきざみつ、おののぐ恐ろしき業《わざ》
慄然とわが顔ひとつ生みおとしなみだもこごゐん青き壁中《かなた》に
姦しきこころあそべは生首のするどき吐息をふりかくるにや
小慧しきにつぽん人よ生首のいかめしき顔いぢはるき顔
昼も夜も血しほたあれて爬下り光を食ふべて輝きてをり
堂乎としてみつめはあはれ蟲くひの心の境にいであふ自画像
（表記など不審個所も多いがすべてママ）

ここで仮に「与」と呼んでおくこの歌の作者は、実際に自分の自画像を描き、その自画像との対話を歌にしていたかのようだ。とくに最後の歌に注目しておく。

「堂乎として」、つまり堂々として自画像に向かい合う。向かい合った自画像もまた威儀を正しているのだろう。しかしここでは、自画像を描く、あるいは自画像と向き合うという作業は、鏡に向き合うのとひとしく、その画家を内向的な対話へと誘うものとしてある。堂々たる容貌を見せる自画像も、その自意識の反射の対話が始まるとともに、外貌の向こうに隠れていた「蟲くひの心」を露わにする触媒となってしまう。堂々とした容姿、堂々と見せよう、見ようとする心と、穴の空き襤褸の出ている「蟲くひの心」との境、あるいは描かれている自画像とそれを見る自分との境、描く自分と描かれる自分との境、さらにそれをも見ている自分との境、そういったさまざまな「心の境」に立ちうるだけの、厚みと豊饒さを、自画像はこの時すでに獲得していた。それは言いかえれば、先行作品の積み上げや批評言説の堆積など自画像を取りまく情報量が増大し、制作にまた読解に際して参照・導入しう

る知見が豊富になったということでもある。そしてもちろん、そうした関連言説の中には、同時代の作家による、〈自分自身を描いた小説〉というもう一つの〈自画像〉も、また含まれていたはずである。近代日本における〈自画像〉ジャンルの成熟が、ここに到来しつつあった。

注

（1）　たとえば以下。「〔…〕日本では古くは北斎に面白い例を見るくらいで、あとは大正期ほど興味ある自画像がたくさん描かれた時代はない」（河北倫明「特集1　自画像」『芸術新潮』一九六三年一一月）。「数からも、質からも、大正期が日本における自画像の最盛期、いわば自画像の時代になったと見なせる」（匠秀夫「近代日本洋画に見る自画像」『アサヒグラフ増刊　近代日本洋画に見る自画像』一九八四年七月）。「その最も多く描かれたのは大正時代であり、そのもっとも少ない時期は第二次大戦後である」（桑原住雄『日本の自画像』沖積舎、一九九三年一〇月、18頁）。

（2）　前掲桑原『日本の自画像』18頁。同種の指摘に、「個人主義＝人格主義によって象徴される大正期のロマンティシズムが、描くに値する自我、個性の持ち主としての自分を対象とされることの拍車となっ」た（前掲匠「近代日本洋画に見る自画像」）、「自画像というものは近代思想の覚醒、自我の確立というものと無縁ではなさそうである」（前掲河北「自画像」）など。

（3）　信実は建保六（一二一八）年八月一三日に行われた「中殿御会」を絵画化し、その中に自分自身の姿を書いたとされる。江戸期以前の自画像については、宮島新一『肖像画』（吉川弘文館、一九九四年一一月）、宮島新一『肖像画の視線――源頼朝像から浮世絵まで――』（吉川弘文館、一九九六年七月）、佐々木静一「自画像の時代――平賀源内と司馬江漢を中心に――」（『日本近代美術論Ⅰ』瑠璃書房、一九八八年一一月）などを参照した。

（4）　江戸中期以降から現れる、現代の我々に描く者の〈自意識〉を感じさせる自画像とその作者の問題は、画家の精神史の転換点として非常に興味深いものではあるが、これについては本論の課題を越える。前掲佐々木静一「自画像の時代――平賀源内と司馬江漢を中心に」は、平賀源内・司馬江漢などを取り上げながら、「鏡の明晰さと虚構性への嗜好が浸透してきて、人間存在の内奥を引き出そうとする方向が、数少ないながらも自画像を生」んだとしている（80‐81頁）。

（5）　福田徳樹「自画像――東京美術学校の卒業製作から」（『アトリエ』652、一九八一年六月）。

（6）カリキュラムとして自画像を課した黒田清輝ら教官側の意図がいったい何だったかについては、福田論文や『東京芸術大学蔵品図録』絵画Ⅲ「解説」（東京芸術大学編集・発行、一九七九年三月、以下『蔵品図録』）、野口玲一「西洋画科の自画像――成立と展開」（『東京美術大学創立110周年記念展』読売新聞社、一九九七年）も言うようにいまだ明らかになっていない。「自画像製作が西洋画科にのみ限って行われていること」の意味を、佐々木英也「卒業製作自画像」（『蔵品図録』解説）は「このジャンルについての長い伝統をもつヨーロッパ絵画に対する開設当初の西洋画科の理解の仕方、あるいは芸術家の自我の確立といった根本のところから始めてゆこうとする抱負」（328頁）に見ている。黒田らの意図に関しては、野口論文に卒業記念としての意味づけと、「画家が稼ぐ手段としての肖像画の練習台として」の意味を見てとる意見がある。特に後者は想定してよいと思う。

（7）「教室雑俎　油絵教室」（『月報』第一巻第六号、明35・12・25）は「入谷五人男」（和田三造、橋本邦助、熊谷守一、辻永、柳敬助）と呼ばれ共同生活を送っていた学生たちの話を載せている。「その立派な瓦斯の点いた衡門には、パレットが張り付けられて、格子戸には五人男各自の自画像が、風に揺られて面白さうに遊んで居る」。

（8）当時東京美術学校においては、「自画肖像」という呼称が公的なものだった。また制作でなく、製作と表記した。

（9）黒田清輝「美術学校と西洋画」（『京都美術協会雑誌』一八九六年六月）。ただし引用は黒田『絵画の将来』（中央公論美術出版、一九八三年六月）による。

（10）T、W「我校の成績展覧会　西洋画科」（『月報』第六巻第八号、明41・5・29）。

（11）野口「西洋画科の自画像――成立と展開」（前掲注6）は、万鉄五郎、佐伯祐三、小出楢重などの自画像にふれた後、「卒業時に自画像を描くということは、おそらく自己を画家として定義する意識を促すことになったであろう。自画像は、画家として世に出ていくマニフェストとしての意味を持つに至ったのである」としている。パレット・絵筆などをもつ姿で描かれた自画像の問題と合わせて考えると、興味深い指摘である。

（12）明治三五年七月、明治三八年四月、明治四一年三月、明治四二年三月、明治四三年三月、大正三年四月など。ただし明治三八年は日露戦争への協力を銘打つ「恤兵展覧会」、大正三年は開校満二十五年の「紀念展覧会」である。

（13）来観人数の出典は、それぞれ「〇成績品展覧会」（「東京美術学校近事」欄『月報』第一巻第三号、明35・10・15）、「〇校友会恤兵展覧会」（「東京美術学校近事」欄『月報』第三巻第七号、明38・5・1）、「〇成績品展覧会」（「東京美術学校近事」欄『月報』第七巻第八号、明42・4・27）、「〇第十九回卒業式と展覧会」（「東京美術学校近事」欄『月報』第八巻第七号、明43・5・13）、晃江編「東京美術学校開校満二十五年紀念録」（『月報』第十三巻第五号、大3・10・30）。

(14)「自画像の買上げは明治31年の第2回卒業生から始まった。〔…35年までは〕提出作品から何点か選ばれて買上げがなされていたわけだが、次の明治36年からは制度が変わって自画像については西洋画科卒業生全員のものが残されることになった」(前掲佐々木「卒業製作自画像」『蔵品図録』解説、328頁)。

(15)同展覧会では卒業製作自画像の絵葉書も売られていた。前掲T、W「我校の成績展覧会　西洋画科」には次のようにある。「我が党の摸型たる若き面影を描かれた、三枚一組が金拾五銭とある。〔…〕六日目の午前には売り切れの好景気だ」。

(16)東京美術学校校友会刊行の『作品集』は、参考作品とその年提出された卒業製作を原則的に全て収録した冊子である。明治三五年から刊行され、大正元年の第九集まではおおむね一円前後の値段で販売されている。第一〇集以降は非売。第一集巻頭には「広く同窓に頒かちて、一には以て当時の記念をとゞめ、一には以て将来の進歩を徴せむとす」、「会ごとにこの挙を廃せずば、他年積りて、我が学校の技術沿革史ともなりなむかし」とある。

この『作品集』の編集形式は一頁一人一作品が基本だが、西洋画科の自画像のみ、一頁二〜四人と扱いが低い。風景画・人物画など自画像以外の西洋画の場合には、一頁一人一作の原則が踏襲されていることを考えても、「作品」として自画像の位置づけが低く考えられていた面があると見てよいだろう。ただし東京美術学校からいったん目を外に向ければ、第一回の内国勧業博覧会に五姓田義松の自画像が出品されていたのをはじめ、明治美術会、白馬会などの展覧会にも自画像は並んでおり、一概にこの側面のみが定着したと考えることはできない。

(17)簡単に『月報』について触れておく。『月報』は校友会会員向けに刊行されていた非売品の雑誌で、会員は明治三〇年末で五〇〇名超というから部数も見当はつく。それゆえ部数や流通範囲の面での限定はおのずと付さねばならないが、この雑誌を検討することの利点は、その性格のありようにある。『月報』は学校関連の記事から卒業生の動静、海外消息、評論など多岐にわたる内容をもつが、とりわけ「教室雑俎」や「はがきだより」「雑録」「我友の声」などの欄に寄せられた多数の学生たちの声を拾うことができる点に価値がある。新聞や大きな雑誌など掲載される専門評論家たちの論説ではなく、いわばそういった論説の読者の位置にあった学生たちが、何をどう読み、考えていたのかをある程度浮き彫りにすることができるのである。校友会の刊行していた諸雑誌については、桑原実監修、磯崎康彦・吉田千鶴子著『東京美術学校の歴史』(日本文教出版株式会社、一九七七年三月)の第13章「東京美術学校校友会出版の諸雑誌(「錦巷雑綴」から「校友会月報」まで)」の記述が参考になる。

(18)海士「蟪蛄山人へ」(『月報』第一巻第六号、明35・12・25)。

(19)吉田千鶴子「校友会文学部再興」(『東京芸術大学百年史　東京美術学校篇』第二巻、ぎょうせい、一九九二年八月、389頁)の指摘による。

(20)「第二　詩人と品性」(『文壇照魔鏡』大日本廓清会著作兼発行、明34・3)。原文は全文傍点。引用は、湖北社　一九九〇年一一月発行の復刻版16頁。

(21) 井上哲次郎「絵画の四要素」(『帝国文学』明38・1)。この他、「芸苑談論紹介」欄が紹介するものには、野口勝一「画の品格は画家の品格に依る」(『絵画叢誌』明36・1・25)、大町桂月「芸術は人格也」(『太陽』明40・1)、黒住楊坡「自然主義に就て」(『日本美術』明40・9)などがあり、いずれも美術作品とその作者の人格とを結びつけて思考するべく促すものである。それぞれ『月報』の第一巻第八号(明36・4・15)、第五巻第五号(明40・3・6)、第六巻第二号(明40・10・30)に紹介がある。

(22) ここで見た、『月報』の読者である東京美術学校の学生や卒業生、さらに彼らと同程度の読み書き能力と情報量に触れることのできる環境にいた者、たとえば画塾の生徒、絵画趣味をもつ書生たちなどを想定している。むろんこれらの評論の書き手たちである、文芸・美術の評論家たちの間でも、一定の勢力をもっていたと考えられる。受容層による差異を明らかにするためには、今後さらに別のメディアの調査に基づく分析が必要だろう。

(23) 青面獣「新時代」(『月報』第六巻第十号、明41・7・12)。

(24)「発輝」は通常「発揮」とするが、以下本章では青面獣の用字法に従い、引用も含めてママは付さない。

(25) それぞれ「我が友の声」(『月報』第四巻第三号、明38・12・14)、「わが友の声」(『月報』第四巻第十号、明39・7・21)。

(26) 正式に活動が始まったのは明治四〇年三月のようである。以下の証言がある。「文学部は成立つた」(「わが友の声」『月報』第五巻第五号、明40・3・6)。「文学部もその内の一部で規則面には昔からあつたのだが、その名の下に実が備はつたのは僅に去年の春、即ち明治四十一年三月からである」(段兵衛筆記「文学部評判記」『月報』第六巻第七号、明41・4・25、刊行年から考えて引用中「去年」は「明治四十年」の間違いである)。校友会文学部については、前掲吉田千鶴子「校友会文学部再興」が参考になる。

(27) 前掲吉田「校友会文学部再興」注19。漱石の講演会は、第一回、明40・4・20、演題は「文芸の哲学的基礎」である。

(28) 水汀生「我友の声」(『月報』第六巻第六号、明41・3・26)。

(29) 長谷川天溪「無解決と解決」(『太陽』明41・5)。紹介は『月報』第六巻第九号(明41・6・17)の「芸苑談論紹介」欄。

(30) 田中淳「後期印象派・考――一九一二年前後を中心に(上)」(『美術研究』368、一九九七年一二月)は、この時期の川路柳虹をはじめとする東京美術学校の学生と、彼らの後期印象派受容のようすを分析して示唆に富む。ただし田中論も「「緑色の太陽」

以後」を「彼らが「個性」「自己」「自由」と言った言葉を口にしはじめた時期」とし、この点本論とは見解を異にする。
(31) しげし生「NONNIHIL（時々の感想を断片的に書く）」（『月報』第十巻第九号、明45・6・29）。
(32) さもわる生「独語（友人Xに与ふる書の一片）」（『月報』第十二巻第一号、大2・4・30）。
(33) 桑原規子「油彩画家としての恩地孝四郎　一九一四―一九二四」（『芸叢』13、一九九六年）は、「自画像そのものは創作ではない。それは作家の人格の拡大であつて直接に創作といふべきではない。之は作者の営養である」（恩地「芸術に関する雑感」ノート　一九一七年三月一五日付）という作家の言葉を紹介しつつ、「自画像を描くことによって自己の人格を凝視し、生命を拡大することを図った」（111頁）と、恩地における自画像の意味を論じている。
(34) たとえば長谷川天溪は「第三者の位置、即ち傍観者の位置に立つて、人生の現象を描写せむとするのが、即ち自然主義の目的」（天溪「自然主義と本能満足主義との別」『文章世界』明41・4・15）といい、むしろ主観を排除する方向で評論を続けていた。島村抱月や田山花袋においても、細かな差異はあるにせよ〈自己〉やそれにまつわる〈主観〉については制限する傾向は共通している。抱月「芸術と実生活の界に横たはる一線」（『早稲田文学』明41・9）、花袋「『生』に於ける試み」（『早稲田文学』明41・9）などを参照。
(35) 片上天弦「自己の為めの文学」（『東京二六新聞』明41・11・11、13-17）。
(36) 相馬御風「自由なる文芸（二）」（『東京二六新聞』明41・11・22）、および「同（四）」（明41・11・24）。天弦、御風の〈自己〉〈自我〉については、助川徳是「片上天弦の変貌」（『日本近代文学』17、一九七二年一〇月）、田中夏美「大正自我主義の一位相――相馬御風――」（『文芸と批評』3-6、一九七一年五月）を参照した。
(37) 川副国基「近代評論集Ⅰ解説」（『日本近代文学大系 近代評論集Ⅰ』57巻、角川書店、一九七二年九月）。
(38) たんに年齢的な面からのみ言っているのではない。安倍・啄木・折蘆などが、四三年という時点から回顧して、一様に自然主義を自らの問題として積極的に認めていること（たとえば「自分の此等の思潮（「ロマンチシズム、ナチュラリズム」）に対する関係は、決して之を超越して居たのではなくて、此等の波瀾の間に浮沈して居たのである」（安倍能成「自己の問題として見たる自然主義的思想」『ホトトギス』明43・1）、さらに彼らが、高山樗牛、綱島梁川という明治三〇年代に大きな影響力を持った評論・思想家たちから、多大の感化を受けたことを世代論として提出していることに注目したい。安倍同論も啄木「時代閉塞の現状」（明43・8稿）も折蘆「自己主張の思想としての自然主義」（『東京朝日新聞』明43・8・22）も、どれもみな「自分達」「我々」「青年」という世代的な集団を主語として用い、その世代が世代として被った影響と獲得した特質とを論じるものである。

北澤憲昭『岸田劉生と大正アヴァンギャルド』（岩波書店、一九九三年一一月、15頁）も、劉生や武者小路の〈自己〉観を論じる中で、折蘆同論に言及している。また〈自己〉という概念に関しては、彼らが〈自我実現説〉という中等教育でカリキュラム化された倫理学説を学んでいたことも重要である。

(39) 前掲「自己主張の思想としての自然主義」。

(40) 啄木「時代閉塞の現状」。引用は『啄木全集』第四巻（筑摩書房、一九六七年九月、261頁）。

(41) もちろんこの過程の分析には、別系で関与していた理想的芸術家像の変遷や、展覧会（個展）・画廊など〈場〉の形成・変容の問題なども課題として残っており、今回示した経路がすべてではないだろう。

(42) ヒュウザン会展（第一回は大正元年、第二回は同二年で「フュウザン」と表記した）においては、非常に多くの自画像が出品されていた。数値化して言えば、第一回は、自画像出品者／出品者総数＝7／33、第二回は、自画像出品者／出品者総数＝5／16となる。第一回では、約21％、第二回では約31％の画家が自画像を出品していることになる（数字は『第一回ヒュウザン会展覧会目録』（北山清太郎編輯兼発行、大元・10・20）、『第二回フュウザン会展覧会目録』（不明）による）。ヒュウザン会については、岡畏三郎「フュウザン会」（『美術研究』一九五六年三月）、馬場京子「大正期絵画史（一）〜（二）　フュウザン会」（『萠春』221〜222、一九七三年五〜六月）などを参照。

第7章　帰国直後の永井荷風――「芸術家」像の形成――

1　ある〈肖像〉

明治四一（一九〇八）年七月の帰国当時、永井荷風は決して著名な作家というわけではなかった。秋庭太郎は、「角力番附見立一枚摺「蒙御免日本文士階級鑑」」（文芸新聞社、明40・3・1）を引き、荷風がそこではわずかに前頭五九枚目に位置づけられているに過ぎず、「文壇的地位などは無きに等しく末流の一青年文士に過ぎなかつた」という評価を下している。(1)

しかしながら、ここからの荷風の華々しい活躍ぶりには目を見張らせられる。明治四一、二年には『あめりか物語』『ふらんす物語』『歓楽』とたて続けに短編集を出し、『東京朝日新聞』に「冷笑」を連載する。もちろん作品数が多いというだけではない。四二年一〇月には、小説の発表媒体として当時もっとも注目を集めたメディアの一つである『中央公論』の附録号に、藤村、花袋と肩を並べて作品を掲載されるまでになり、(2)『早稲田文学』（明43・2）から、先年にもっとも活躍したものに送られる「推讃の辞」を受ける。そしてこの月、荷風は上田敏、森鷗外に推され慶応義塾大学部文学科教授に就任する。

この活発な作品発表と地位的な向上は、荷風が当時、文学空間内で高い評価を受けていたことを示している。それはいかなる評価であったのか。もちろん、彼の発表した作品が文学的に高く評価されたということを、まずは意味しているだろう。しかしたとえば、教授として慶應義塾にやってくることを知った学生たちの、次のような反応を知るときに、なにかそのような作品に対する「文学的評価」というものだけにはとどまらない、あるイメージをともなった〈肖像〉のようなものが、強くそこに介在していたらしいことが見えてくる。

当時、先生は未だ帰朝されて間もない頃で、たしか『冷笑』を朝日に書き終へられたばかりの頃と覚えて居ります。その頃の先生は、いつも洋服で、頭髪も長くして綺麗に分けて居られ、黒のネクタイを大きく結んで、その風采が如何にも芸術家らしくありました。(3)

学校の石段を昇つて来られる先生の姿は必ず洋服であつた。あのすらりとした身体にぴつたりと合つた仏蘭西風の洋服の格好は日本人のやうには見えな〔か〕つた。「荷風傑作鈔」の写真にあるやうに長い頭髪を美しく分けてをられた。而もあの当時未だ誰も着けなかつた黒い大きなボへミヤンネクタイは、無雑作にあみだに被つた黒ソフトと共に如何に文学に憧憬する学生の視線と囁きをあつめたであらう。(4)

後者の引用、井川滋の言及する「『荷風傑作鈔』の写真」は[図1]に掲げておいた。洋服、長髪、無造作にあみだにかぶった黒ソフト、大きなボへミアンネクタイ。〈ハイカラ〉と言ってよかろうこれらのファッションを身にまとい、石段を登って学校へとやってくる荷風は「如何にも芸術家らしく」、その姿は「文学に憧憬する学生の視線と囁きをあつめ」ていた。

帰国以前の荷風にこれに類するイメージが付与されていたことは確認できない。だとすれば、このような「芸術家」としての荷風のイメージは、帰国後の短期間に現れてきたことになる。このイメージは、どのようにして形成されたのだろうか。

引用と同じ文章の中で、井川滋の述べるところは、これに答えるヒントを与えてくれる。「先生の話される一言一言が――仮令それがどんな些細な事柄に就てゞあつても――先生の何かの作品の一節一句であるやうに聞えた。また先生の為れる行為が――同じくどんなにつまらないことであらうと――作品を通して知つた先生がされさうなことのやうに思はれた」（傍点日比）。井川にとって「先生」すなわち永井壮吉は、それ自体で自律した存在とは見られていない。作者である荷風に彼が生産した諸作品のイメージが重ねられ、彼の〈肖像〉はその作品から井川が手に入れた情報と重層化されて創り出されている。そしてまた、おそらくはこの荷風の〈肖像〉は、逆にその作品へも投射されていったであろうことが想像される。作家と作品とは相互に浸透を繰り返しながら、「永井荷風」という作家名のもとでさまざまな情報を交錯させ、あるイメージを伴った〈肖像〉を形成・流通させてゆく。

図１　『荷風傑作鈔』（籾山書店、大４・５）所収の口絵写真

本章は、この〈肖像〉の形成の様相を描き出し、その形成に荷風がどのように参与したのかを探る。この試みは、〈肖像〉を形成する言説の流通のようすそのものを分析することも目指してはいるが、それよりもむしろ、ある文学空間の情勢の中で、ひとりの作家がいかに振る舞ったかを浮き彫りに

することに力点を置いている。すなわち、井川に見られたような、作品と「事実」とを交差させる形の読書慣習や、〈自己表象テクスト〉の増加といった明治四〇年前後の文化的状況の中で、外遊を終えて帰国した永井荷風が、その状況をいかに利用し、みずからの作品と交渉させて、自分自身のイメージの提示に役立てていったのか。〈自己表象テクスト〉の問題系に即して言い換えれば、「芸術家」としてのアイデンティティをいかに操作的に形成していったのか、を描き出そうと試みるものである。[5]

2　読書慣習と新帰朝者

まずは先の井川の回想に見られたような現実参照的な読書慣習について確認しておきたい。すでにⅠで考察してきたところだが、作家が自分自身を作品中に明示的に描くということが特殊なことではなくなっていたということ、その作品についてのメタ情報（題材やモデルなどの附加情報）が大量に流通するようになっていたということ、そしてそのような情報を参照しつつ作中に描かれた登場人物を作者自身であると見なして読むという習慣が珍しいものではなくなっていたことなどを確認しておこう。

たとえば次のような発言は、その一つの徴証といえるだろう。「今月の小説では矢張中央公論のが読み応え〔ママ〕がした。しかし何れも作者自身の事を思ひ浮べたから興味があつたので、作物を独立させて見ては多少価値が減ずるだらう[6]」。「「監獄裏の家」〔ママ〕の中に能く告白し得たと思ふやうなことが書いてあるのを見ても、氏（荷風）が自由な人、告白の人であることが首肯かれる[7]」。ここでは作品・作者はそれ自体として「独立させて見」られてはいない。作品の背後には作者が透かし見られ、作者は「告白」という装置によって作品内容の侵食を受ける。明治四一、二（一九〇八、九）年の荷風像の形成を考えてゆくとき、この読書の慣習は無視できない。

さらにもう一つ、この慣習とも深く連動することになるが、この時期に荷風が占めていた〈新帰朝者〉というポジションもまた、そこに大きな力を及ぼさずにはいない。徳田秋江が「仏蘭西の文学にあこがれてゐる今の文壇は露西亜文学を代表する唯一の人故長谷川二葉亭氏を珍とする如く荷風氏を珍としてゐる[8]」と述べるように、特にフ、ラ、ン、ス、帰りの新帰朝者という位置づけが、荷風をめぐって生みだされる言説にある偏向をもたらしたことは想像に難くない。新帰朝者は、文壇に海外の新情報をもたらす新しい知の担い手としての役割を負い、彼自身その背後に担う異文化の体現者として特権化される。たとえば次のような証言が現れることからもそれはわかる。「荷風よりもつと新たな新帰朝者に田村松魚がある。〔…〕けれども、荷風が欧大陸の新芸術の香を十分に身に染めて来たとは違つて、松魚には幾何の進境をも認むるに難い[9]」。「その頃〔明治四四年頃〕の荷風は光太郎などとともに、いはゆる新帰朝者で颯爽としてゐた[10]」。荷風はこの時期、「欧大陸の新芸術の香」をまとった「新帰朝者」として特徴づけられる存在であったのだ。

荷風が帰国し、参入したのはこのような明治末年のメディア空間だった。留意せねばならないが、彼は何も知らずこの中に投げ込まれたのではない。在外期間中の彼の手紙などからもわかるように、荷風は積極的に日本の雑誌や新聞に目を通し、日本の文壇の動向を注意深く窺っていた[11]。そして彼は、このようなメディア空間の志向を敏感に受けとめ、戦略的に利用して行く。

3　『あめりか物語』から『ふらんす物語』へ

荷風は明治三六（一九〇三）年の九月に日本を発ち、四一（一九〇八）年の七月に帰国している。この間、荷風が日本の文壇の情報からまったく遠ざかっていたわけではなく、『読売新聞』や『太陽』『新小説』などの新聞雑誌に目をくばり、その動静に注意を払っていたことはすでに述べた。また単に情報を受け取るだけでなく、しばしば執筆した原稿を日本に送り、それが『太陽』などの雑誌に掲載されていたことも周知の通りである。

注目しておきたいのは、外国滞在中に荷風が書いた作品の発表の形態である。すなわち、この時期に日本に送られた作品は、そのうちのかなりの数が雑誌の「雑録」欄に発表されていたという事実である。明治三六年から四〇年までの間に雑誌に発表された評論以外のいわゆる創作は、全集に見えるだけで合計一四編が確認できるが、そのうちの実に六編が『文芸倶楽部』などを中心とする雑誌の「雑録」欄に掲載されている。メディア上に流通する荷風像を考えるとき、読者の読みを枠づける掲載欄の問題は、考慮に入れる必要がある。

雑録欄はその名のとおり、見聞した珍話や、小話、随筆、紹介、紀行風の雑記など、雑駁な主題の文章が集められる欄である。小話のように虚構の物語もそこに掲載されることもあるが、おおむねこの欄の約束事として、その記事の語り手である「私」は、基本的に著者自身であるという了解事項があると考えてよい。それがいかに奇妙な話であっても、それを語る「私」の存在は疑われない。随筆にしても、紹介にしても、見聞にしても、その報告者たる「私」の存在を疑ってかかっては、そもそも成立しない形式である。荷風の「舎路港の一夜」が掲載された『文芸倶楽部』（明37・5）の「雑録」欄には、巌谷小波「死人の手（伯林奇聞の一）」や、竹貫佳水「日本字新聞（桑港土産の三）」が併載されている。いずれも見聞した出来事を一人称で語る紹介記事の体裁を採っている。このような記事のなかに荷風の作品が混じった場合——後述するが、この「舎路港の一夜」を含め『あめりか物語』のあたりの荷風の作品は一人称の見聞記風の形式を持つものが多い——、他の記事と同様、彼の作品もまた虚構ではなく、事実であると見なされることが多かったと想定できる。そしてその際、永井荷風という執筆者名の上に冠せられることの多かった「在米」「在紐育」などという言葉は、紀行や報告として荷風の作品を読もうとする読者たちの読みの枠づけを強化したと考えられる。

加えて、これらの発表形態とは別に、書き手である荷風の側にも、これらの作品を「純小説」としては書いていなかったふしがあることも、確認しておきたい。

○紀行風の短編お送り申した。実に拙劣我ながら驚く程だが折角出来たものだから破るのもつまらぬと思つてお目にかける。〔…〕私の身には一ツの記念的の作物であるから活字になる事が出来れば此の上ない幸福です。此の次には純小説を書くつもりで居ります。(12)

この手紙からほぼ四年後の明治四一年に出された書簡のなかでも、荷風は同様のことを述べている。(13) これらの荷風の書簡は、彼の送った短篇が、彼にとって「純小説」と呼べるものではなかったということと、拙劣ではあるが「記念的の作物」であったということとを語っている。この時期の作品は彼の在外生活の個人的な「記念」として書かれたという色が強いようだ。松田良一は、『あめりか物語』に収められた作品群と「夜の霧」「舎路港の一夜」とをあわせたもののうち、「「春と秋」「寝覚め」「一月一日」「悪友」を除くと、他の作品は「私」「余」「自分」「僕」という一人称の語り手によってドラマは展開する」と指摘し、「アメリカ社会はこの一人称の語り手の見聞として読者に伝えられる」と述べている。(14) このことは彼の「記念」として書かれた作品のありようをよく示していると言えるだろう。経験したり見聞した出来事を、記録として留めておこうとする姿勢、おそらくはその姿勢が、「私」や「余」という見聞・報告者としての一人称を要求したのだと考えられる。後述するが、この荷風の作品の記録性・「記念」性は、この後のフランスに材をとった作品群にも引き継がれて行く。

荷風の書いたこれらの作品のうち大部分は、帰国二ヶ月後の明治四一年八月に、『あめりか物語』として博文館から刊行されている。自著について、「芸術的価値はさて置き」（前掲書簡【九五】）と少々自信のない素振りを示した荷風の心配は杞憂に終わり、『あめりか物語』は比較的好評のうちに迎えられた。

「△永井荷風の「あめりか物語」を読んで、その人を惹付ける一種の魅力ある文章に吸寄せられた若い詩人達が大分ある。寄ると触ると「あめりか物語」で持切りだ」と、かなり好意的に紹介する『新声』をはじめ、『文章世界』『早稲田文学』『新潮』などがそろって推奨する評を載せている。[15] ただし文芸批評からの評価は、前掲相馬「新書雑感」が「ピュアな自然派の作」と評価を下しているほかには、明確な価値評価を下すものはそれほど多くない。また、もともと雑録欄に掲載された作品も多かった『あめりか物語』は、紀行文や見聞録の類として受け取られることもあった。[16]

帰国後再スタートを切った荷風に対する評言は、おおむね好意的であるとはいえ、まとまった方向性を持っていなかった。御風の評論の他には文学批評圏内からの正面切ったアプローチはほとんど存在せず、文学ジャンルにおける利害興味とは無縁なところで、批評の俎上に載せられていたというのが実情であったといえよう。これら分散的であった評言が、『あめりか物語』刊行に引き続いて、後に『ふらんす物語』に収められることになる短篇群が発表され、平行して一連のオペラ・音楽批評や、比較文化論がメディアに登場しだすにつれ、徐々に方向性を持ちはじめる。

この時期になると、荷風に対する評価に、三種類の新しい傾向があらわれる。A 荷風の作品を評し印象主義とするもの、B「肉・官能」の「香り」を読みとるもの、C フランスに言及するもの、である。[17] ここではCに注目したい。Cは、フランスを舞台とする作品が大半を占めたこの時期の評としては当然のものだが、その数は『読売新聞』において正宗白鳥が「巴里の夢ばかり見ないで、日本を研究して日本を描くやうになつたら、尊敬すべき作を出し得る人であらう」と評している程度で意外に少ない。[18] ただしこれは、触れるまでもないことと見なされたと考えた方がよいだろう。なぜなら、「ひとり旅」をはじめ、フランスを舞台とするこの時期に発表された作品は、そのほとんどが雑誌発表時に「――ふらんす日記――」という附記が末尾にされており、それが作者荷風のフランス体験に基づく作であることが明記されていたからである。

前述した『あめりか物語』の記録性、「記念」性という特質を想起するとき、この附記は興味深いものとなる。『あめりか物語』が旅行記風の作品を多く含んでおり、荷風自身にもこの意識があったことは彼の書簡からうかがうことができる。網野義紘が指摘するように、『あめりか物語』は初版の目次ではアステリスクにより「暁」と「市俄古の二日」の間が分けられており、「「市俄古の二日」の前までが創作で、以降が日記風の印象記であることを示している」[19]と解釈できる。実際、前掲相馬「新書雑感」も「『あめりか物語』に収められた二十四編の中で十四編が純粋の物語で、他の十編はどちらかと云へば感想記に近い」としており、網野論文の意見を裏付けている。

文壇で成功することを予想していなかった荷風が、この「見聞記」風の記述の成功に気をよくしたのかどうかはさだかではないが、とにかく荷風はこのタイプの記述を続くフランスを舞台とした作品群においても踏襲しようとした。この附記が誌面において果たした役割は、その作品が少々物語的な粉飾は施されてはいるものの、基本的に作者荷風の見聞に基づく「日記」の一部である、ということの告知であり、一人称の「私」は作者荷風と見なしうる可能性があるということであった[20]。作中人物を作者自身と見なすという読書は、「蒲団」発表と「モデル問題」の勃発を契機として起こった文芸メディア空間の変動以降、さほど珍しいことではなかった。とりわけ荷風の場合、彼が新帰朝者であり、同様の見聞記風の著作をすでに出版していることが知られていた。新しく荷風の名で発表された作品の末尾にある「――ふらんす日記――」などという附記は、読者に作中の「私」を作者荷風と重ねるような読書を促したことが想定できるだろう。実際「ふらんす日記」という記述に注目し、それを根拠に作品（「蛇つかひ」）を「多少作者の感情が出過ぎて居るのであらう」とした小山内薫[21]や、特にこれに類する指標がテクスト内に存在しないのにもかかわらず、「祭りの夜がたり」を「巧みに描写した旅行記の一篇と云ふ丈で、内部生命が無く、調子が低い」とする霹靂火の批評[22]などに、この戦略の効果がうかがえる。

4 「歓楽の人荷風」

明治四二（一九〇九）年に入ると、荷風はすこしタイプの異なった作品を発表しはじめる。これ以降の作品の多くが、まさに新帰朝者をその主人公としはじめたのである。

荷風帰国後のことに焦点を絞っていえば、『あめりか物語』以降『歓楽』より前の作品においては、それを発表する荷風その人が現在日本にいるわけであるから、作中に透かし見られる荷風と現在の荷風は一致することはない（もちろん外遊中についてはこれは当てはまらない）。ところがこの四二年の二月に発表された「深川の唄」（『趣味』）、三月の「監獄署の裏」（『早稲田文学』）以降の作品はそうではない。帰国して間もない新帰朝者である荷風が、新帰朝者を主人公として作品を発表するのである。ここにおいて主人公の新帰朝者と、新帰朝者荷風は読者の中で大きく交差しはじめたはずである。そして、そのような同一視を、荷風は予測して書いていた、と私は考えている。

荷風が「蒲団」を読んでいたことは確実であるが（書簡【八九】）、それをめぐってなされた論議と、その論議以降の、文学空間における小説観の変移について、彼が知識を持っていたかどうかはさだかではない。しかし、彼が帰国した明治四一年の文学メディア空間は、「蒲団」以降の〈自己表象テクスト〉の叢生期ともいうべき時期に当たっており、藤村「春」をはじめ、花袋「生」「妻」、森田草平「煤煙」など、当時においても明らかに作者が自分自身を描いているとわかる作品が多数発表され、作者と登場人物の同一視を促すメタ情報も紙・誌面に氾濫していた。在外中まで『読売新聞』『太陽』などに目を通していた荷風が、帰国後これらの情報に接していなかったことは考えられない[23]。荷風が新帰朝者を主人公とし、のみならずそれを一人称で物語る作品を書いたとき、彼はこの同一視

を計算に入れていたと考える方が自然であろう。(24)

もちろん現在までの研究を踏まえれば、これらの作品が荷風自身の経歴と重なる部分を持つとはいえ、かなりの程度の虚構性を有していることは明かである。だがこのような読書の慣習のなかにおいては、たとえば「監獄署の裏」に対し、「作者自身が欧洲より帰つて後の境遇及びその大久保なる住宅の周囲を描写した書翰体の小説である」(25)、あるいは「作者の感情を詐らずに直写してある処が此の作の佳い点である」(26)などといったように、主人公の新帰朝者を新帰朝者永井荷風と重ねて見る解釈がなされることになる。

荷風自身は、書簡体一人称小説についての態度を以下のように語っている。「又自分の感想を現はす場合に於て言ふと、第三者の地位に立つて其処に主人公を作り、それに自分の感想を託するよりも、寧ろ作者自身が中心となつて、抒情的な、例へば手紙といふやうな形式が適して居る」(27)。これを読むと荷風は「作者自身が中心とな」るような作品を、さして特殊な形態であるとも思っていなかったことがうかがえる。

ただし、彼はそれを創作時にとりわけ重要視していたわけでもない。それは、彼がそれをある「場合」について採るべき「形式」として考えていることからもわかる。実際他の評論においても、「私の考へでは、充り読んで見た上で、それが事実らしく、感興を殺がない限りは、その作品の内容は、事実でも、或は想像でも、作者の随意であると思ふ」(28)と、とくに作品が「事実」にもとづいていても、「想像」からできあがっていてもかまわない、という立場を示していた。つまり荷風は〈自己表象〉を、小説を書く際の一つの方法として認識していたが、とくにそれを小説の理想形のようには考えておらず、たんなる一「形式」として見なしていたようである。

とすれば、この時期に集中して書かれた、新帰朝者を主人公とし、作者荷風との経歴の一致をほのめかしながら、一人称でその心象を描き出す一連の作品群は、外遊を材として書いた作品の延長線上につなげる形で発表した、いわば戦略的な自己ＰＲの〈広告〉としての役割をもっていたと考えられるだろう。

芸術家とならうか。いや。日本は日本にして、西洋ではなかつた。これは日本の社会が要求せぬばかりか、寧ろ迷惑とするものである。〔…〕吾等にして、若し誠の心の底から、ミューズやヴエヌスの神に身を捧げる覚悟ならば、吾等は竪琴を抱くに先立つて、法規きびしい吾等が祖国を去るに如くはない。これ国家の為にも、又芸術の為にも、双方の利益便利であらう。

引用は「監獄署の裏」の一節である。作品には「無事帰朝しましてもう四五個月になります」、「年は已に三十歳になります」、「処は、市ヶ谷監獄署の裏手で」と、主人公「私」を作者荷風と重ねさせるような指標がちりばめられている。新帰朝者という特権的な立場から、芸術の国「西洋」と対比して「祖国」日本へと批判の矢を向ける「私」の主張は、すなわち荷風のものであると見なされる可能性が開けているのである。実際、先にも引用した「監獄裏〔ママ〕の家」の中に能く告白し得たと思ふやうなことが書いてあるのを見ても、氏が自由な人、告白の人であることが首肯かれる[29]」という評言が生みだされたことからもわかるように、主人公「私」の心情吐露は、作者荷風の「告白」として読まれえた。

このような同一視を受けて、「監獄署の裏」以降、荷風について次のような評価が現れてくる。依然引き続いて「官能」を読みとるものもあるなか、新たに荷風その人を読み込んだ上で〈批判されることへの嫌悪〉を表明する評言と、〈芸術の国を負う者としての荷風〉を見て取ってゆく評言とが現れる。前者は「およそ氏の作を通じて僕等が感服してゐるのは、日本の社会に人生の享楽の欠けてゐるのを暗に歎いてゐる点である。しかしこれらがあからさまな理屈となつて来ると、徒らに反抗心を挑発せしめられる[30]」。後者は「この時代〔「江戸」の残る明治〕を幼年時代とした作者が美及び芸術の崇拝者となるは無理もない〔…〕且況んや作家が芸術的人種の国より涅槃実用の国に帰り棲むに於てをや」(31)。これら二種の評価の系列は、この後の四二年の荷風像を規定して行く主要な二つのベクトルとなる。一方は〈新帰朝者〉＝文明批評家としての荷風を見てゆくものであり、もう一方は〈フランス帰りの新帰朝者〉＝芸術家として荷風を見てゆくものである(31)。

本章の注目する「芸術家」としての荷風という人物像は、小説作品において提示されたイメージ以外に、荷風の評論中の言葉にも、その造形の一端を負っていたようである。明治四二年五月に、荷風は同時代のいわゆる「芸術と実行」の問題系に対するコメントをいくつか発表している。彼は『文章世界』に「芸術品と芸術家の任務」（第四巻第六号）、「芸術は智識の木に咲く花也」（第四巻第七号）と題するテクストを載せ、後者において「私が芸術を愛するのは、さういふ秩序立つた考へをした結果でなくて、殆ど無意識に、本能的にそれを愛した結果である。〔…〕自分の性情が自然と自分を芸術家とならしめた」と述べる。このような評論における、自らを芸術の申し子的に語る荷風のアピールもまた、効力を発揮していたのだといえよう。

だがやはり何にもまして、「芸術家荷風」という肖像形成の最大の契機となったのは、四二年七月に『新小説』に発表された短篇「歓楽」である。「歓楽」は、主人公である先生の芸術家としての成長物語であると同時に、彼の示す芸術家的身振りの模範例集とでもいうべき作品となっている。

作品に見られる膨大な量の先行テクストへの言及も興味を引くが、なにより本章の文脈で注目されるのは、作品に書き込まれている先生の「芸術家」としての身振りである。それはテクストにおいては「詩人の生活」と呼ばれている。

此れまで送つた私の過去が、果して真正の詩人の生活であつたか否かは知らない。然し兎に角、社会の何物にも捉れず、花さけば其の下に息ひ、月よければ夜を徹してゞも水の流れと共に河岸を歩む。此の自由、此の放浪は富にも名誉にも何物にも換へがたいではないか。

恋の如何なるかは誰も知つて居やう。芸術の熱情の如何に押へ難きかは、あゝ、芸術家より外に知る人はない、〔…〕イブセンが『死の目覚め』の主人公、彫刻家のルーベックは何故に、傷付ける其のモデルから、「作品は第一、活ける人間は第二。」と罵られたか。バルザックの『知られざる傑作』にも奇怪なる画家の自殺が描かれてゐる。強いて己れを弁護し、芸術の何たるかを衆俗に知らしめる必要は決してない。其の何たるかを知らしむるに、芸術は余りに幽婉である神聖である。

「放浪」を一つの芸術的な規範とするボヘミアニズム(33)を底流としながら、反俗的な一種の美的エリート主義を先生は唱える。この先生の主張の内容・傾向の分析には既に多くの論考がなされており(34)、ここでは詳しくみないが、重要なのは、西欧の理想化された芸術家像を参照しつつ、その芸術家的慣習行為を体現しているものとして先生自身の「詩人の生活」が書き込まれているということ、すなわち先生の生そのものが芸術としてそこでは提示されているということである。この先生の造形が、同時代の読書の慣習によって、ここまで見てきたような荷風自身の他の小説・評論の言葉や、荷風についての評価・イメージと重ね合わされてゆく。「歓楽」という作品はそれらの言説と交差しながら、〈新帰朝者〉永井荷風を「芸術家荷風」として造り上げていく大きな契機となる。

その「歓楽」発表後になされ、明治四二年あたりの荷風の評価の方向を、大きく決定づけたのが、『中央公論』(明42・11)において行われた「特集 永井荷風論――現代人物評論(二十二)――」であった。この特集に現れる評価は、全体としては統一性のあるものではないが、だがそこにおいて、これまではっきりと示されてこなかった荷風という作家の評価の方向づけが、明確に現れてきている。

氏の近作を「歓楽」と云ふ、歓楽の二字氏の現在の思想を表徴して殆んど遺憾が無い。〔…〕蓋し氏は欧洲文明の中心たる仏京巴里に於て、あらゆら官覚《ママ》的な、刺激の強烈な歓楽に豊満した。（荒野の客「歓楽の人荷風」）

加ふるに彼は情緒主観を専とする東西の古典に通じ、源氏物語とギクトルユーゴー、玉矛百首とエミール、ゾラ、広津柳浪とヹルレーヌなどを或は嘗て崇拝し或は今も崇拝する『歓楽』の青年である。〔…〕荷風は仏蘭西に Acclimatise された人である、時間《タイム》と習慣《ハビツト》の鎖を以て巴理に縛りつけられた人である。（草野柴二「歓楽の人荷風」）

其から、前云ふ如く永井氏の文体も、其の重なる作品は自然派の諸家とは相違して居るから、若し「歓楽」にあるが如き儘で進んだならば、将来必ず別派を創設するであらうと思ふ。創設と云ふと語弊があるが兎に角新しく一家をなすであらうと信ずる。（守田有秋「永井荷風氏」）

「官能」「肉の香り」と評されてきた傾向は、「歓楽」という言葉と結びつき、「自然派」と対立するものとしての傾向をまといはじめる。当初『あめりか物語』を「ピュアな自然派の作」とした相馬御風も、ここに至ってその評価を修正するようになる。[35] 荷風が上流階級の出自であることを僻みまじりに評価の枠内に導入しようとするものも見えるが、[36] これ以後の文学空間の勢力図を視野に入れて考えれば、ここで荷風が「自然派」に対する「別派」をなすであろうと評価されだすことは注目に値しよう。

奇しくも二人の論者からそう呼ばれた「歓楽の人荷風」という〈肖像〉は、彼の作品や評論、荷風自身の身振り、メディアの流す情報、その他さまざまな言説群を交錯させえた読書慣習の力によって形成され（この『中央公論』の特集には[図1]の荷風の写真も掲げられていた）、そしてその〈肖像〉は、冒頭で掲げたような、後に彼の後継ともなる若者たちへと、非常な魅力をもって送信されていった。荷風は、彼自身、「芸術」を体現するものとなっていったのである。内田魯庵は次のように評する。

私は欧羅巴で云ふ意味の真の芸術家を永井君に於て初めて見た。今までの作者輩、俳人輩の幇間的なるものは勿論幇間的ならざるものも――まじめに其道を研究したものも芸術家たる意味を自覚してをらぬ。〔…〕例へば紅葉山人の如き自ら芸術家を任じてゐたが、紅葉の芸術たる唯の職業であつた。永井君に至つては芸術は生命で職業では無い。渾身芸術の化現だ。芸術を呼吸し芸術の為に活きてをるのだ。(37)

ここでは、「欧羅巴で云ふ意味の真の芸術家」とはいったいどのようなものか、という問いはあまり意味をなさない。それはつまるところイメージに過ぎない。魯庵のいう「欧羅巴で云ふ意味の真の芸術家」像は、ゾラやイプセン、バルザックなどの小説や戯曲によって世界的に伝播した「一大流行風俗」としての「《芸術家》」のイメージをそのまま受けている。(38)しかしそのイメージこそが重要だった。荷風は、それらの西欧作家の物語からその姿を引用し、ボヘミアン芸術家の類型を借用し、自らハイカラな洋装に身を包んだ。読者は、メディア上に流通するフランスや芸術家のイメージと、荷風の提示する作品や写真・パフォーマンスとを縒り合わせながら、永井荷風の〈肖像〉を織りあげていったのである。

帰国直後からの、荷風を取り巻いた言説の編成の様態をたどることにより、彼が自分自身の〈肖像〉を造形していったその戦略の様相を跡づける試みである本章は、短編集『歓楽』刊行後にほぼその編成が完成した、「芸術家

参考　『荷風傑作鈔』(前掲)所収の口絵写真

荷風」という〈肖像〉をみとったところでとりあえず一つの区切りを見たい。花袋や秋江などといった明治四〇年前後に急増した〈自己表象テクスト〉の作者たちと通常は同列に考えられることのない荷風も、自らの〈肖像〉を形成する過程でやはり彼らと共通の文化状況を前提とし、かつそれを戦略的に自らのアイデンティティ形成のために利用していたのである。

注

（1）秋庭太郎『荷風外伝』（春陽堂出版、一九七九年七月、119頁）。「蒙御免日本文士階級鑑」は未見。秋葉同書119頁によれば、「新聞二頁大附録」、「見立番附の評価は朝日、時事、国民、都、読売、万朝、二六の各新聞社の文芸記者の意見を叩いて番附の位附を決めたもの」という。

（2）「此二三年来「中央公論」の小説は一般文壇の注目を惹いてきた」「殊に春秋二期の附録号は常に第一流の作者のみを数多く網羅するといふので一層文壇の注目を惹いて居る」（澹蕩子「「中央公論」附録号を読む」『読売新聞』明41・10・11、日曜附録）。STS「重なる文学雑誌」（『文章世界』明42・11・1）にも同様の記述がある。

（3）小沢愛圀「純然たる都会の詩人」（『新潮』一九一八年二月）。

(4) 井川滋「その日常生活と作品」(『新潮』一九一八年二月)。
(5) 第二次大戦後メディアが形成した荷風像については、中村良衛「「奇人伝説」戦後マスコミの伝えた荷風像」(『ユリイカ』一九九七年三月)が論じている。
(6) 「小説合評」(『読売新聞』明42・10・10、日曜附録)。
(7) 「文壇はなしだね」(『読売新聞』明42・3・11)。
(8) 徳田秋江「永井荷風氏」(『中央公論』明42・11)。
(9) XYZ「現文壇の鳥瞰図」(『文章世界』明42・11・1)。
(10) 志賀直哉「荷風のこと」(『荷風全集』月報6、岩波書店、一九七一年七月)。
(11) たとえば以下のようなもの。「此の頃は寒いから外出禁止其れ故日本の雑誌新聞なぞは手当り次第に読むのです。」「断腸亭尺牘」其六、明治三七年某月木曜会宛、【二〇】(【 】内は岩波新全集の書簡番号、以下同じ)。他にも【四五】【八〇】【八九】【一〇一】などからそのようすが窺える。
(12) 「断腸亭尺牘」其六、明治三七年某月木曜会宛、【二〇】。
(13) 「断腸亭尺牘」其十三、明治四一年二月二〇日西村渚山宛、【九五】。
(14) 松田良一『永井荷風　ミューズの使徒』(勉誠社、一九九五年一二月、52-53頁)。
(15) 美風「緩調急調」(『新声』明41・11)、「新刊紹介」(『文章世界』明41・9)、御風生「新書雑感　『あめりか物語』」(『早稲田文学』明41・10)、相馬御風「最近の小説壇」(『新潮』明41・10)。
(16) 「著者渡米以来旅窓にて書きたるものを取り集めたる小説体の物語にて、事多く米国の暗黒面を明かに描きたれば拝金宗国の裏面には如何なる事実の行はるゝか、流暢なる文は能く鏡面を見するが〔如〕し」(「新刊紹介」『東京二六新聞』明41・9・27)。「新刊批評」(『万朝報』明41・9・15)、『読売新聞』(明41・8・20)掲載の同短篇集広告、「新刊書一覧」(『早稲田文学』明41・9)も、ほぼ同種の記述である。
(17) Aは、里芋先生「食卓余談」(『国民新聞』明41・11・15)、蒲原有明「印象主義の傾向」(『新潮』明42・1)。これは相馬の自然主義の系列に位置づけようとした試みに異議を唱えるものの登場として位置づけられる。Bは、「新年雑誌総まくり(二)」(『東京二六新聞』明42・1・12)、霹靂火「正月の小説界(三)」(『国民新聞』明42・1・13)、「小説界」(『趣味』明42・2)。この「肉・官能」という評言は、自然主義的文脈の「肉欲の暴露」と共鳴しつつ、次第に荷風の作品に対する批評の一基調をなしてゆく。

(18) 白鳥「新年の雑誌」(明42・1・10)。同様のものに、XYZ「机上雑感」(『読売新聞』明41・12・6)がある。

(19) 網野義紘「『あめりか物語』の構造」(『荷風文学とその周辺』翰林書房、一九九三年一〇月、57頁)。

(20) 網野義紘「在仏時代の永井荷風――『ふらんす物語』ノート――」(前掲『荷風文学とその周辺』67頁)も「「ふらんす日記」や「かへり道」の表題の下に各作品を集めたことは、荷風のフランスを《ママ》旅行記として読者に感情移入させるのに効果的であった」と指摘している。

(21) 小山内薫「最近の小説壇」(『新潮』明41・12)。

(22) 霹靂火「正月の小説界(三)」(『国民新聞』明42・1・13)。

(23) 「〔昨日午前の日記〕」(『国民新聞』明42・10・16、題名の表記は全集に従った)で荷風は「で私は今迄、新聞、雑誌は余り好きではない。夫故余程退屈な時でなければ、新聞を見たことがない」と述べているが、ここから、彼が当時の文学メディアの趨勢について完全に無知であった、と結論することはやはり難しいと考える。

(24) 「蒲団」以降の「自然主義文壇」の風潮と「監獄署の裏」の方法との差異については、三好文明「永井荷風ノート――「監獄署の裏」の主題・方法・形式――」(『新潟大学国文学会誌』16、一九七二年七月)に言及がある。

(25) 有秋生「創作短評」(『東京二六新聞』明42・4・1)。

(26) 「先月の小説」(『趣味』明42・4)。

(27) 永井荷風「芸術品と芸術家の任務」(『文章世界』明42・5・1)。

(28) 永井荷風「作品の性質に依り何れにても可也」(『新潮』明42・7)。

(29) 「文壇はなしだね」(『読売新聞』明42・3・11)。

(30) 「寄贈された雑誌」(『文章世界』明42・3)。

(31) 木下杢太郎「三月の雑誌の内より」(『スバル』明42・4)。

(32) 『ふらんす物語』の作品においても、荷風はすでに「芸術家」的人物の造形を行っていた。にもかかわらず、これまでの同時代評でそれが注目されてこなかった理由は、おそらくは舞台が外国に取られていたことと、現在の荷風と作中の「芸術家」とが重ね合わされる必然性が稀薄であったためと思われる。また、「芸術家」のイメージに関していえば、確認した以外に「監獄署の裏」を「新しい詩人の書いた小説だ」(「合評記」『新潮』明42・4)とする評価、「深川の唄」を「小説家と云ふより、寧ろ抒情詩家としてすぐれた人」(「合評記」『新潮』明42・3) とする評がなされている。

(33) 今橋映子「ボヘミアン文学としての永井荷風――『ふらんす物語』」(『異都憧憬 日本人のパリ』柏書房、一九九三年一一月)を参照。

(34) 駒尺喜美「「歓楽」ノート――自然主義と耽美派の連関――」(『日本文学』一九六三年六月)、三好文明「永井荷風ノート・その二――「歓楽」の芸術家宣言をめぐって――」(『新潟大学国文学会誌』17、一九七三年六月)、笹渊友一「『歓楽』論」(『日本文学の研究』重友毅博士頌寿記念論文集、一九七四年七月)、平岡敏夫「永井荷風『歓楽』」(『日露戦後文学の研究』下、有精堂、一九八五年七月)などを参照。

(35) ただし御風はこの後「推讃の辞」をめぐる論争でも、荷風が根底においては自然主義的な意識を保持していることを読み取ろうとし続けている。

(36) この後、この傾向の評は時折見られるようになる。それがゴシップ的に取り上げられることもあった。たとえば「日曜談叢」(『読売新聞』明42・11・28、日曜附録)。

(37) 内田魯庵「今年の特徴三つ――四十二年文壇の回顧」(『文章世界』明42・12、談話)。

(38) 山田登世子「流行遅れの衣装」(『ユリイカ』一九九七年三月)を参照。

第8章　〈翻訳〉とテクスト生成
――舟木重雄「ゴオホの死」をめぐって――

瀬川が訪れたのは、神田のある美術商の店に催されたフランス帰りの洋画家Sの個人展覧会であった。晴れた秋の日の高山の湖の水面のような光が溢れる店内で、彼は画家の官能ということを考えた。「画家の視覚が極端に鋭敏になったら、外界の色彩や、光輝の刺戟を受容れる余裕がなくなって、精神に異状を来すに相違ない」。こう思っているうちに、彼はゴッホの死を思い出した――「狂死する程に神経が鋭敏にならなければ本統の芸術家とは言われない」。

店を出て帰路につきながら、瀬川は連れの山屋にむかって芸術家についての考えを話した。途中によった珈琲店から神経が苛立ち、頭の芯が締めつけられるように痛かった。「ねえ、君、最も忠実なる芸術家は狂死するより外に道がないと思うが、どうだろう？」自分でもどうしたかわからないほど興奮して瀬川は言った。

山屋と別れ、一人となった瀬川の神経はどんどんと苛立っていった。頭の芯がビンビンうずいて耳鳴りがする。電車の響きが頭蓋骨に錐を立てて揉まれるように響く。どこかに行かなければならない――瀬川はいきなり電車に飛び乗った。しかし電車のなかの光景も、瀬川の神経を休めるものではなかった。酒焼のしたあか黝い胸を露わした田舎老爺や、膿をもったような紫色の歯茎をむき出した酌婦らしい女などが気になり、戦慄するまでに不快の気持ちが昂まる。あらゆる色彩が彼の神経を刺激して耐えきれないまでに苛立たせる。「俺は頭が狂い出したのかしら」と自分に問うてみたが、こう思うとにわかに恐ろしくなってきた。

麻布の場末にある浅野の画室からはマンドリンの軽快な音が漏れ聞こえていた。少し落ち着いた瀬川は、今日の出来事を面白そうに浅野に話して聞かせた。「しかし、僕はまだゴオホにはなれない。今になって見ると、別に気も狂っていないし、まして狂死もしていない」と声高く笑った。さらに浅野にマンドリンを続けてもらい、ようやく明るい気持ちになった自分を考えながら、なお彼は自分の生温いことを情けなく思った。「今日の出来事は一時の病的神経の作用だったのだ。自分はやっぱり遅鈍な神経の男で、自分自身の心をごまかしながら、平凡に此世に生きながらえて行くのだ」。

自宅へ帰り着いた瀬川は、頭や体が自分のものとは思われないほどに疲弊しきっていた。ぐらぐらと眩暈がし、吐き気につづいて咳までも出はじめた。股のあたりが疼き出し、いまわしい病気までが急に襲ってきたのだと思う。彼は恐怖と不安の虜となった。神経がまた狂暴にたけり始めた。俺の命は今夜きりだ――という感じを動かすことができなかった。瀬川は絶望のどん底へ陥って獣のような声を出してうめき始めた。

が、彼は瞬間的に、疲れた物狂わしい頭の中にゴッホの死を思い浮べ、突然寝床の中から跳ね上った。「俺は自分の生涯になんにもしなかった。しかし、俺の命は今夜きりだ。せめては、今日のこの苦みを書きつづってから死にたい」と思ったのである。彼は電燈をひねり、テーブルの上に原稿紙を取出してペンを執った。

＊　　＊

舟木重雄「ゴオホの死」は、早稲田系の小規模文芸誌『奇蹟』第一巻第四号（大1・12［一九一二］）に掲載された。舟木重雄は『奇蹟』の中核的な同人であり、その刊行のまとめ役とされる。同誌にいくつかの短篇を寄稿したものの、作家としては生前の著書もなく、没後に志賀直哉による『舟木重雄遺稿集』（一九五四年六月、非売品）が刊行されているだけである。研究の蓄積も、当然ほとんどない[1]。

本章では、このマイナーといってよい作家舟木重雄の短篇「ゴオホの死」を取り上げる。冒頭掲げたようなストーリーを持つこの短篇は、現在ではおなじみの、狂気と自死を究極的な理想像とする芸術家神話の一パターンをその構造のなかに取り込んでいるようである。それがゴッホという画家のイメージを借り受けて表現されているところに、この小説の面白さがあると言えばいえるのかも知れない。しかしそれだけでは『奇蹟』誌面でたかだか一五頁にすぎないこの短篇の価値を強弁することはできそうもない。では、なぜこのマイナーな作家のマイナーな作品をここで取り上げるのか。

小説をそれが産み出された同時代の言説構造のなかに置いたとき、そのテクストのなかに周囲からいくつかの〈系〉が走りこんでいるのを見てとることができる。この〈系〉は、同時代に流通していた言説の型であり、ある対象を理解／表象する仕方を規定した文化的枠組《フレーム》みである。テクストはその表象システムの中に同時代の文化空間の屈曲を刻み込んでいる。それは作家が意識しようがしまいが直接関係はない。枠組《フレーム》みは周囲の言説布置の変化と連動して変容し、新情報が既存の枠組みに組み込まれて、新たな枠組みを生成していく。この回収と連合によって起こる一連の変換を言説の〈翻訳〉とひとまず呼んでおこう。こうした意味では、あらゆるテクストが、言説の〈翻訳〉過程をその裡に刻み込んでいるはずである。

しかしあらゆるテクストが〈翻訳〉を抱え込んでいるとはいえ、それでもある時期の文化空間の一面を鮮明に照らし出してくれる特別なテクストというものは存在する。舟木重雄「ゴオホの死」は、おそらくそうしたテクストの一つであると私は考えているわけだが、はたしていかなる点がそうした〈翻訳〉の痕跡として読解できるのか。「ゴオホの死」が抱え込んださまざまな枠組みを丹念に紐解いていくことからはじめるしかないだろう。

1　〈ゴッホ神話〉の形成

まずはその特徴的なタイトルをめぐる問題を取りかかりとすることにしよう。雑誌掲載の大正元（一九一二）年という時期に、「ゴオホ」をタイトルとして掲げるということ、しかもその「死」をことさらに取り上げたということは、いったいどのような意味があったのか。

ゴッホを含む通常後期印象派と分類される画家とその作品についての情報が急激に増えはじめたのは、明治四三（一九一〇）年ごろを期にしてのことである。ゴッホやセザンヌなどについての知識が増えてゆくとともに、それに刺激を受けた日本の新しい世代の洋画家たちが活躍をはじめるのもやはりこの時代である。明治末美術界にこうした変化をもたらしたのが、渡欧画家たちの相次いでの帰国と、『白樺』を中心とする雑誌メディアの活動であった。明治四一年の斉藤与里の帰国を先頭に、四二年に高村光太郎・柳敬助・津田清楓、四三年には有島壬生馬・南薫造・山下新太郎と、海外へ留学に出ていた美術家たちが次々に帰国する。彼らが留学先で見聞し習得した新しい知見を日本の美術界にもたらしたことはむろん言うまでもない。洋画壇はこれらの新帰朝者たちを牽引役に、急激に転回を遂げてゆく。

美術思想や造形性の面にとどまらず、こうした新しい美術家――とりわけ洋画家たちの群をなしての登場は、商品として洋画を流通させるシステムの整備を加速させるという変化ももたらしていた。洋画市場がようやく形をとりはじめ、文展の開設と歩調を合わせて三越呉服店美術部の美術品正札販売が開始（明40）されるなど、より手の届きやすい販売・流通の形態が形成されてゆく。日本で最初に登場した画廊は、新帰朝者高村光太郎がこの時期に立ち上げた「琅玕洞」であった。[2]

参考　正宗得三郎「（琅玕洞　神田淡路町）」（『高村光太郎全集』第四巻月報3、1957年6月、3頁、所収）

こうした小回りの利く〈場〉の登場が、大規模な展覧会ではない画家個人の作品展を容易にする。琅玕洞は、そのほぼ一年間の短い活動中に正宗得三郎、柳敬助、斉藤与里、浜田葆光、南薫造、山脇信徳など多くの個展を開催した。舟木「ゴオホの死」冒頭の「フランス帰りの洋画家S氏の個人展覧会が神田の或る美術商の店に催された」という今となっては何気ない一節は、実はこうした洋画界の最新の動向を切り取ったものだ。[3]

もう一点目の雑誌メディアの活動については、やはり『白樺』の果たした役割が大きいことはたしかだろう。これについてはすでに近代文学・近代美術両側からの研究がかなり進んでいる。[4] 日本におけるゴッホ受容史の細密な達成である木下長宏『思想史としてのゴッホ』[5]に拠りつつ、ここでの話題であるゴッホに焦点を絞って簡単に移入状況を整理しておこう。

嚆矢となるのは、鷗外「むく鳥通信」の記事（『スバル』明43・5）で、その後、新帰朝の洋画家斉藤与里による言及や『万朝報』の記事「後印象派画家の作品展覧会」が続いた。[6] 四四年二月には虎耳馬（児島喜久雄）が「ヴインツエント・ヴアン・ゴオホの手紙」（『白樺』）の冒頭ではじめてゴッホの生涯を紹介する。

この年から武者小路実篤が盛んに『白樺』でゴッホを称揚しはじめ、彼に関する詩作を行ったりもしている。『白樺』にはこれとならんで、先の児島による手紙の翻訳が三回まで続き、明治四五年一月には包括的な後期印象派論である柳宗悦「革命の画家」が登場する。他の雑誌にも徐々に情報が現れ、『早稲田文学』に仲田勝之助が「後期印象派《ポスト、アンプレッショニスト》」（明44・8）を載せ、同月の『太陽』にも久米桂一郎「新印象派の影響」が出ている。他にも『現代の洋画』（大1・8）の木村荘八「ヴァン・ゴーホ後期印象派の画家（二）」があり、さらには『白樺』大正元年一一月号附録が阿部次郎、児島喜久雄、バーナード・リーチ、武者小路実篤を集めてゴッホ特集を組むに至る。

この時期のゴッホに関する諸情報の流通の仕方には、ある特徴があったことを押さえておくべきだろう。ゴッホに限ったことではないが、紹介に際して、図版よりもつねに言葉が先行したという事実である。これは、ともすれば絵画の造形性を差しおいて、言葉による縁取りが優先されたことを意味する。[7] そしてさらにその言葉のありかたには、ある偏向が加わっていたことも重要である。匠秀夫はそれを「人格主義的」と表現する。[8] その移入当初から、ゴッホはその作品における価値よりも、まずその「人格」や「生涯」の面において芸術家の理想像として仰がれたのである。

日本最初の本格的後期印象派論とされる柳宗悦「革命の画家」（前掲）は、次のように論じている。

> 一言にして云へば芸術は彼等〔「後印象派」〕に於て人生を出発点とし帰着点としたのである。従つて自己の生命の要求は引いて芸術の要求である。彼等に於て芸術と人生とは一つにして二ではないのである。〔…〕即ち彼等の芸術とは彼等の人格そのものゝ表現に外ならない。彼等に与ふるに表現派（Expressionism）の名を以てせらるるのも之が為である。セザンヌ、ヴァン・ゴオホ、ゴオガンの三人は時を同じくして出でたる此運動の使徒である。

「後印象派」の画家たちの特徴として、柳は「人生」を基礎とする芸術、「人格」の表現としての芸術という解釈枠を示したのである。

日本における受容のこうした特質は、当時の紹介者たちが参照した情報に偏りがあったためだといわれる。高階秀爾「日本における「ファン・ゴッホ神話」の形成」[9]は、「ファン・ゴッホに関する情報源が、もっぱらドイツ、イギリスのものにかぎられて」おり、「しかも、その英語、独語の文献のなかでも、彼の作品の美学的、様式的分析を中心とするものよりも、むしろ彼を社会に受け入れられない不遇の天才、純粋無私な芸術の求道者、ないしは社会への反抗者と捉える立場のものが大部分であった」(153-156頁)と指摘している。

もちろん柳の論理は単純な翻訳元テクストの受け売りではなく、武者小路からの影響や柳自身の独自性なども明らかにされている[10]。ここでは、それに加えて、柳の議論がほぼ完全に〈文芸と人生〉論議の用語体系の中でなされているという点も指摘しておきたい。「芸術と人生とは一つにして二ではない」「彼等の芸術とは彼等の人格そのものゝ表現に外ならない」といった言い回しは、〈文芸と人生〉論議における「実行」派の議論となんら変わるところはない(第3章参照)。「人格主義的」な受容の理由は、こうした日露戦後の評壇の動向が受容枠となってなされたことを見逃してはならない。

それにしても、なぜ舟木が選んだのはゴッホだったのか。というのも、実のところいまゴッホ受容の特徴として挙げてきたいくつかの点は、セザンヌやロダンの受容に際しても多かれ少なかれ言える点だったからである。本多秋五が『白樺』の美術史理解に「跨ぎ」[11]があったことを指摘して以来、同誌の美術紹介の多様さ、雑駁さに関しては「歴史的意識の欠如」[12]、「一緒くた」[13]、「当時の現代美術コレクターの視点」[14]などとさまざまに評言がなされてきた。稲賀繁美[15]は、当時西欧においても後期印象派の美術史的意義など整備されてはいなかったということも指摘しているが、いずれにせよさまざまな美術家たちの並行的な移入紹介こそが当時の特徴であった。そしてその並行性雑駁性を貫いて、「人格主義的」な理解が存在したのである。こうした事情を考えると、以上のような背景だけではなぜゴッホが選ばれねばならなかったのかの疑問に答えることはできない。

ゴッホでなければならなかった理由、それはやはり彼の「狂気」とそれにともなう「自殺」にこそあったと見るほかない。ゴッホをめぐるこの種の情報は、当時からすでにさかんに流れはじめていた。たとえば先の柳「革命の画家」も、「彼〔ゴッホ〕が苦悶の偉大なる時、彼が芸術も偉大であった。「余は病めば病む程、余は益々芸術家になれり」とは彼の言葉である」。「吾々はかの「シプレス」の画を見る時、唯一の認許し得べき自殺の場合が、ゴオホの死に於て是認せらるゝのを感ずるのである」とこの点への言及を忘れていない。武者小路など、舟木の他にもとりわけゴッホに肩入れしていた人々は、こうしたゴッホの「特徴」に刺激を受けていたようである。

もちろんゴッホのこうした側面に言及しなかったり否定的に扱ったりする言説もないわけではないが、[16]「彼が気狂ひになつたのは当然としか思へない」と武者小路が言うのをはじめ、「最も大なる苦しみに、常に面接しつゝ生きた彼が、その生を自殺に終つたのは当然行く可き標程であつた」とする木村荘八など、ゴッホと狂気、自殺との関連づけは、すでに強固に形成されつつあった。[17]

舟木の「ゴオホ」像は、こうした情報のなかからヒントを得て選び出され、造形された。ゴッホのとりわけ「死」に注目した彼の選択は、『白樺』のゴッホ紹介を源として広がりつつあった狂気の芸術家としての〈ゴッホ神話〉を踏まえてのものであったのである。

だが、それだけだろうか。「狂気」と「自殺」という要素を含むというそれだけで、舟木のテクストが測りきれるわけではない。〈ゴッホ神話〉を踏まえた同じ「狂気」であり「死」であっても、舟木と他のゴッホ表象とはどこかしら異なっていることを見過ごすべきではない。

武者小路のゴッホについての詩「バン、ゴッホ」[18]の「汝を想ふ毎に／我に力わく／高きにのぼらんとする力わく、／ゆきつくす処までゆく力わく」（／は原文改行　以下同）というくだり、柳「革命の画家」の「ヴァン・ゴオホ、表現画家中の表現画家とも云ふべきこの燃ゆる人格の前に、人々は如何なる感動を受けるのであらう」という一節をみても、彼らにとってのゴッホは自らを鼓舞するポジティヴな源泉としてあった。それは理想とすべき真正の芸術家像であり、彼のことを「想ふ毎に」「力わく」、いわば向日的な触発の媒体である。ところが、舟木のゴッホはそうではない。

木下『思想史としてのゴッホ』は、「武者小路が、ゴオホから人類と自然の意志の命令をきこうとしたのに対して、すでに自然主義文学の水を舐めている舟木重雄は、もっと赤裸々に「ゴオホ」でありたいと思う」（65頁）と両者のちがいを指摘する。舟木の描いた主人公は、たしかに「ゴオホ」のようでありたいと願っている。しかしそうした指向性の確認だけでは、「ゴオホの死」というテクストによる表象が負っていた意味は理解しきれない。重要なのは、作品における〈ゴッホ神話〉の利用のされ方を明らかにし、それに託されていた意味を考えることであるはずだ。

2　〈神経衰弱小説〉の系譜

すぐさま気がつくのが、「ゴオホの死」の持つ色調の沈鬱さと、急きたてられるような圧迫感である。武者小路のゴッホと比べたときその対比は非常に顕著に映るはずである。そしてこの暗さと逼迫感は、作中人物の心理の余裕のなさとも直結していく。舟木の作品においても、ゴッホはやはり瀬川にとっての刺戟の源として造形されてはいる。しかしその刺戟は、武者小路のように外向きの自己拡充へとは向かわず、逆に際限なく自己を追いつめる一種脅迫的な観念の淵源にまでなっている。いったい、なぜこうした表象が現れねばならなかったのだろうか。

志賀直哉の作品集を論じた次の舟木の評論は、その理由を考えるための手助けをしてくれるだろう。

近頃の最高の階級に属する作品を読むと、多少に係らす神経作用の戦慄を認められないものはないと私は思ふ。それは時代思想に伴ふ必然の現象で、又其が或る意味からいふと現代の芸術の根本となるものだと思ふ。[19]

志賀直哉の「鳥尾の病気」「剃刀」ほかの作品を、舟木は「神経作用を基礎に置いて書かれたもの」と評する。そして彼によれば、この「神経作用」こそが「現代の芸術の根本」となるというのである。

志賀の作品集に対する評論の形を取りつつなされたこの舟木の現代芸術論を、彼自身の作品と照らし合わせて考えると、「ゴオホの死」が取り込んでいたもう一つの〈系〉が見えてくる。ゴッホとその死という要素をひとまず後景に退けてこのテクストを見た場合、主人公瀬川のような悩める青年の造形は、当時の小説がしばしば採用したパターンだったのである。

日露戦後の小説の類型の一つとして、〈煩悶青年もの〉とでも呼べそうな一群がある。若い青年を主人公として、彼の陰鬱な心象や生活、その友人との対話などが思弁的に交わされるタイプの小説を、今ゆるやかにこう呼んでみるとすれば、その下位カテゴリーとして〈神経衰弱小説〉というものを考えることができるだろう。

筆者が具体的に想定しているのは、小川未明「一夜」(『趣味』明40・7〔一九〇七〕)、中村孤月「苦悩」(同号)、萱野二十一「ペスト」(『白樺』明43・7)、同「獏の日記」(同、明43・8)、志賀直哉「鳥尾の病気」(同、明44・1)、同「濁つた頭」(同、明44・4)、小泉鉄「Bの死」(同、明44・10)、広津和郎「夜」(『奇蹟』大1・9)、葛西善蔵「悪魔」(同、大1・12)、谷崎精二「黒き曙」(同、大2・5)、などの諸作である。[20]

〈神経衰弱小説〉の典型的な枠組みを要素化してみれば、次のようになる。

● 神経衰弱である青年Aがいる　［主人公］
● Aには同様の傾向ではあるが比較的程度の軽い友人Bがいる　［登場人物］
● Aには禁忌とされる恋愛の対象である女性Cがいる　［登場人物］
● Aの神経衰弱の原因はCとの恋愛・性交渉か、あるいはそれに加えての不眠・疲労・疾病である　［プロットの動因］
● Aは神経衰弱により日常から逸脱する（入院・自殺・殺人など）　［ストーリー］

実際の作品においては、このうちのいくつかの要素を欠いていることも多いが、典型《プロトタイプ》的な作品に共通する要素を抽出するとすればこうなるだろう。この他、語り手はA、Bのいずれかであり、双方とも文学趣味を持つことが多いなど付け加えられる属性もあるが今は措く。ともあれ〈神経衰弱小説〉は、煩悶や（禁忌とされた）姦淫、疲労、疾病など原因はさまざまだが、青年が神経を病み、通常の判断力を失っていく心理過程を具体的に追いながら、彼が日常を逸脱して入院・自殺・殺人などを招来するまでを語る話型だとまとめることができる。

では〈神経衰弱小説〉の具体的な表現はどのようなものか、見ておくことにしたい。谷崎精二「黒き曙」（前掲）は神経衰弱の電灯会社職工が自殺する戯曲である。職工榎原は既婚であり、いま要約したプロトタイプとはずれる部分が多いが、神経衰弱の職工についてのト書きが興味深い。

二十八九歳の男、丈高く、色蒼白く、帽子の下から両眼はきら〳〵輝いて居るが然もその眼ざしには少しも力が無い。視線を向けた処へ必ずしも心を留めて居ない様子、而して時々身体の何処かゞ痛む様に顔を顰める。長い話を為る時には左の手をいら〳〵しげに打振り、且その音調は急速で、然も時として自分で何を喋つて居るのだか確り聞き取らうとする様に、急に音調を緩めて、独語の様に呟く癖がある。神経衰弱者の常として些細な物音、些細な物陰にも忽ち神経を共《〔苛?〕》立たせて、絶えず胸を跳らせる。

「神経衰弱者の常として」という表現に見られるように、当時ある程度の類型化された「神経衰弱者」のイメージが存在していたことがわかる。「蒼白」「視線」「独語」などいくつかの表情や所作が鍵となるようだ。彼は待ちわびた「日の出」を幻視しつつ、最終的に変流機《コンヴァーター》に身を投げて死亡する。

小泉鉄「Bの死」（前掲）では要素分析でいう青年Aが〈B〉、友人Bが〈C〉、女性Cが〈K〉となっている。〈B〉〈C〉はそれぞれ「神経衰弱」と名指されることはないものの、友人〈B〉の自殺にショックを受けた主人公〈C〉が別の友人に宛てて書いた書翰の形を借りており、末尾においてその〈C〉もまた「この頃では、少し気が乱れて居る」ことが明かされる。自殺した〈B〉には恋愛関係にある〈K〉がおり、やはり彼女の家族による妨害にあっていた。興味深いのは、主人公〈C〉が〈B〉の死を思いつつ、「自分はふとVan Goghの死を思ひだした」と述懐していることである。小泉「Bの死」においてはこの枠組みがこれ以上展開されることはなく、断片的な言及にとどまっているが、煩悶し死を選んだ友人の姿にゴッホを透かしみる発想がありえた――〈B〉が創作を行っていたこともほのめかされている――ことは記憶しておいてよいだろう。

次の例は「神経衰弱にかかつて家族の人と、小湧谷に療養して居る友達から、こんな日記を送つてよこした」という冒頭を持つ萱野二十一（郡虎彦）「獏の日記」（前掲）である。

三月十一日、／流石に劇薬の連用で頭の具合が怪しくなつて来たのと、それに勢を新しくした例の恐怖（不眠）とで、時々ぽかんと失心した様になる、そしてそんな時の後はきつと、眼か耳か何処かのすきまを見付けて、脳漿をしぼり出さうとする位、こめかみへ非常な痛さが、ぎりぎりと来る。／床についても迚も眠れさうにない、さればと云つて一と晩あの苦しさに責められては堪らない、昨日の朝の読書が見つかつて、ラムプを取り上げられたのでどうすることも出来ない、悪いとは思ひ乍ら又薬を服んだ、夢は見た、慥にあの人を見たのだが、全然何所にどうしてといふことは思ひ出せない。／と、かうやつてる内にも突然頭の心《しん》のところで、激烈な渦がくるくるつと巻く、四辺が白光でつつまれる、畜生！　もう日記も御廃止だ。　（完）

萱野のテクストは日記体を用い、「神経衰弱者」の心象を内側から表象しようと試みている。その際に特徴となっていると考えられるのが、「痛み」と「光」に関わる描写である。「脳漿をしぼり出さうとする位、こめかみへ非常な痛さが、ぎりぎりと来る」、「突然頭の心《しん》のところで、激烈な渦がくるくるつと巻く、四辺が白光でつつまれる」などの表現は、舟木「ゴオホの死」にも共通する「痛み」と「光」の感覚表現である。「ゴオホの死」の主人公瀬川は苛立つ神経から逃れるように電車に飛び乗る。「電車の中には明るい電燈が煌めいて」おり、彼は「その光線のために再びぐら〴〵と眩暈が」する。

やがて、頭の上に赤や青で彩取つた広告画や、窓の外を馳けてゆく店々の看板や、同じ電車に乗合はしてゐる人々の面や、着物や、あらゆる色彩が、彼の神経を刺激して耐え切れないまでに苛だたせる。彼はその苦しさから遁れたいとしツかと眼を閉ぢた。しかし、それは無益だつた。瞼の裏に、青や、赤や、紫や、いろ〳〵の幻影がこびりつき、それが嵐のやうに躍り廻り、彼を執念強く脅かし、どうしても追ひ払ふ事が出来なかつた。

もう一カ所、瀬川が疲弊しきって自宅の二階に戻ったところである。

締めつけられるやうな頭の中には、熱気にどろ〳〵に溶けた、どす黝い、重い鉛のやうな液体が一ぱいに詰つて、それがくる〳〵と躍り廻つてゐる。呼吸が止まるやうに胸が圧迫されてゐる。股の筋肉はます〳〵何かで剞り取られるやうに痛んでゐる。

恐ろしい不安が刻一刻と迫つて来る。彼は蒲団を出して敷いた。〔…〕と見ると、電燈がきら〳〵と輝いてゐる。彼はそれを消さうと起上つて螺旋《ネヂ》を捻らうとしたが、その瞬間、これに触れたら立所に感電しはすまいかと思はれた。（電燈の螺旋《ネヂ》を拈る瞬間に自分の命はない！）這う思ふと、渾身《そうみ》が強張つて、手足がすくみ上つた。

舟木のテクストも、光に対する過敏な反応と、痛み――とくに頭の中の痛みについての描写を採り入れている。こうした過敏になった視覚と痛覚の表現を通じて「神経衰弱者」の心象は描き出される。もちろん先の要素分析に沿って言えば、A＝瀬川、B＝山屋、C＝「かつて接した」娼婦、などの条件も満たしている。舟木の「ゴオホの死」もまた、〈神経衰弱小説〉の話型を踏襲するものなのである。

それにしても、なぜこうしたパターンの小説を書くことが流行ったのだろうか。むろん流行するにはそれなりの理由があったはずである。舟木「留女を読みて」をもう一度見てみよう。

芸術家はたゞ「心」を表現すればそれでいゝのである。それには外部感覚と合せて内部感覚の力を借りなければならない。或る意味から言ふと、内部感覚とは外部感覚から「心」に通ずる道である。其を私は神経と名づける。それ故に吾々は芸術の成立条件として、神経作用を尊重したい。いや、或る意味からいふと、近代人の生活の保証は神経の微動だと言つても差支へないと信ずる。

おそらく鍵になるのは、「近代人」あるいは「時代思想」（前掲228頁引用参照）という概念である。これらの言葉は実のところ自然主義思潮を語る際の常套句であり、その属性の一つとされるのがいわゆる「煩悶」や「懐疑」だった。たとえば樋口龍峡は自然主義の「史的及び学理的意義と価値」を論じながら次のように述べている。「第一は、混乱し、動揺し、煩悶せる現代思想の反映たること是れなり。〔…〕旧信仰と旧道徳とは既に倒れて、然して、新信仰と新道徳との建設は未だ成らず。時勢の急変によりて自覚せる人心は、此の間に立ちて、其適従する所を知らず。新旧両思想の間に介在して、煩悶せり、苦闘せり。これ現代思想界の状態なり」[21]。自然主義思潮があれほどまでに話題を呼んだ理由の一つは、その「現代」性にあった。自然主義の作品や批評が示した人生観や人物像が、社会道徳的な共通理念を喪失した時代の現状をよく反映しているとみなされたのである。こうした認識に基づいた作品には「煩悶」し「苦闘」する人物が多く描かれる。江東生の論説「主人公の堕落論」[22]は自然主義文芸の方向性を是認する過程で、反対者の意見を「小説の主人公の堕落と云ふ事が、近頃能く唱へられ出した様だ、主人《ママ》の堕落とは如何なる事かと云ふに、此頃の小説に出る小説の主人公は、何れも何れも不健全な人物許りである、平凡な人物許りである、畸形な人物許りである、神経衰弱の人物許りである、概して云へば、作家は好んで人生の暗黒面だけを描写する〔…〕」とまとめている。社会の理念喪失を嘆く側の人々からすれば、自然主義の作品に描かれる主人公たちの「不健全」ぶりや「煩悶」好きは、格好の現代文化批判の材料であった。

江東生の論説にも出た「神経衰弱」はこうしたなかでキーワードの一つとなってゆく。川村邦光『幻視する近代空間』[23]が示したように、「脳病」「神経病」は一九〇〇年代あたりから患者を収容するための法整備、「脳病院」の設立、「脳病薬」の発売と広告を通じて、一般への認知が広がる。とりわけ新聞広告による病の表象が「精神労働者」「頭脳労働」それに「座職者（座食者）」を脳病の対象者として名指す。この枠組みが、日露戦前戦後をはさんで続く煩悶青年問題を〈病〉として理解する方途としてスライドしていったのである。これによって現代（青年）思想の典型である「煩悶」は、ある部分で「神経衰弱」と置換可能となる。[24]

〈神経衰弱小説〉の表象が目指そうとしていたものは、「近代人」に固有とされている精神のあり方の形象化だった。「留女を読みて」からわかるように、舟木はこうした思潮に身を置きながら、〈神経衰弱小説〉の流行を見ていたのだろう。そして彼はさらに、それを現代芸術の条件として理論化するまでに考えを進めていた。ここに舟木の独自性を見てよいだろう（この点については再述する）。

「ゴオホの死」はこうしたもくろみを持った舟木によって書かれ、実際そのテクストは同時期に現れた〈神経衰弱小説〉の枠組みを大きく踏襲するものとなっていた。[25]主人公瀬川の表象の向こうには、鋭敏な「神経作用」に悩まされる当代的な青年像を見透すことができるのである。

3　「ゴオホの死」における〈翻訳〉

「ゴオホの死」は、最新の美術界の動向である後期印象派画家ゴッホの神話を参照しつつ書かれた〈神経衰弱小説〉である、とひとまず言えるだろう。テクストのこうした性格により、「神経衰弱者」瀬川の精神の乱れと交差させる形でゴッホの「死」が選び取られたわけである。

となれば、そうした交差を行うことによって〈ゴッホ神話〉はどのような変形をこうむったのかが、より正確に確かめられるべきだろう。舟木による〈ゴッホ神話〉の〈翻訳〉のようすが、ここから浮かび上がる。

「ゴオホの死」は、主人公瀬川の精神状態が揺れ動くようすを、展覧会から自宅へという移動のなかに配置している。その過程に友人の山屋、浅野との対話が構成され、それによって瀬川の芸術観や心象が浮き彫りになる仕掛けである。このストーリーのなかに、テクストは娼婦／処女、デカダン（詩人）／ピュリタン、電灯／陽光、絵画＝芸術上の話／音楽＝マンドリン、などといった二項対立の図式を埋め込んでいる。前項が不健康・神経衰弱・不快感といった負性を帯びているのに対し、後項は肉体的精神的な健康健全・快感・安らぎという正性を帯びている。瀬川はストーリーをたどりつつ、こうした対比において自己の芸術観を示してゆく。

その芸術観がすなわち、「最も忠実なる芸術家は狂死するより外に道がない」という思考であり、ここにおいてそうした運命を全うした理想像としての〈ゴッホ神話〉が援用されるのである。テクスト内には何度かこの枠組みが変奏されている。

a　「画家の視覚が極端に鋭敏になつたら、外界の色彩や、光輝の刺戟を受容れる余裕がなくなつて、精神に異状を来すに相違ない」

b　「狂死する程に神経が鋭敏にならなければ本統の芸術家とは言はれない」

c　「ねえ、君、最も忠実なる芸術家は狂死するより外に道がないと思ふが、どうだらう？」

d　「しかし、僕はまだゴオホにはなれない。今になつて見ると、別に気も狂つて居ないし、まして狂死もしてゐない」

e　「今日の出来事は一時の病的神経の作用だつたのだ。自分はやつぱり遅鈍な神経の男で、自分自身の心をごまかしながら、平凡に此世に生きながらへて行くのだ」

a・bは展覧会場における彼の内話、cは山屋との対話中に示されたもの、d・eは浅野との対話とそれに触発された内話である。a〜cが、芸術家の神経は狂死するほどに鋭敏にあらねばならない、という理念を語っているのに対し、残りのd、eではそうした理想的芸術家像からひるがえって自分の現状への批判が行われている。いずれも、忠実に芸術家であろうとすることは狂気あるいは狂死へと直結するはずであるという【芸術→狂気】の図式であることには変わりない。

この時点で通常の〈ゴッホ神話〉と比べて特徴的なのは、繰り返すまでもなく「神経」がキーワードになっている点である。すでに見たように、明治末においてもゴッホの芸術は狂気の産物ではないという主張は行われている(注16参照)。その主張を採らず、彼の芸術と狂気とを結びつけた時点で舟木はすでに一つの選択をしていると言うべきだが、彼はさらにそれに加えて、みずからの同時代認識の鍵である「神経」をその神話の解釈項として導入した。これによってゴッホの狂気は、同時代青年たちの「神経衰弱」と地続きとなったのである。「ストリンドベルヒの戯曲や、アルツイバーシエフ等の露国現代の作家の生命も神経そのものにあると思ふ。ゴオホは絵画の方面で最もこの特徴を現はした人で、彼の神経の燃焼はそれを極度に突き詰めた結果遂に自らの心身を失はなければならなかつたのである。彼は近代芸術の尊い犠牲である」。舟木「留女を読みて」がこう述べるとき、〈ゴッホ神話〉は「神経」というキーワードによる再解釈を経た彼独特の〈翻訳〉を受けていることが明らかになるだろう。

さらにもう一つ。先に引用したa〜eのような思考を織り交ぜて、「神経衰弱者」瀬川の重苦しい心象の変化の先に、舟木は次のようなストーリーの結末を用意した。問題となるのはこの部分に見られる、ある転倒である。

彼は絶望のどん底へ陥つた。そして獣のやうな声を出してうめき始めた。が、彼は、瞬間的に、疲れた、物狂はしい頭の中にゴオホの死を思ひ浮べた…………。／すると、彼は突然寝床の中から跳ね上つた…………。／（俺は自分の生涯になんにもしなかつた。しかし、俺の命は今夜きりだ。せめては、今日のこの苦みを書きつゞつてから死にたい。）と這う思つたからである。／彼は電燈を拈つた。そして、テーブルの上に原稿紙を取出してペンを執つた――。

テクストがここまで語ってきたのは、【芸術→狂気】という、忠実に芸術家であろうとすることが狂死へとつながるという図式であった。ところが、「ゴオホの死」結末において示されているのは、「物狂はしい頭」を抱えた瀬川が、「ゴオホの死」を想起することによってその苦しみを創作作業へ振り向けるという構図である。ここにおいて、ここまでの【芸術→狂気】のベクトルは【狂気→芸術】へと転倒する。

本当の芸術家であろうという姿勢は狂気につながるものだという認識は、同時代の〈ゴッホ神話〉が抱えていたものである。ところが舟木の「ゴオホの死」は、ストーリーの流れの大半をこの図式に従いつつも、最後の結末の部分でこれを逆転させてしまった。これによって「ゴオホの死」というテクストは、「神経衰弱者」がその抱えた狂気をバネにして創作へと向かう、小説が生まれる瞬間の物語となったのである。この転倒が、作者の舟木にとって意識的なものだったのか無意識的なものだったのかについては定かでない。しかしいずれにせよ、【芸術→狂気】から【狂気→芸術】という変換そのものを、舟木のテクストはその内部に刻み込んでしまっている。

注意しなければならないのは、この変換によって〈翻訳〉されたのは〈ゴッホ神話〉だけではないということである。「近代人」あるいは現代的文学青年の表象としての〈神経衰弱小説〉もまた、この変換に巻き込まれて変容している。「神経衰弱」という病が、単なる現代性の徴表ということを越えて、「現代の芸術の根本」として理解され、創作の起爆剤の機能を与えられてしまっているからである。

〈ゴッホ神話〉をめぐるこの転倒と〈神経衰弱小説〉の換骨奪胎とが、舟木が残したもう一つの〈翻訳〉であった。そしてこの〈翻訳〉は、「ゴオホの死」がつながっていたもう一つのさらなる〈系〉の存在を開示する。

「物狂はしい頭」に苦しむ瀬川は、「ゴオホの死」を想起すると「突然寝床の中から跳ね上」がる。そして彼は「俺は自分の生涯になんにもしなかつた。しかし、俺の命は今夜きりだ。せめては、今日のこの苦みを書きつゞつてから死にたい」と原稿用紙に向かう。

もう一つの〈系〉、というのはこの瀬川が書こうとした作中作に関わる。彼が書こうと試みたのは、彼自身の「今日のこの苦み」とされている。つまり、彼が行おうとしているのは〈自己表象テクスト〉の制作なのである。〈自己表象テクスト〉というのは、日露戦後の自然主義文芸の隆盛とともに出現してきた、作家が自分自身をその作品中に造形し、かつ読者もそのことを知っているテクストのことを指す。田山花袋「蒲団」や「生」が著名な作品だが、その他にもこの時期この種の作品が非常に多く生み出されていたことはすでに第2章で確認している。

もちろん、「ゴオホの死」そのものが〈自己表象テクスト〉であり、つまり瀬川は舟木重雄だ、と主張しているのではない。そうではなく、「ゴオホの死」には〈自己表象テクスト〉を創る作家の姿が描き込まれている、と言うのである。そしてこの作家の姿こそが問題である。

瀬川がペンを執るのは、むろん表面的には「なんにもしなかつた」「自分の生涯」に最期の最期で一つの作品という成果を残したいと思うためである。だが問題は、前述のようにその成果として彼が選んだものが、〈自己表象テクスト〉だったという点である。なぜ他ならぬ〈自己表象〉だったのか。

その答えは、彼の言う「今日のこの苦み」の内実にかかっていると見てよいだろう。彼の書いた作品が示されていない以上、この追求は最終的には不可能といわねばならないが、ただ手がかりになることはある。それは「ゴオホの死」という作品が持つ、循環性とでもいうべき性格にかかっている。

結末部で瀬川が描くのが彼自身の「今日のこの苦み」なのだとすれば、そのできあがった作品の姿は、他でもない「ゴオホの死」というテクストそのものと同種の筋立てとなるはずである。つまり結末部によって、「ゴオホの死」というテクストは、そのテクストそのものが創り出される瞬間を描いた作品というメタフィクション的な循環構造を抱え込んだテクストへと変貌する。「ゴオホの死」の登場人物瀬川が「ゴオホの死」のようになるであろうテクストを書こうとする、という重層性が出現するのである[26]。

とすればテクストにおいて、瀬川の書こうとした「今日のこの苦み」は、「ゴオホの死」に描かれた瀬川の苦しみと重ねて読まれるべく構成されていると見ねばならない。このテクストの構造を踏まえれば、彼の苦しみはここまでの分析に示したとおり、「近代人」の徴表としての「神経作用」の苦しみということになる。そしてこの「神経作用」は、〈ゴッホ神話〉との相互奪用により、芸術家の資格として形象されているのである。

こう考えてくれば、「ゴオホの死」は、作品を持たぬ創作家がみずからの作家としてのアイデンティティを保証するために〈自己表象テクスト〉を生産しはじめる物語として理解することが可能となるのである。

4　結び――〈翻訳〉を拡張する

本章がめざしたのは、明治末の文学と美術の交渉の一ケースを、言説の〈翻訳〉という観点から考察してみる作業である。当時の文化空間には、〈ゴッホ神話〉〈神経衰弱小説〉〈自己表象〉などさまざまな枠組みが、文学・美術それぞれの領域の内に、あるいはそれを横断して流通していた。今回「ゴオホの死」というテクストを分析することで明らかにしようとしたのは、一つの作品がそうした種々の文化的枠組みを借り受け、それを変形させて組み合わせながら、テクストを織り上げているその動的な構成のありさまである。

おそらく、こうした横断的な文化の枠組みの形成・変換・奪用の過程を分析するには、従来の翻訳観や反映論的なテクスト／コンテクストの理解では充分でない。翻訳という言葉には、一つの言語から別の言語への移し替えというニュアンスがつきまとい、かつその移し替えには「オリジナル／コピー」「純粋／歪み」などといった観念が附随してくる。おそらくこの発想のままで「ゴオホの死」を読めば、ゴッホ受容の日本的な「変形」――いい意味であれ悪い意味であれ――の指摘にとどまらざるを得ないだろう。

こうした課題に答えるべく本章が試みたのは、翻訳概念を、文化的枠組み／言説の変形という地点まで拡大して解釈し使用してみることである。(27) こうすることで、ゴッホに関する〈翻訳〉資料もそれ以外の国内の資料・情報も、一括して「言説」あるいは「文化的枠組み」という言葉で言い換え、テクスト生成における並列的な流入情報として把握できるのではないかと考えたわけである。これによって〈翻訳〉を、単線的ベクトルと授受過程に根ざした階層的理解とを排した、並列的な複数の情報の相互変換過程として捉らえようとしたのである。

実際のテクスト生成の現場では、ある枠組みのみが独立して変形を被っていることなどありえない。複数の枠組みが入り込めば、それらは複雑な形で相互に作用しあい、変形をうけあっているはずである。「ゴオホの死」も、日本にゴッホが紹介された際にそのイメージを利用して書かれた作品であると、単純に捉えて終えられるべきではない。〈ゴッホ神話〉も舟木なりの変形を受けていれば、〈神経衰弱小説〉も彼なりの彫刻をほどこされているからである。そして何より、ゴッホにのみ注意を向けたのでは、「ゴオホの死」というテクストが指向していた、〈自己表象〉による作家のアイデンティティ形成というテーマの造形を見逃してしまうことになる。

こうした〈翻訳〉のありさまと、それを経ることでテクストが目指した方向とを見定めようとする過程から、明治末大正初期の文化空間の断面が照らしだされてくるだろう。

注

(1) 葛西善蔵、広津和郎らの友人として、あるいは事典・文学史の『奇蹟』の記述で簡単な紹介がされている程度である。舟木個人やその作品を専らに扱った論文は管見では目にしていない。

(2) 北澤憲昭「文展の創設」(『境界の美術史――「美術」形成史ノート――』ブリュッケ、二〇〇〇年六月)、原田光「二科・春陽会・大正アヴァンギャルドの組織と運営」(『日本洋画商史』美術出版社、一九八五年五月)を参照した。琅玕洞については瀬沼茂樹『日本文壇史』19巻第二章(講談社文芸文庫、一九九七年一二月、初出『群像』一九七一年一〇月)が簡便にまとめている。

(3) 店番の「美術家の弟」への言及や、この時期神田に他の画廊はないことから考えて、作品中の「店」は琅玕洞をモデルにしていると見てよい。「弟」は高村道利ということになる。

(4) 展覧会図録ほかの簡単な文献一覧については『白樺派と美術――武者小路実篤、岸田劉生と仲間たち』展図録(東京ステーションギャラリー他、一九九九年)。主要な論考については以下個別に参照、言及する。また一九九五年までのゴッホ関連文献に関しては、木下長宏・新畑泰秀編「ゴッホ邦文文献――1910年から1995年まで」(『オランダ　クレラー＝ミュラー美術館所蔵ゴッホ展』図録、一九九五年、所収)が詳細である。

(5) 木下長宏『思想史としてのゴッホ　複製受容と想像力』(学芸書林、一九九二年七月)。資料の所在を始め、本章執筆に際して教示を得るところが大きかった。

(6) それぞれ斉藤与里「ロダンに就いて起る感想」(『白樺』明43・11)、「後印象派画家の作品展覧会」(『万朝報』明43・12・10)。

(7) 木下『思想史としてのゴッホ』は次のように指摘している。「ゴッホは、日本にあっては、その作品の図版よりも彼自身についての言説のほうが先に紹介の役をつとめた。言説を起こす人たちは、確かに複製図版によって刺戟を得てはいたが、彼らの言説によってゴッホへ近づいた人々には、まず言説があり、その言説に導かれて複製図版に出会い、その言説を複製図版によって保証するという過程をとったのである」(83頁)。

(8) 匠秀夫「「白樺」と美術」(『日本の近代美術と文学――挿絵史とその周辺』沖積社、一九八七年一一月、128頁、初出『武者小路実篤と白樺美術展』一九八四年)。

(9) 圀府寺司編『ファン・ゴッホ神話』(テレビ朝日発行、一九九二年四月)に所収。山田俊幸「初期『白樺』の運動と翻訳文化――文学としての絵画」(『帝塚山学院大学研究論集』31、一九九六年年一二月)も同じくドイツ経由の情報の意味を指摘している。

また高階同論は日本の受容が特質を持ったもう一つの理由として、二〇世紀初頭以来の日本の思想界・文芸界における個人主義、自己主張の台頭が「土壌」として働いたことを指摘している。この点については高階「『白樺』と近代美術」（高階秀爾コレクション『日本近代の美意識』青土社、一九九三年九月）で詳述されている。

(10) 田中淳「後期印象派・考――一九一二年前後を中心に（中の一）」（『美術研究』369、一九九八年三月）を参照。また山田俊幸「ハインリヒ・フォーゲラー追跡・V――『白樺』とゴッホの文学的理解、泰西版画展覧会まで――」（『帝塚山学院大学研究論集』26、一九九一年）は、「革命の画家」に「ビルドゥングス・ロマーンの構図」を看取している。

(11) 本多秋五『『白樺』派の文学』（講談社、一九五四年七月、57頁）。

(12) 前掲高階「『白樺』と近代美術」329頁。

(13) 東珠樹「白樺派と近代美術」（『白樺派と近代美術』東出版、一九八〇年七月、17頁）。

(14) 前掲山田注9、85頁。

(15) 稲賀繁美「『白樺』と造形美術：再考――セザンヌ〝理解〟を中心に――」（『比較文学』38、一九九五年）。

(16) たとえば仲田勝之助「後期印象派《ポスト、アンプレッショニスト》」（『早稲田文学』明44・8）、阿部次郎「若きゴオホ」（『層雲』明45・6、のち『白樺』大1・11附録に転載）、同「ゴオホの芸術」（『白樺』大1・11附録）がこの立場である。

(17) S、M、「ゴオホに就いて」（『白樺』明45・6）、および木村章（荘八）「ヴアン・ゴーホ 後期印象派の画家（二）」（前掲）。この時代、「狂気の芸術家」という枠組みの土壌はすでに存在した。ニーチェやモーパッサンなどの紹介はすでに済んでいる。柳宗悦「新しき科学（上）」（『白樺』明43・9）は「四　狂者と天才」の一節を用意し、「吾人の誇れる文化とは殆ど彼等狂者の賜物ではないか」と述べている。

(18) 武者小路実篤「成長」（『白樺』明44・7）より。

(19) 舟木重雄「留女を読みて」（『奇蹟』大2・3）。

(20) ここで取り上げた「夜」「悪魔」「黒き曙」を含む『奇蹟』掲載の作品について、石割透「『奇蹟』とその周辺」（『時代別日本文学史事典』有精堂、一九九四年六月、330頁）は「『奇蹟』掲載の作品は病的な神経に塗り込められている」と指摘し、「ゴオホの死」にもこの傾向を見て取っている。

(21) 樋口龍峡「自然主義論」（『早稲田文学』明41・4–5）。

(22) 江東生「主人公の堕落論」（『日本及日本人』明41・2・1）。

(23) 川村邦光『幻視する近代空間』(青弓社、一九九七年一〇月新装版) 所収の「狐憑きから「脳病」「神経病」へ」、また川村「脳病の神話―〝脳化〟社会の来歴」(『日本文学』一九九六年一一月) も同様の記述をしている。

(24) 文芸思潮としての自然主義は下火となるが、それとは別にこうした「病」と「病者」の表象の枠組みはこの後も残ってゆく。広津和郎「神経病時代」が発表されるのは、一九一七年である。

(25) 本章の課題からは外れるが、こうした〈神経衰弱小説〉の流行の背後には、『奇蹟』同人たちも積極的に翻訳したアルツィバーシェフなど世紀末ロシア文学やストリンドベリの影響も考えるべきだろう。『奇蹟』と世紀末ロシア文学については紅野敏郎「広津和郎 舟木重雄 谷崎精二ら――「奇蹟」創刊前後」(『文学史の園 一九一〇年代』青育舎、一九八〇年四月) に指摘がある。

(26) ここから、この作品を「私小説の一種」(182頁) とする木下長宏「日本近代におけるファン・ゴッホ」(前掲『ファン・ゴッホ神話』所収) のような読解も生まれてくる。

(27) 〈翻訳〉概念の拡張に関しては、前掲山田「初期『白樺』の運動と翻訳文化」、大橋良介「文化の翻訳可能性」「広重とゴッホの場合」(大橋良介編『文化の翻訳可能性』一九九三年一〇月、人文書院、所収)、レイ・チョウ『プリミティヴへの情熱』(青土社、一九九九年七月) に教唆を受けている。

初出一覧（それぞれ修正・増補を施している）

第1章　メディアと読書慣習の変容

1-1　**作品・作家情報・モデル情報の相関——明治三〇年代——**

「作品・作家情報・モデル情報の相関——『新声』の活動を視座として——」（『日本近代文学』第58集、一九九八年五月）

1-2　**「モデル問題」とメディア空間の変動——明治四〇年代——**

「「モデル問題」とメディア空間の変動——作家・モデル・〈身辺描き小説〉——」（『日本文学』536、一九九八年二月、のち和田敦彦編『読書論・読者論の地平』若草書房、一九九九年九月に採録）

第2章　小説ジャンルの境界変動

「「蒲団」の読まれ方、あるいは自己表象テクスト誕生期のメディア史」（『文学研究論集』14号、一九九七年三月）

第3章　〈文芸と人生〉論議と青年層の動向

「〈文芸と人生〉論議と青年層の動向」（『日本近代文学』第65集、二〇〇一年一〇月）

第4章　〈自己〉を語る枠組み

4-1　**〈自我実現説〉と中等修身科教育**

「〈自己〉を語る枠組み——中等修身科教育と〈自我実現説〉——」（『国語と国文学』第77巻7号、二〇〇〇年七月）

4-2　**日露戦後の〈自己〉をめぐる言説**

「日露戦後の〈自己〉をめぐる言説——〈自己表象〉の問題につなげて——」（『日本語と日本文学』30号、二〇〇〇年三月、「はじめに」〜「二」）

第5章　小結――〈自己表象〉の誕生、その意味と機能

「日露戦後の〈自己〉をめぐる言説」（同前、「三」〜「四」）

第6章　自画像の問題系――東京美術学校『校友会月報』と卒業製作制度から――

「〈自画像の時代〉への行程――東京美術学校『校友会月報』と卒業製作制度から――」（『明治期雑誌メディアにみる〈文学〉』筑波大学近代文学研究会編集・発行、二〇〇〇年六月）

第7章　帰国直後の永井荷風――「芸術家」像の形成――

「帰国直後の永井荷風――「芸術家」像の形成――」（『日本語と日本文学』26号、一九九八年二月）

第8章　〈翻訳〉とテクスト生成――舟木重雄「ゴオホの死」をめぐって――

「〈翻訳〉とテクスト生成――舟木重雄「ゴオホの死」をめぐって――」（『多文化社会における〈翻訳〉』筑波大学文化批評研究会編集・発行、二〇〇〇年六月）

あとがき

本書で試みた論考は、基本的に文学作品の「外側」にかかわる問題を追求したものが多い。考察を重ねるなかで折に触れて思い知らされた、一つの作品が成立し流通する過程では本当に数多くの要素が出会い、結びつきあっているのだという事実を、ここにまとめた自分自身の拙い成果を前に、あらためて反芻する。

私の調査と考察を成り立たせたもの。継続的な問題追求と研究への集中を可能にしてくれた修士・博士五年一貫という筑波大学の大学院制度。入学時から博士号取得を前提とした体制を組む同大文芸・言語研究科文学専攻研究室（本書は平成一二（二〇〇〇）年度提出の課程博士論文「〈自己表象〉誕生の文化史的研究」に手を入れたものである）。東京高等師範学校時代からの膨大な蔵書をほぼ全面開架してくれている同大附属図書館。その使いやすい複写システム。近いとはいいがたいがそれでも十分に日帰り可能な東京までの距離。日本育英会、財団法人 松下国際財団（一九九七年）、日本学術振興会（一九九九―二〇〇一年）から受けた奨学金および研究助成。古い新聞雑誌の復刻と総目次の整備。細かな情報まで網羅した全集・書誌・年表の刊行。瞠目する速度で構築と移行が進む学術資料のデジタル化。そこへ居ながらにしてアクセスさせてくれるコンピュータネットワーク。個人的なデータの蓄積・分析と論文執筆も、同じ端末を利用して行える。かなり大量の資料を使用した私の研究は、このうちのどれが欠けても成立しなかった。自分の身におきかえて考えれば、表現・表象と環境や諸制度との関連など、ほとんど自明のことだ。文学研究が「外」を取りこみはじめたのも、たんに理論上の展開のみが動因になっているわけではおそらくあるまい。

本書カバーに使わせてもらった原撫松の「影の自画像」（一九〇七）とも、こうした資料探索の過程で出会った。画中の影＝自画像を考えることだけでなく、影を形づくるキャンバスの前の画家の姿や、あるいは像を結ばせている光源へ想像力をはたらかせることの必要性を、この画は私に語ってくれた。

もちろん、人との交流も私の研究を発展させてくれた。上田正行先生をはじめとする金沢大学時代の先生方とゼミのメンバー、そして西田谷洋氏ら文化史研究会の諸先輩たち。筑波大学の先生方と諸先輩、研究室の仲間。気質も国籍もさまざまな友人たちとのやりとりは、つい内へ向きがちな自分の関心を押し広げてくれた。校正を手伝ってくれた松本健氏。筑波大学附属図書館の方々、なかでも船山桂子氏。翰林書房の今井肇氏と静江氏。お忙しいなか博士論文の審査にあたってくださった荒木正純先生、新保邦寛先生、宮本陽一郎先生。池内輝雄先生にはその上書肆のご紹介まで賜った。なにより、研究と校務の連続のなか、途切れることなく勉強会を開き、発表の場を与え続けてくださった指導教官の名波弘彰先生の学恩は、筆舌尽くしがたい。そして家族。妻であり研究仲間である天野知幸。私の研究のスタートとなるこの拙い本を、これらすべての人々と、ここには書けなかった人々の前に差し出すことができるのを、私は深く喜ぶ。

二〇〇二年一月

日比嘉高

第三版　あとがき

本書『〈自己表象〉の文学史――自分を書く小説の登場――』は、二〇〇二年に初版が刊行された。筑波大学に提出した私の課程博士論文を公刊したものであった。それから一五年が経過したことになる。

刊行時に、「自己表象」という言葉をめぐって、翰林書房の今井肇氏から、ややわかりにくいのではないかと再考を促されたことを思い出す。修士論文や博士論文の審査過程でも、先生方からいく度もこの言葉の意味の説明を求められた。当時、わずかな先例しか見い出すことのできなかった術語であり、ほぼ造語に近い感覚を与えるものだと自分でも認識していた。いま、この言葉は文学研究だけではなく、社会学や人類学、歴史学で時折見かける言葉となっている。もちろんそれは私のささやかなこの本の影響などではなく、「自己」を「表象」することをめぐる学術的な関心が、さまざまな領域において広がってきたということを示すものだろう。他者や周囲の環境に向かって、どのように自分自身の「現われ」を指し示すのか、その表象行為のなかにどのような戦略や駆け引きがあるのか、分野を問わず興味深い考察テーマでありえよう。

この一五年間の私小説研究の状況は、盛況とはいえなかったが、停滞していたわけでもなかった。法政大学の私小説研究会とそのメンバーたちの活動があり、他の研究者の著作も継続的に現れている。車谷長吉（惜しくも二〇一五年に亡くなったが）やリービ英雄、柳美里、佐伯一麦、西村賢太らの創作活動もある。詳しくは本書所収の私小説研究文献目録の増補分をご覧いただければ幸いである。

学術出版をめぐる厳しい環境の中、第三版を刊行して下さった翰林書房の今井肇氏、静江氏には心から御礼を申し上げたい。相談の上、この版からソフトカバーとし、定価も大幅に下げることとしている。私小説の歴史に関心を持つ少しでも多くの方に、手に取っていただければ幸いである。

二〇一八年二月三日

日比嘉高

2016. 12	佐藤洋二郎	「私小説」を歩く（第5回）藝術院善巧酒仙居士	季刊文科	70	
2017. 1	佐々木敦	新・私小説論（第11回）「一人称」の発見まで（承前）	群像	72-1	のち『新しい小説のために』講談社 2017. 10
2017. 2	佐々木敦	新・私小説論（第12回）「一人称」の発見まで（承前）	群像	72-2	〃
2017. 3	佐々木敦	新・私小説論（第13回）いわゆる「移人称」について	群像	72-3	〃
2017. 5	佐々木敦	新・私小説論（第14回）いわゆる「移人称」について（承前）	群像	72-5	〃
2017. 5	佐藤洋二郎	「私小説」を歩く（第6回）私小説は作家の死をもって完成する	季刊文科	71	
2017. 6	佐々木敦	新・私小説論（第15回）いわゆる「移人称」について（承前）	群像	72-6	のち『新しい小説のために』講談社 2017. 10
2017. 7	佐々木敦	新・私小説論（最終回）新しい「私」のために	群像	72-7	〃

2016. 4	佐々木敦	新・私小説論(第5回)反(半?)・私小説作家たち	群像	71-4	のち『新しい小説のために』講談社 2017. 10
2016. 4	佐藤洋二郎	「私小説」を歩く(第3回)才能は他者に発見してもらう地下資源	季刊文科	68	
2016. 5	梅澤亜由美	〈自己語り〉の一つとして見る私小説：韓国での学術大会に参加して	日本近代文学	94	
2016. 6	佐々木敦	新・私小説論(第6回)反(半?)・私小説作家たち(承前)	群像	71-6	のち『新しい小説のために』講談社 2017. 10
2016. 7	佐々木敦	新・私小説論(第7回)反(半?)・私小説作家たち(承前)	群像	71-7	〃
2016. 8	小谷野敦	凍雲篩雪(とううんしせつ)(54)私小説とポパーとチョムスキー	出版ニュース	2419	
2016. 8	佐藤洋二郎	「私小説」を歩く(第4回)桃李もの言わざれど下自ら蹊を成す	季刊文科	69	
2016. 9	佐々木敦	新・私小説論(第8回)反(半?)・私小説作家たち(承前)	群像	71-9	のち『新しい小説のために』講談社 2017. 10
2016. 10	柴田勝二	希薄な自己への執着：ポストモダンと私小説	季論21	34	
2016. 10	田中和生	現代文学を読む(1)世界文学として書かれている二十一世紀の私小説	Will：マンスリーウイル	142	
2016. 10	李佳	国際的視野を導入した私小説の新研究：中国新文芸の受容解析を中心として	比較文化研究	123	
2016. 11	佐々木敦	新・私小説論(第9回)「一人称」の発見まで	群像	71-11	のち『新しい小説のために』講談社 2017. 10
2016. 12	佐々木敦	新・私小説論(第10回)「一人称」の発見まで(承前)	群像	71-12	〃
2016. 12	小林敦子	純文学の「私」：私小説・心境小説・第二の自我	人文学の正午	7	

2014. 3	山本芳明	市場の中の〈私小説家〉――宮内寒弥と上林暁の場合	学習院大学文学部研究年報	61	
2014. 6	勝又浩	私小説をめぐって	現代文学史研究	20	
2014. 11	勝又浩	「私小説」覚書	日本近代文学	91	フォーラム方法論の現在III
2014. 11	西村賢太・勝又浩	私小説は精神の自爆テロ：対談	季刊文科	64	特集私小説の力
2014. 11	坪内祐三	やはり私小説を読むのが好きだ	季刊文科	64	〃
2014. 11	柳沢孝子	私小説を読む楽しみ	季刊文科	64	〃
2015. 3	ホルカ・イリナ	欧米における私小説研究	『日本の文学理論』		大浦康介編、明文舎
2015. 7	三浦雅士	私小説の臨界点：実名とは何か	文学界	69-7	追悼車谷長吉
2015. 8	佐藤洋二郎	「私小説」を歩く（第1回）梅干しは人生の味	季刊文科	66	
2015. 10	佐々木敦	新・私小説論（第1回）「私の小説」と「一人称の小説」	群像	70-10	のち『新しい小説のために』講談社 2017. 10
2015. 11	日比嘉高	登場人物の類型を通して作者は何を語るか――私小説を起点に	『作家／作者とは何か――テクスト・教室・サブカルチャー』		日本近代文学会関西支部編、和泉書院
2015. 12	東浩紀×亀山郁夫	対談ロシア的ミステリー私小説への挑戦	すばる	37-12	
2015. 11	佐々木敦	新・私小説論（第2回）『私小説論』論	群像	70-11	のち『新しい小説のために』講談社 2017. 10
2015. 12	佐々木敦	新・私小説論（第3回）『私小説論』論（承前）	群像	70-12	〃
2015. 12	佐藤洋二郎	「私小説」を歩く（第2回）断ち切れないものは郷愁	季刊文科	67	
2016. 2	佐々木敦	新・私小説論（第4回）『私小説論』論（承前）	群像	71-2	のち『新しい小説のために』講談社 2017. 10
2016. 2	平井玄	言葉に隠れる：私小説論と藤澤晴造『根津権現裏』	社会文学	43	

2011. 7	羽鳥徹哉	私小説の問題――魏大海著『20世紀日本文学の「神話」』によせて(特集近代)	解釈	57-7・8	
2011. 8	勝又浩	私小説をめぐる断章③日記の国、日記の時代(二)	季刊文科	53	のち『私小説千年史』勉誠出版 2015. 1
2011. 9	梅澤亜由美	「私小説」をめぐる胎動	昭和文学研究	63	
2011. 11	勝又浩	私小説をめぐる断章④日記の国、日記の時代(三)	季刊文科	54	のち『私小説千年史』勉誠出版 2015. 1
2012. 2	勝又浩	私小説をめぐる断章⑤歌の国(一)	季刊文科	55	〃
2012. 4	須田久美	『種蒔く人』『文芸戦線』・室生犀星・私小説	近代文学研究	29	
2012. 5	勝又浩	私小説をめぐる断章⑥歌の国(二)	季刊文科	56	のち『私小説千年史』勉誠出版 2015. 1
2012. 8	勝又浩	私小説をめぐる断章⑦歌の国(三)	季刊文科	57	〃
2012. 9	松本和也	昭和一〇年代後半の歴史小説／私小説をめぐる言説	日本文学	61-9	
2012. 11	勝又浩	私小説をめぐる断章⑧日本語としての「私」(一)	季刊文科	58	のち『私小説千年史』勉誠出版 2015. 1
2012. 11	田中祐介	〈社会〉の発見は文壇に何をもたらしたか：一九二〇年の「文芸の社会化」論議と〈人格主義的パラダイム〉の行末	日本近代文学	87	
2013. 1	立尾真士	平野謙の「戦後」――「昭和十年前後」と「昭和十年代」をめぐって	亜細亜大学学術文化紀要	22	
2013. 4	勝又浩	私小説をめぐる断章⑨日本語としての「私」(二)	季刊文科	59	のち『私小説千年史』勉誠出版 2015. 1
2013. 8	山本芳明	私小説と文学市場	新潮	110-8	
2013. 9	勝又浩	私小説をめぐる断章⑩日本語としての「私」(三)	季刊文科	60	のち『私小説千年史』勉誠出版 2015. 1

2011. 6	井口時男	不孝にして不敬なるもの――嘉村礒多の身と心	解釈と鑑賞	76-6	〃
2011. 6	石原千秋	忘れられそうな小さな日常――尾崎一雄	解釈と鑑賞	76-6	〃
2011. 6	梅澤亜由美	網野菊・方法としての「藪の中」	解釈と鑑賞	76-6	〃
2011. 6	山本幸正	職業としての私小説家――川崎長太郎とメディア社会	解釈と鑑賞	76-6	〃
2011. 6	川村湊	私小説という信仰告白――上林暁	解釈と鑑賞	76-6	〃
2011. 6	佐藤洋二郎	鬼が、まだいた――藤枝静男「空気頭」から「悲しいだけ」へ	解釈と鑑賞	76-6	〃
2011. 6	川崎賢子	太宰治「きりぎりす」論――「あり」と「こほろぎ」と「きりぎりす」――声と変態	解釈と鑑賞	76-6	〃
2011. 6	中沢けい	島尾敏雄――その作品群の輪郭	解釈と鑑賞	76-6	〃
2011. 6	長谷川郁夫	どこまでも明晰な狂気――小川国夫の超私小説	解釈と鑑賞	76-6	〃
2011. 6	木村友彦	三浦哲郎「忍ぶ川」論――〈私小説〉としての古さ／新しさとしての〈私小説〉	解釈と鑑賞	76-6	〃
2011. 6	小林広一	現代私小説の宗教性	解釈と鑑賞	76-6	〃
2011. 6	田中和生	ポストモダン文学としての私小説――車谷長吉の位置について	解釈と鑑賞	76-6	〃
2011. 6	杉原志啓	佐伯一麦のあたらしい美しさ	解釈と鑑賞	76-6	〃
2011. 6	原仁司	柳美里小論――「私小説」に求めるもの	解釈と鑑賞	76-6	〃
2011. 6	正津勉	清造命――西村賢太讃江	解釈と鑑賞	76-6	〃
2011. 7	斎藤美奈子	世の中ラボ(16)平成の私小説作家はどこへ行く	ちくま	484	

2009. 3	秋山駿	私小説は〈革命〉	私小説研究	10	インタビュー
2009. 3	天野紀代子	平安朝日記文学と私小説	私小説研究	10	エッセイ
2009. 3	紅野敏郎	「或る朝」(直哉)と「母子鎮魂」(義徳)	私小説研究	10	〃
2009. 3	李知蓮	ファン・フィクション体験	私小説研究	10	〃
2009. 3	櫻井信栄	暴力の連鎖	私小説研究	10	私小説時評 2008
2009. 4	大河内昭爾	文壇の内と外　五 「私小説」の誕生	季刊文科	44	
2009. 10	秋山駿	批評の透き間(30)私小説——随読随感	季刊文科	46	
2011. 2	勝又浩	私小説をめぐる断章① 序、随筆とエッセイ	季刊文科	51	のち『私小説千年史』勉誠出版 2015. 1
2011. 3	山本芳明	〈私小説〉言説に関する覚書——〈文学史〉・マルクス主義・小林秀雄	学習院大学文学部研究年報	57	
2011. 5	勝又浩	私小説をめぐる断章② 日記の国、日記の時代(一)	季刊文科	52	のち『私小説千年史』勉誠出版 2015. 1
2011. 5	[スガ]秀実	「私小説から風俗小説へ」とは何か？——角田光代小論	ユリイカ	43-5	
2011. 5	西村賢太、鵜飼哲夫	破滅型私小説作家かく語りき(芥川賞受賞西村賢太)	中央公論	126-5	
2011. 6	富岡幸一郎	私小説、その「虚」と「実」の織物	解釈と鑑賞	76-6	特集私小説のポストモダン
2011. 6	佐伯一麦	私小説と私小説家の間	解釈と鑑賞	76-6	〃
2011. 6	尾形明子	私小説の嚆矢——田山花袋の「蒲団」	解釈と鑑賞	76-6	〃
2011. 6	嶋田直哉	別れたる妻に届かない手紙——近松秋江『疑惑』を読む	解釈と鑑賞	76-6	〃
2011. 6	岩佐壮四郎	正宗白鳥——「懐疑」と「憧憬」の劇	解釈と鑑賞	76-6	〃
2011. 6	山口直孝	「私小説」への接近——志賀直哉文芸中期の変容	解釈と鑑賞	76-6	〃
2011. 6	葉名尻竜一	牧野信一の「鏡」と「レンズ」	解釈と鑑賞	76-6	〃

2008. 4	宋再新	日本文化の視野の私小説	私小説研究	9	〃
2008. 4	千石英世	Q・Tとスーズ・ツスマ	私小説研究	9	〃
2008. 4	梅澤亜由美	「私」と「私たち」——津島佑子と申京淑の「疎通」——	私小説研究	9	私小説時評2007
2008. 4		〈私小説〉韓国語訳一覧(1945～2005)	私小説研究	9	資料
2008. 4	加藤博之	佐々木幸綱『万葉集の〈われ〉』	私小説研究	9	私小説ブックレビュー2007
2008. 4	大原祐治	伊藤比呂美『とげ抜き新巣鴨地蔵縁起』	私小説研究	9	〃
2008. 4	奥山貴之	佐伯一麦『ノルゲ』	私小説研究	9	〃
2008. 4	國廣あい	大庭みな子『風紋』	私小説研究	9	〃
2008. 4	東雲かやの	荻野アンナ『蟹と彼と私』	私小説研究	9	〃
2008. 4	武井啓充	宮原昭夫『宮原昭夫小説選』	私小説研究	9	〃
2008. 9	小谷野敦	〈共同研究報告〉岡田美知代と花袋「蒲団」について	日本研究	38	
2008. 10	エドワード・ファウラー著 伊藤博　訳	告白のレトリック——20世紀初期の日本の私小説 序論　私小説における現象と表象	法政大学大学院紀要	61	
2008. 12	小谷野敦	作家見習いの記私小説のすすめ	中央公論	123-12	
2009. 1	秋山駿	批評の透き間(27)私小説と私哲学	季刊文科	43	
2009. 3	勝又浩	同人雑誌と私小説	私小説研究	10	特集　私小説の可能性
2009. 3	斎藤秀昭	文藝時評家　川崎長太郎	私小説研究	10	〃
2009. 3	奥山貴之	呂赫若『玉蘭花』論	私小説研究	10	〃
2009. 3	渡辺賢治	「私」表現の美しさ——三浦哲郎「忍ぶ川」	私小説研究	10	〃
2009. 3	大西望	三島文学と私小説の関係	私小説研究	10	〃
2009. 3	梅澤亜由美	「私小説」という方法——藤枝静男『空気頭』論	私小説研究	10	〃
2009. 3	山中秀樹	阿部昭「浦島太郎」論	私小説研究	10	〃

2007.3	松下浩幸	秋山駿『私小説という人生』	私小説研究	8	〃
2007.3	彭丹、姜宇源庸、梅澤亜由美	中国、韓国における「私小説」認識	日本文学誌要(法政大学国文学会)	75	
2007.11	坂井健	実験小説から私小説へ——美妙スキャンダルとゾライズム——	京都語文	14	
2008.3	山本芳明	〈私小説作家〉の終焉——葛西善蔵の場合——	学習院大学文学部研究年報	54	
2008.3	山本芳明	虚構としての〈私小説作家〉——葛西善蔵の場合——	人文	6	
2008.4	尹相仁	「私小説」というイデオロギー	私小説研究	9	《特集》アジアの〈私〉表現
2008.4	姜宇源庸	韓国の私小説——解放後の道程——	私小説研究	9	〃
2008.4	勝又浩	アジアのなかの私小説	私小説研究	9	〃
2008.4	彭丹	魯迅の自我小説における「私」	私小説研究	9	特集小論
2008.4	丁妮婭	中国の「個人化写作」——「告白」という手法を中心として——	私小説研究	9	〃
2008.4	大西望	「衛慧私小説」の「私」表現——衛慧『上海ベイビー』——	私小説研究	9	〃
2008.4	渡辺賢治	〈私〉表現の夜明け前——楊逵「新聞配達夫」を視座として——	私小説研究	9	〃
2008.4	齋藤秀昭	「皇民」としての狂信的な自己証明——陳火泉『道』における面従腹背の精神——	私小説研究	9	〃
2008.4	山中秀樹	台湾に生まれた者の苦悩——邱永漢「濁水溪」の場合——	私小説研究	9	〃
2008.4	山根知子	李昂『自伝の小説』について	私小説研究	9	〃
2008.4	松下奈津美	シンガポールの自伝	私小説研究	9	〃
2008.4	申京淑	記憶と疎通	私小説研究	9	インタビュー
2008.4	神谷忠孝	横光利一と「私小説」	私小説研究	9	エッセイ

2007. 3	山本芳明	葛西善蔵「弱者」試論——〈私小説〉と虚構性——	学習院大学文学部研究年報	53	
2007. 3	石崎等	〈私〉性の力学——『趣味の遺伝』論——	私小説研究	8	《特集》私小説・理論と実作
2007. 3	大西望	伊藤整「仮面紳士」の告白	私小説研究	8	〃
2007. 3	沼田真里	大岡昇平『俘虜記』と私小説批判	私小説研究	8	〃
2007. 3	勝又浩	小島信夫の現在進行形小説	私小説研究	8	〃
2007. 3	渡辺賢治	坪内逍遙	私小説研究	8	《特集小論》
2007. 3	梅澤亜由美	徳田秋声	私小説研究	8	〃
2007. 3	松下奈津美	尾崎一雄	私小説研究	8	〃
2007. 3	小嶋知善	武田泰淳	私小説研究	8	〃
2007. 3	伊藤博	日野啓三	私小説研究	8	〃
2007. 3	山中秀樹	上田三四二	私小説研究	8	〃
2007. 3	志賀浪幸子	水村美苗	私小説研究	8	〃
2007. 3	ドナルド・キーン	私小説は未来のために	私小説研究	8	インタビュー
2007. 3	彭丹	私小説——近代都会の隠者文学——	私小説研究	8	エッセイ
2007. 3	榊邦彦	エンタメ風味と私小説風味の狭間	私小説研究	8	〃
2007. 3	楊偉	中国「個人化写作」女流作家の「私小説」に関して	私小説研究	8	〃
2007. 3	田中実	私小説と「自己弁護」	私小説研究	8	〃
2007. 3	齋藤秀昭	「私」という現象の現在	私小説研究	8	私小説時評2006
2007. 3	法政大学大学院私小説研究会　編	埴谷雄高　私小説語録後編	私小説研究	8	資料
2007. 3	山内洋	西村賢太『どうで死ぬ身の一踊り』『暗渠の宿』	私小説研究	8	私小説ブックレビュー2006
2007. 3	李漢正	安英姫『日本の私小説』	私小説研究	8	〃
2007. 3	若木俊一郎	菱川善夫編『小笠原賢二小説集』	私小説研究	8	〃
2007. 3	東雲かやの	佐川一政『業火』	私小説研究	8	〃
2007. 3	姜宇源庸	耕治人『そうかもしれない　耕治人命終三部作』	私小説研究	8	〃

2006. 3	佐伯彰一	私小説は平安女流日記から	私小説研究	7	インタビュー
2006. 3	李鉉沃	私小説断想	私小説研究	7	エッセイ
2006. 3	中島和夫	作者と読者のあいだ	私小説研究	7	〃
2006. 3	川崎賢子	「齋藤愼爾」「深夜叢書社」モデル名誉毀損裁判のその後	私小説研究	7	〃
2006. 3	法政大学大学院私小説研究会　編	埴谷雄高　私小説語録前編	私小説研究	7	資料
2006. 3	東雲かやの	闘う私小説	私小説研究	7	私小説時評2005
2006. 3	櫻田俊子	吾妻ひでお『失踪日記』	私小説研究	7	私小説ブックレビュー2005
2006. 3	高根沢紀子	島尾敏雄『「死の棘」日記』	私小説研究	7	〃
2006. 3	仁科路易子	リービ英雄『千々にくだけて』	私小説研究	7	〃
2006. 3	伊藤博	鈴木地蔵『市井作家列伝』	私小説研究	7	〃
2006. 3	奥山貴之	宮内勝典『焼身』	私小説研究	7	〃
2006. 3	山根知子	山本昌一『私小説の展開』	私小説研究	7	〃
2006. 3	山本芳明	正宗白鳥と〈私小説〉言説の生成――〈出来事〉としての「人生の幸福」――	学習院大学文学部研究年報	52	
2006. 3	高橋博美	田山花袋「蒲団」に見る「狭間の世代」とその周辺――「私小説の濫觴」の汀――	阪神近代文学研究	7	
2006. 3	ブリュノー・デュボワ	私小説をめぐって	札幌国際大学紀要	37	フランス語論文
2006. 5	平浩一	黙殺される「私小説」――直木三十五『私眞木二十八の話』の試み	日本近代文学	74	
2007. 3	小谷野敦	リアリズムの擁護――私小説、モデル小説――	小説トリッパー	2007春	のち『リアリズムの擁護　近現代文学論集』新曜社 2008. 3
2007. 3	山本芳明	メディアの中の〈私小説作家〉――葛西善蔵の場合――	人文	5	

2005. 3	櫻田俊子	岩井志麻子『私小説』	私小説研究	6	私小説ブックレビュー2004
2005. 3	杉田俊介	古井由吉『野川』	私小説研究	6	〃
2005. 3	齋藤秀昭	東峰夫『貧の達人』	私小説研究	6	〃
2005. 3	李英哲	金鶴泳『凍える口　金鶴泳作品集』	私小説研究	6	〃
2005. 3	若木俊一郎	車谷長吉『愚か者』	私小説研究	6	〃
2005. 3	志賀浪幸子	笙野頼子『金毘羅』	私小説研究	6	〃
2005.10	古田芳江	二つの国民文学論争と小田切秀雄――〈私小説論〉を軸として――	小田切秀雄の文学論争		「囲む会」編、菁柿堂
2005.12	樫原修	「私」という問題と小説の方法――「私小説」再考	台湾日本語文学報	20	台湾日本語文学会
2006. 3	樫原修	私小説論における「日本的」なるものの問題	日本研究	19	日本研究研究会
2006. 3	勝又浩	パロディーとしての私小説――徳永直『草いきれ』について――	私小説研究	7	《特集》社会派の私小説
2006. 3	齋藤秀昭	《埋葬すべき自我》の探求――木下尚江『墓場』の重層的世界――	私小説研究	7	〃
2006. 3	山中秀樹	小林多喜二『党生活者論』	私小説研究	7	〃
2006. 3	梅澤亜由美	資質としての社会派――平林たい子論――	私小説研究	7	〃
2006. 3	松下奈津美	〈まなざし〉としての少年――中野重治『梨の花』論――	私小説研究	7	〃
2006. 3	河合修	空洞の重さ――野口赫宙『異俗の夫』――	私小説研究	7	〃
2006. 3	李英哲	戦後世界の「闇」としての「私」――高史明『闇を喰む』――	私小説研究	7	〃
2006. 3	大西望	有島武郎『迷路』	私小説研究	7	《特集小論》
2006. 3	風里谷桂	島木健作『生活の探求』	私小説研究	7	〃
2006. 3	伊原美好	宮本百合子『播州平野』	私小説研究	7	〃
2006. 3	若木俊一郎	開高健『輝ける闇』	私小説研究	7	〃
2006. 3	沼田真里	小田　実『「アボジ」を踏む』	私小説研究	7	〃
2006. 3	姜宇源庸	大江健三郎『取り替え子(チェンジリング)』	私小説研究	7	〃

2004.11	篠崎美生子	「私小説」を語る言葉——封印される共通の怨敵	國學院雑誌	105-11	
2005.1	トーマス・エゲンベルグ	太宰治と私小説—「満願」—ジャンルを代表する作品か？——	人文論集（静岡大学）	Feb-55	ドイツ語論文
2005.3	勝又浩	私小説・書くことへの自意識の始まり	私小説研究	6	《特集》大正期・私小説の氾濫
2005.3	姜宇源庸	自然主義から私小説へ——島崎藤村『新生』論	私小説研究	6	〃
2005.3	浅沼典彦	芥川龍之介と私小説	私小説研究	6	〃
2005.3	松下奈津美	『奇蹟』の軌跡	私小説研究	6	〃
2005.3	梅澤亜由美	「私小説」批判としての小説——谷崎潤一郎『神と人との間』論	私小説研究	6	〃
2005.3	山根知子	自画像と「私」——寺田寅彦「自画像」を通じて	私小説研究	6	〃
2005.3	沼田真里	水野仙子『四十余日』	私小説研究	6	《特集小論》大正期の「私」を読む
2005.3	奥山貴之	伊藤野枝『動揺』	私小説研究	6	〃
2005.3	山中秀樹	阿部次郎『三太郎の日記　第一』	私小説研究	6	〃
2005.3	大西望	上司小剣『父の婚礼』	私小説研究	6	〃
2005.3	伊原美好	岩野清『愛の争闘』	私小説研究	6	〃
2005.3	大沼孝明	里見弴『失はれた原稿』	私小説研究	6	〃
2005.3	東雲かやの	菊池寛『無名作家の日記』	私小説研究	6	〃
2005.3	風里谷桂	宇野浩二『蔵の中』	私小説研究	6	〃
2005.3	田口武	横光利一『春は馬車に乗って』	私小説研究	6	〃
2005.3	駒尺喜美	千年単位で残るのは漱石	私小説研究	6	インタビュー
2005.3	中村齋	三人称から始まった話	私小説研究	6	エッセイ
2005.3	田中優子	「私小説」の論点について	私小説研究	6	〃
2005.3	曽峻梅	中国語としての「私小説」という言葉	私小説研究	6	〃
2005.3	ペン・セタリン	上林暁の「小便小僧」	私小説研究	6	〃
2005.3	河合修	「在日」文学と私小説	私小説研究	6	私小説時評2004
2005.3	法政大学大学院私小説研究会　編	高橋和巳　私小説語録	私小説研究	6	資料

2004. 3	志賀浪幸子	吉田健一の「私」	私小説研究	5	〃
2004. 3	河合修	中野重治「甲乙丙丁」論——私小説の必然性	私小説研究	5	〃
2004. 3	勝又浩	『沓掛にて』の問題	私小説研究	5	〃
2004. 3	大西巨人	私小説は小説か文学か	私小説研究	5	インタビュー
2004. 3	東雲かやの	私小説と写真——荒木経惟「冬の旅」	私小説研究	5	《特集小論》境界と周辺
2004. 3	山根知子	私小説と批評——小林秀雄「中原中也の思ひ出」	私小説研究	5	〃
2004. 3	奥山貴之	私小説とミステリ——水上　勉「雁の寺」	私小説研究	5	〃
2004. 3	山内洋	私小説とノンフィクション——沢木耕太郎「無名」「血の味」	私小説研究	5	〃
2004. 3	伊原美好	私小説とメタファ——中上健次「十九歳の地図」	私小説研究	5	〃
2004. 3	櫻田俊子	私小説と映画——河瀬直美「につつまれて」	私小説研究	5	〃
2004. 3	松下奈津美	私小説と幻想——藤枝静男「田紳有楽」	私小説研究	5	〃
2004. 3	風里谷桂	私小説と自制意識——大塚楠緒子「空薫」	私小説研究	5	〃
2004. 3	柳沢孝子	宇野浩二日記から	私小説研究	5	エッセイ
2004. 3	バーナビー・ブレーデン	ありのままに読むということについて	私小説研究	5	〃
2004. 3	上野昂志	宇野浩二の語り	私小説研究	5	〃
2004. 3	田辺友祐	吸殻追放	私小説研究	5	〃
2004. 3	梅澤亜由美	私小説、批判の時代の後に	私小説研究	5	私小説時評2003
2004. 3	大西望　編	三島由紀夫　私小説語録	私小説研究	5	資料
2004. 3	後藤聡子	近藤裕子『臨床文学論』	私小説研究	5	私小説ブックレビュー2003
2004. 3	李英哲	津坂治男『鎮魂と癒しの世界』	私小説研究	5	〃
2004. 3	神田完	青山光二『吾妹子哀し』	私小説研究	5	〃
2004. 3	李忠奎	伏見憲明『魔女の息子』	私小説研究	5	〃
2004. 3	若木俊一郎	堀巖『私小説の方法』	私小説研究	5	〃
2004. 3	櫻井信栄	東峰夫『ママはノースカロライナにいる』	私小説研究	5	〃

2003.3	若木俊一郎	日比嘉高『〈自己表象〉の文学史』	私小説研究	4	私小説ブックレビュー2002
2003.3	田辺友祐	日野啓三『落葉 神の小さな庭で』	私小説研究	4	〃
2003.3	李英哲	古山高麗雄『妻の部屋』	私小説研究	4	〃
2003.3	依田由紀子	大江健三郎『憂い顔の童子』	私小説研究	4	〃
2003.3	築山尚美	中島義道『「私」の秘密』	私小説研究	4	〃
2003.3	安英姫	岩野泡鳴と金東仁の描写理論――日韓近代小説における告白体言説――	比較文学研究	81	
2003.3	山本芳明	文芸復興前後の〈私小説〉言説	文学	4-2	
2003.4	安藤宏	「私小説」とは何か	異文化理解の視座――世界からみた日本、日本からみた世界		小島孝之他ほか編、東京大学出版会
2003.5	松本和也	昭和十年前後の私小説言説をめぐって――文学(者)における社会性を視座として――	日本近代文学	68	
2003.7	梅澤亜由美	展望 私小説の定義と呼称をめぐって	日本文学誌要(法政大学国文学会)	68	
2003.7	田中和生	「私小説」の行方――零度の文章意識の方へ――	群像	58-8	
2003.10	紺野馨	[批判] 欲望の檻――日本近代と私小説的伝統	駒沢短期大学仏教論集	9	
2004.3	曾根博義	伊藤整と私小説	私小説研究	5	《特集》私小説・その境界
2004.3	大西望	記憶と「私」――小島信夫『各務原 名古屋 国立』	私小説研究	5	〃
2004.3	山中秀樹	夢と現実のはざまで――島尾敏雄「鎮魂記」	私小説研究	5	〃
2004.3	姜宇源庸	物語と私小説の境界としてのメタフィクション	私小説研究	5	〃

2003. 3	河合修	「極めて個人的な物語」である「喜劇」—後藤明生『挾み撃ち』『夢かたり』	私小説研究	4	《特集》戦争と私小説
2003. 3	梅澤亜由美	野坂昭如の「私小説」	私小説研究	4	〃
2003. 3	齋藤秀昭	木山捷平と「満洲」	私小説研究	4	〃
2003. 3	山中秀樹	庄野潤三と戦争	私小説研究	4	〃
2003. 3	小島信夫	〈インタビュー〉ぼくの考える小説の面白さ	私小説研究	4	〃
2003. 3	風里谷桂	〈戦争をめぐる「私」〉森鷗外「うた日記」「鶏」	私小説研究	4	〃
2003. 3	國廣あい	〈戦争をめぐる「私」〉大倉桃郎「屍の中より」	私小説研究	4	〃
2003. 3	姜宇源庸	〈戦争をめぐる「私」〉黒島傳治「栗本の負傷」「渦巻ける烏の群」	私小説研究	4	〃
2003. 3	松下奈津美	〈戦争をめぐる「私」〉火野葦平「麦と兵隊」	私小説研究	4	〃
2003. 3	伊原美好	〈戦争をめぐる「私」〉真杉静枝「小生物」	私小説研究	4	〃
2003. 3	宮里潤	〈戦争をめぐる「私」〉阿部知二「死の花」	私小説研究	4	〃
2003. 3	東雲かやの	〈戦争をめぐる「私」〉永井隆「長崎の鐘」	私小説研究	4	〃
2003. 3	奥山貴之	〈戦争をめぐる「私」〉三島由紀夫「仮面の告白」	私小説研究	4	〃
2003. 3	山根知子	〈戦争をめぐる「私」〉河野多恵子「塀の中」	私小説研究	4	〃
2003. 3	志賀浪幸子	〈戦争をめぐる「私」〉田中小実昌「ポロポロ」	私小説研究	4	〃
2003. 3	大西望	〈戦争をめぐる「私」〉林京子「長い時間をかけた人間の経験」	私小説研究	4	〃
2003. 3	宮坂覺	〈エッセイ〉芥川文学における〈私小説〉という装置	私小説研究	4	
2003. 3	魏大海	〈エッセイ〉中国文学から見た「私小説」	私小説研究	4	
2003. 3	藤田知浩	〈エッセイ〉〈私〉と向き合うミステリ	私小説研究	4	
2003. 3	勝又浩	私小説時評2002　私小説の力	私小説研究	4	

2002.3	宮内淳子	「魑魅魍魎」と書いてみる——藤枝静男の示すもの——	私小説研究	3	〃
2002.3	山中秀樹	私小説時評2001　小説のリアリティ	私小説研究	3	
2002.3	吉田孝則	荻野アンナ『ホラ吹きアンリの冒険』	私小説研究	3	私小説ブックレビュー2001
2002.3	奴田原諭	高橋たか子『君の中の見知らぬ女』	私小説研究	3	〃
2002.3	小切間佐穂	尾形明子『自らを欺かず 泡鳴と清子の愛』	私小説研究	3	〃
2002.3	藤田知浩	藤澤清造『藤澤清造貧困小説集』	私小説研究	3	〃
2002.3	宮里潤	平出隆『猫の客』	私小説研究	3	〃
2002.3	若木俊一郎	郡司勝義・嶋村正博責任編集『島村利正全集』	私小説研究	3	〃
2002.3	韓秉坤	江種満子『大庭みな子の世界 アラスカ・ヒロシマ・新潟』	私小説研究	3	〃
2002.3	真銅正宏	偶然のロマンティシズムと文学——短歌と私小説をめぐって——	人文学	171	
2002.6	古川裕佳	見出された「心境小説」——志賀直哉「焚火」——	日本文学	51-6	
2002.7	金美廷	「私」の体験と《表現》の間——「伊豆の踊子」を手がかりに——	九大日文	1	
2002.7	田中和生	批評「私小説」の死——車谷長吉論——	文学界	-56	
2002.10	佐々木基成	物象化される〈内面〉——日露戦争前後の〈日記〉論——	日本近代文学	67	
2002.11	松本寧至	〈講演〉私小説の血脈	芸術至上主義文芸	28	
2002.12	伊藤氏貴	〈私〉の行方——私小説の詩学——	群像	57-14	
2002.12	岩田和男	ゲイ・テクストと私小説——ゲイ文学の明日を考える——	愛知学院大学情報社会政策研究	5-1	

2002.3	梅澤亜由美	「剣」としての自我——大庭みな子『オレゴン夢十夜』論——	私小説研究	3	〃
2002.3	松下奈津美	林芙美子『放浪記』論——宿命的な放浪者——	私小説研究	3	〃
2002.3	姜宇源庸	在日そのもののアイデンティティー——李良枝「由熙」論——	私小説研究	3	〃
2002.3	津島佑子	〈インタビュー〉「物語」と「歌」の感受性	私小説研究	3	〃
2002.3		〈アンケート〉女の「私小説」・この一編	私小説研究	3	《特集》私小説・女たちの展開：回答者　河林満、岸田今日子、切通理作、小森陽一、佐伯彰一、竹内栄美子、テッド・ファウラー、東郷克美、ドナルド・キーン、中川成美、中沢けい、中島和夫、細谷博、渡邊澄子
2002.3	雨塚亮太	〈女性作家の私小説を読む〉田村俊子「女作者」	私小説研究	3	《特集》私小説・女たちの展開
2002.3	田辺友祐	〈女性作家の私小説を読む〉素木しづ「松葉杖をつく女」	私小説研究	3	〃
2002.3	井口浩文	〈女性作家の私小説を読む〉宮本百合子「伸子」	私小説研究	3	〃
2002.3	志賀浪幸子	〈女性作家の私小説を読む〉宇野千代「刺す」	私小説研究	3	〃
2002.3	橋口武士	〈女性作家の私小説を読む〉網野菊「一期一会」	私小説研究	3	〃
2002.3	齋藤秀昭	〈女性作家の私小説を読む〉林京子「祭りの場」	私小説研究	3	〃
2002.3	風里谷桂	〈女性作家の私小説を読む〉笙野頼子「レストレス・ドリーム」	私小説研究	3	〃
2002.3	橋中雄二	上林暁先生のふるさと	私小説研究	3	エッセイ
2002.3	吉田知子	私小説	私小説研究	3	〃

2001.11	森本平	短歌と私小説――〈約束〉について――	芸術至上主義文芸	27	〃
2001.11	小林美鈴	「私小説」の生まれるところ――読者論の立場から――	芸術至上主義文芸	27	〃
2001.11	勝又浩	「言ふまでもなく文学者」――田山花袋という問題	芸術至上主義文芸	27	〃
2001.11	山口政幸	大正作家の戦後言説と「磯田多佳女のこと」	芸術至上主義文芸	27	〃
2001.11	中沢弥	大泉黒石「俺の自叙伝」	芸術至上主義文芸	27	〃
2001.11	林円	宇野千代の父親と故郷――無頼の血脈――	芸術至上主義文芸	27	〃
2001.11	島崎市誠	「批評の人間性」の由来――戦後の中野の立場をめぐって――	芸術至上主義文芸	27	〃
2001.11	河野基樹	事実の記録と虚構の創造――中野重治「フィクションと真実」・「実物、実名の場合」――	芸術至上主義文芸	27	〃
2001.11	松本和也	パッケージングされる作家情報／成型される作家表象――太宰治「虚構の春」論――	芸術至上主義文芸	27	〃
2001.11	熊谷信子	小島信夫「アメリカンスクール」―イメジャリーにみる〈私小説〉――	芸術至上主義文芸	27	〃
2001.11	森晴雄	車谷長吉「母の髪を吸うた松の木の物語」(「愚か者」)論――守り神の死	芸術至上主義文芸	27	〃
2001.11	佐藤愛	黒人とチョコレート――山田詠美『ベットタイムアイズ』論――	芸術至上主義文芸	27	〃
2001.11	名和哲夫	現代文学における私小説の布置	浜松短期大学研究論集	57	
2001.11	山崎行太郎	日常 車谷長吉『鹽壺の匙』方法論としての私小説	国文学	46-13	
2002.3	勝又浩	高橋たか子「霊的著作」の「私」	私小説研究	3	《特集》私小説・女たちの展開

2001. 4	中込重明	自然主義以前の「私小説」――宮崎三昧と都の錦――	私小説研究	2	〃
2001. 4		アンケート――「私小説」の起源・源流について	私小説研究	2	〃
2001. 4		「私小説」起源説一覧	私小説研究	2	〃
2001. 4	風里谷桂	明治期にみる私小説 二葉亭四迷「浮雲」	私小説研究	2	〃
2001. 4	山中秀樹	明治期にみる私小説 森　鷗外「舞姫」	私小説研究	2	〃
2001. 4	田辺友祐	明治期にみる私小説 清水紫琴「こわれ指環」	私小説研究	2	〃
2001. 4	松下奈津美	明治期にみる私小説 尾崎紅葉「青葡萄」	私小説研究	2	〃
2001. 4	橋口武士	明治期にみる私小説 島崎藤村「旧主人」	私小説研究	2	〃
2001. 4	姜宇源庸	明治期にみる私小説 近松秋江「雪の日」	私小説研究	2	〃
2001. 4	守屋貴嗣	明治期にみる私小説 武者小路実篤「お目出たき人」	私小説研究	2	〃
2001. 4	リービ英雄	〈インタビュー〉連続的なアイデンティティの冒険	私小説研究	2	
2001. 4	山内洋	〈戦後〉の手触り――梅崎春生の「私小説的精神」――	私小説研究	2	
2001. 4	笠原淳	〈エッセイ〉私的感想	私小説研究	2	
2001. 4	宮内豊	〈エッセイ〉私小説偶感	私小説研究	2	
2001. 4	渡邊澄子	〈エッセイ〉境界曖昧の面白さ	私小説研究	2	
2001. 4	藤田知浩	〈私小説時評 2000〉I-novel のゆくえ	私小説研究	2	
2001. 7	山本芳明	心境小説と徳田秋声	文学	2-4	
2001.10	坪内祐三	私小説を書く「私」、私小説を読む私	文学界	55-10	
2001.11	森安理文	日本の二十世紀文学史序説	芸術至上主義文芸	27	《特集1》〈私〉の行方――私小説の周辺
2001.11	松本寧至	古典と私小説	芸術至上主義文芸	27	〃
2001.11	勝原晴希	詩歌における〈私〉――漱石の俳句・俳体詩――	芸術至上主義文芸	27	〃

2000. 3	風里谷桂	戦後派の私小説観　平野謙	私小説研究	1	〃
2000. 3	田辺友祐	戦後派の私小説観　埴谷雄高	私小説研究	1	〃
2000. 3	姜宇源庸	戦後派の私小説観　大岡昇平	私小説研究	1	〃
2000. 3		〈創刊記念アンケート〉「私小説」という言葉をどう読むか	私小説研究	1	
2000. 3	立石伯	〈エッセイ〉「わたし」ないしは小説についてのある想い	私小説研究	1	
2000. 3	江種満子	〈エッセイ〉私小説の楽しみ――『海にゆらぐ糸』――	私小説研究	1	
2000. 3	中沢けい	〈エッセイ〉私小説の身体感覚	私小説研究	1	
2000. 3	梅澤亜由美	〈私小説時評 1999〉「石に泳ぐ魚」裁判を考える	私小説研究	1	
2000. 3	イルメラ・日地谷＝キルシュネライト	執拗に生き続ける私小説――その創造と受容のパターン――	人文社会科学論叢（宮城学院女子大学・同短期大学人文社会科学研究所）	9	
2000. 4	小林幸夫	『業苦』――私小説らしさの構造――	解釈と鑑賞	65-4	
2000. 6	多田道太郎	転々私小説論――葛西善蔵の妄想――	群像	55-6	
2000.12	名和哲夫	エクリチュールとしての私小説試論――藤枝静男というテクストから――	浜松短期大学研究論集	56	
2001. 3	梅澤亜由美	研究動向　私小説	昭和文学研究	42	
2001. 4	勝又浩	物語の夢さめて――物語、日記、私小説――	私小説研究	2	《特集》私小説の源流
2001. 4	梅澤亜由美	「告白」の遠景――「稲舟事件」をめぐって――	私小説研究	2	〃

1998. 4	イルメラ・日地谷＝キルシュネライト、亀井秀雄、鈴木登美、藤井貞和、宗像和重	《座談会》「私がたり」の言説について	文学	9-2	《特集》「語り」の言説
1998. 4	鈴木登美	近代日本を語る私小説言説	文学	9-2	〃、のち『語られた自己』岩波書店 2000. 1
1998. 4	小谷野敦	私小説と武士的精神	文学	9-2	〃
1998. 4	二宮正之	私の空間・おおやけの空間	文学	9-2	〃
1998. 6	柳瀬善治	私小説という美学イデオロギー――中村光夫『風俗小説論』の戦略――	三重大学日本語学文学	9	
1998. 11. 6	マイナー・アール、司馬遼太郎、谷沢永一	私小説の特殊性	週刊朝日	13-51	残された未公開講演録 司馬遼太郎が語る日本(115)
1998. 11. 13	マイナー・アール、司馬遼太郎、谷沢永一	私小説と日本語	週刊朝日	13-52	残された未公開講演録―司馬遼太郎が語る日本(116)
1998. 12	加藤典洋、多田道太郎、鷲田清一	立ち話風哲学問答 2 第 3 回私小説	広告批評(マドラ)	222	
1998. 12	一條孝夫	大江健三郎と志賀直哉、もしくは私小説	帝塚山学院短期大学研究年報	46	
1999. 9	坪内祐三	フィールドワーク 文学を探せ(2)あいまいな日本の「私小説」	文学界	53-9	のち『文学を探せ』文芸春秋2001. 9
2000. 3	勝又浩	語り部の資格――私小説論ノート――	私小説研究	1	《特集》戦後文学と私小説
2000. 3	山中秀樹	戦後派と私小説――島尾敏雄「夢の中での日常」を視座として――	私小説研究	1	〃
2000. 3	齋藤秀昭	小田切秀雄と私小説――小林多喜二『党生活者』を巡って――	私小説研究	1	〃
2000. 3	本多秋五	インタビュー・あの頃の私と私小説	私小説研究	1	〃

1995.11	石阪幹将	『小説の方法』——「仮面紳士」の倫理的発想について	解釈と鑑賞	60-11	
1995.12	稲垣直樹	「自然主義」再考——ナレーションから見たその成立期の諸作品——	比較文学を学ぶ人のために		松村昌家編、世界思想社
1996.2	イルメラ・日地谷＝キルシュネライト	自然主義から私小説へ	岩波講座日本文学史	12	20世紀の文学Ⅰ、岩波書店
1996.2	四十宮英樹	〈私小説演技説〉の成立過程について——中村光夫の役割を中心に——	日本研究（広島大学）	10	
1996.3	石川則夫	読まれる〈私〉の生成——作品・日記・作家——	日本文学論究	55	
1996.8	島弘之	私小説＝佐伯一麦	国文学	41-10	
1997.3	谷川恵一	自分の登場	叙説	24	
1997.3	石阪幹将	私小説論の制度①——大正期スタイルとしての私小説の不在性	東海大学文明研究所紀要	17	
1997.5	樫原修	島村抱月の心境論と梶井基次郎の「闇の絵巻」——心境小説をめぐる言説に関する覚書——	一の坂川姫山国語国文論集		関一雄編、笠間書院
1997.5	松本鶴雄	私小説・中間小説・風俗小説	時代別日本文学史事典　現代編		東京堂出版
1997.7	宮内俊介	自然主義・私小説の研究	日本近代文学を学ぶ人のために		上田博ほか編、世界思想社
1997.10	福田宏年	時が紡ぐ幻——近代芸術観批判[第一章]——一銭禿では許さない——私小説批判	すばる	19-10	
1998.1	大杉重男	私小説、そして／あるいは自然主義、この呪われた文学	日本近代文学	59	

1993.3	石阪幹将	私小説批評の誕生(上)――「私小説」というジャンルについて	東海大学文明研究所紀要	13	
1993.4	槙本敦史	明治初期の一人称叙述形式作品リスト	近代文学研究(日本文学協会近代部会)	10	
1993.9	安藤宏	「私小説」の再評価にむけて――「小説家小説」の機能と特質	ソフィア	42-3	のち『自意識の昭和文学――現象としての「私」――』至文堂 1994.3
1993.10	中川成美	モダニズムとしての私小説――「仮装人物」の言説をめぐって――	国際日本文学研究集会会議録	第16回	
1994	川那部保明	小林秀雄と「極点の文学」――「ランボオ」Ⅰ、「私小説論」をめぐって	言語文化論集	38	
1994.3	石阪幹将	私小説批評の誕生(下)――「私小説」というジャンルについて	東海大学文明研究所紀要	14	
1994.6	田澤基久	私小説――友達小説・交友録小説	時代別日本文学史事典　近代編		有精堂
1994.9	山本昌一	伊藤整論――私小説論をめぐって――	解釈と鑑賞	59-9	
1994.11	廣瀬晋也	昭和初期私小説の位置と方法について――嘉村礒多の場合――	近代文学論集(日本近代文学会九州支部)	20	
1995.3	吉田永宏	平野謙＜私小説論＞の構造-1-	関西大学文学論集	44-(1-4合併号)	
1995.3	石阪幹将	私小説批評の誕生――芥川・谷崎の〈小説の筋〉論争について	東海大学文明研究所紀要	15	
1995.6	菊池章一	文学の50年あれこれ-2-私小説と隠喩	新日本文学	50-5	
1995.6	石阪幹将	『風俗小説論』について――私小説・風俗小説のコンテクストをめぐって――	中村光夫研究		論究の会編、七月堂発売
1995.10	金允植	私小説の美学批判――「セミの追憶」によせて	思想の科学	33	『韓国文学』1993.11-12より訳載

1987. 3	佐々木涼子	研究ノート『日本とフランスにおける小説概念の比較』研究成果について	比較文化(東京女子大学比較文化研究所)	33-2	
1988. 1	栗林秀雄	自然主義文学と私小説	現代日本文学史		大久保典夫他編、笠間書院
1988. 3	佐々木涼子	私小説について——日本とフランスの小説理念の比較から——(第一章　一人称小説の問題)	論集(東京女子大学紀要)	38-2	
1988. 6	滝藤満義	自然主義と「私」——告白と虚構——	国文学	33-7	
1989. 2	高木利夫	「私」の表現について(1)	法政大学教養部紀要(人文科学)	70	
1990. 6	石川忠司	私小説と梶井基次郎	群像	45-6	
1990. 6	薄井教靖	横光利一「純粋小説」の試み——私小説のリアリティと超越的な言表主体の確立	語文	77	
1990. 9	佐々木涼子	私小説における自伝的性格	論集(東京女子大学紀要)	41-1	
1990.10	鈴木貞美	「私小説」という問題——文芸表現史のための覚書——	日本近代文学	43	《小特集》「私小説」の再検討
1990.10	柳沢孝子	私というカオス——一読者の立場から——	日本近代文学	43	〃
1990.10	勝又浩	私小説論ノート	日本近代文学	43	〃
1991. 3	紅野謙介	「私」が「私」を物語るとき——「私小説」の物語	語文(日本大学)	79	シンポジウム「人はなぜ物語るか」
1991. 6	小田切進、夏剛、William J. Tyler	〔Aセッション〕白樺派文学と私小説	FUKUOKA UNESCO	26	
1991. 9	卞立強	中国と日本の文学における作家の自我——私小説を中心として	京都外国語大学研究論叢	37	
1992. 6	鈴木貞美	『私小説論』について	解釈と鑑賞	57-6	
1993. 3	高野良二	日本近代文学の伝統管見——田山花袋と私小説——	人文社会科学研究	33	

1982.12	石阪幹将	私小説論の構想(3)私小説存立の基本条件	論究（論究の会）	4	
1983.2	喜多川恒男	私小説作家の倫理	大谷学報	62-4	
1983.7	石阪幹将	私小説論の構想(4)私小説の批評と理論	論究（論究の会）	5	
1983.12	宗像和重	大正九(一九二〇)年の「私小説」論――その発端をめぐって――	学術研究国語・国文学編（早稲田大学教育学部）	32	
1983.12	八木義徳	「私小説」の中の私	新潮	80-13	
1983.12	石阪幹将	私小説論の構想(5)「芸術と実生活」論の問題	論究（論究の会）	6	
1984.1	勝又浩	小林秀雄『私小説論』の問題	昭和文学研究	8	
1984.1	岡田秀子	意識の近代化と文学その二――自意識と表現――	法政大学教養部紀要（人文科学編）	50	
1984.12	石阪幹将	私小説論の構想(6)『小説の方法』の構想――私小説の新たな視点を求めて	論究（論究の会）	7	
1985.2	饗庭孝男	「思想」と実生活――「私小説論」の成立	文学界	39-2	のち『小林秀雄とその時代』文芸春秋 1986.5
1985.6	曽根博義	戦争下の伊藤整の評論――私小説観の変遷を中心に	語文（日本大学）	62	
1985.6	村松定孝	一葉日記の文学性――私小説的構成の意味するもの	日記と文学（梅光女学院大学公開講座論集）	17	佐藤泰正編
1985.10	ファウラー Ted Fowler	私小説の魅力	新潮	82-10	
1985.12	石阪幹将	私小説・マルキシズム文学同根説――伊藤整の「文学史」像の問題	論究（論究の会）	8	
1986.5	大久保典夫	近代文学の「我」――作者と作品とのかかわりを軸に――	東書国語	262	のち『現代文学史の構造』高文堂 1988.9

1980. 2	松本鶴雄	近代文芸様式ノオト(1)——私小説史諸問題と島尾敏雄『死の棘』の位置——	日本大学文理学部(三島)研究年報	28	
1980. 2	佐伯彰一、上田三四二、磯田光一、饗庭孝男	共同討議「私小説」	文学界	34-2	
1980. 6	中村光夫、水上勉	〈対談解説〉私小説の系譜	私小説名作選		日本ペンクラブ編、集英社
1980.10	伊中悦子	小林秀雄の「私小説論」——〈社会化した「私」〉の可能性	日本近代文学	27	
1980.12	高橋正	大町桂月と私小説	高大国語教育	28	
1980.12	石阪幹将	研究動向　私小説	昭和文学研究	2	
1980.12	石阪幹将	私小説論の構想(序)私小説論の「時代区分」について	論究(論究の会)	1	
1981	佐々木涼子	私小説について——日本とフランスの小説理念の比較から——(序章　問題の提起)	東京女子大学付属比較文化研究所紀要	42	
1981. 3	樫原修	〈私〉と私小説——大正末期文学の構造への一視点	山口国文	4	
1981. 8	石阪幹将	私小説論の構想(一)「私小説」概念の諸問題	論究(論究の会)	2	
1981. 9	中尾務	「疑惑」系列作品の成立とその構図——〈理想化〉としての秋江私小説	日本近代文学	28	
1981.12	山本昌一	「お目出たき人」ノート——私小説の系譜——	国文学論輯(国士舘大学国文学会)	3	
1982. 2	金孝子	日本私小説의成立要因과그主題意識	日本学報(韓国日本文学会)	10	
1982. 4	喜多川恒男	私小説の成立	日本の近代文学		和田繁二郎監修、同朋舎出版、第四章6
1982. 7	石阪幹将	私小説論の構想(2)私小説の性格の問題	論究(論究の会)	3	
1982.10	柳沢孝子	〈展望〉私小説研究のことなど	日本近代文学	29	

1977. 9	薬師寺章明	私小説の否定――その歴史的経過をめぐって――	解釈と鑑賞	42-11	
1977. 9	榎本隆司	「私」の復活	解釈と鑑賞	42-11	
1977. 9	小笠原克	私小説(心境小説)の評価	近代文学(大正文学の諸相)	4	三好行雄他編、有斐閣
1977. 9	山縣熙	私小説における「私」の位置	文学	45- 9	
1977.11	榎本隆司	近代文学にあらわれた「私」	近代文学(文学研究の主題と方法)	10	三好行雄他編、有斐閣
1978. 3	石阪幹将	思想・実生活論争の文学的意義――私小説論の構想およびその可能性をめぐって――	文芸研究(明治大学文芸研究会)	39	
1978. 6	薬師寺章明	私小説・心境小説および私小説論の展望	現代文学の諸相		笠間書院
1978. 6	林原純生	美的生活論、自然主義、私小説――ひとつの史的見取図の試み――	日本文学	27-6	
1978. 9	野村精一	「蜻蛉日記」は“私小説”か――かげろふの終焉・別稿――	解釈と鑑賞	43- 9	
1978.11	粟津則雄	小林秀雄論- 7 -「私小説論」をめぐって	海	10-11	のち『小林秀雄論』中央公論社 1981. 9
1978.12	粟津則雄	小林秀雄論- 8 -「私小説論」の意味	海	10-12	のち『小林秀雄論』中央公論社 1981. 9
1978.12	梶木剛	自然主義・〈告白〉の主題『蒲団』『家』『黴』	国文学	23-16	
1978.12	柄谷行人	私小説の系譜学	国文学	23-16	
1978.12	工藤哲夫	通俗小説余技説――久米正雄小論――	国語国文	47-12	
1979. 3	遠藤祐	『白樺』と私小説	文学・一九一〇年代		川副国基編、明治書院
1979.11	桜井義夫	私小説について	水戸評論	9	
1979.12	松本徹	「近代的自我」と現代文学	解釈と鑑賞	44-13	
1980. 2	亀井秀雄	作品別　小林秀雄批評・研究史　私小説論	国文学	25- 2	
1980. 2	三好行雄、高橋英夫、吉田凞生	共同討議「私小説論」をめぐって	国文学	25- 2	

1975. 7	平岡篤頼	私小説の衰退と転生(日本への回帰)	国文学	20-9	
1975. 9	遠藤好英	自分小説の系譜とその文体——二葉亭以後、明治四〇年まで——	文芸研究(日本文芸研究会)	80	
1975.10	大森澄雄	耕治人	私小説研究	2	《特集》耕治人
1975.10	松田明子	耕治人年譜	私小説研究	2	〃
1975.10	松田明子	耕治人研究文献目録	私小説研究	2	〃
1976. 4	岡田秀子	私小説における「私情」の考察——『暗夜行路』を中心に——	法政大学教養部紀要(人文科学編)	24	
1976.10	石阪幹将	平野公式・伊藤理論の相互浸透——私小説論の構想およびその可能性をめぐって	文芸研究明治大学文学部紀要	36	
1976.12	永藤武	神道文学論への試み——私小説における「事実」をめぐって	神道宗教	84・85	のち『文学と日本的感性』ぺりかん社 1983. 3
1977. 1	中村友	大正期私小説にまつわる覚書〔一〕	学苑	445	
1977. 1	松本鶴雄	文学・私小説と自己喪失の時代	季刊創造	2	
1977. 3	佐藤泰正	私小説の系譜——志賀直哉をこえるもの——	解釈と鑑賞	42-4	
1977. 7	秋山駿、八木義徳、島村利正、三浦哲郎	〈座談会〉私小説の源泉	早稲田文学	14	《特集》源泉としての私小説
1977. 7	岡田睦	或るイザコザ	早稲田文学	14	〃
1977. 7	紅野敏郎	里見弴「君と私と」——志賀直哉離れについて	早稲田文学	14	〃
1977. 7	保昌正夫	川崎長太郎年譜から	早稲田文学	14	〃
1977. 7	外山滋比古	私小説読者論	早稲田文学	14	〃
1977. 7	岡谷公二	ミシェル・レリスの『私』——私小説との関連について	早稲田文学	14	〃
1977. 7	虎岩正純	私と書かれた《私》——あるいは日記の方から	早稲田文学	14	〃
1977. 8	鳥居邦朗	戦前私小説との連続と断絶	国文学	22-10	

1971. 9	饗庭孝男	「私」を越えるもの	解釈と鑑賞	36-10	〃
1971. 12	石阪幹将	私小説演技説の発想と展開	明治大学日本文学	4	
1972. 3	西田正好	私小説再発見――近代心境小説の生成と本質――	愛知淑徳短期大学研究紀要	11	のち『私小説再発見――伝統継承の文学――』桜楓社 1973. 2
1972. 5	大森澄雄	嘉村礒多	私小説研究	1	
1972. 5	大森澄雄	「私小説論」目録	私小説研究	1	
1972. 6	遠藤好英	白樺派の文章史的考察(上)――自分小説の創始をめぐって――	文芸研究(日本文芸研究会)	70	
1972. 7	西田正好	続私小説再発見――近代心境小説の生成と本質――	淑徳国文	13	のち『私小説再発見――伝統継承の文学――』桜楓社 1973. 2
1972. 10	柄谷行人	私小説の両義性――志賀直哉と嘉村礒多――	季刊芸術	23	
1972. 11	小笠原克	私小説	日本近代文学大事典	4	講談社
1972. 12	辻田昌三	私小説の立場	四天王寺女子大学紀要	5	
1973. 1	磯貝英夫	私批評の崩壊	近代文学評論大系 6 巻月報 8		角川書店、のち『昭和初頭の作家と作品』明治書院 1980. 6
1973. 5	大河内昭爾	新世代の作家たちと私小説の伝統――私小説的自我の系譜――	解釈と鑑賞	38-6	
1974. 3	岡田秀子	私小説成立についての家族役割的考察――志賀直哉を中心に	法政大学教養部紀要	19	
1974. 11	松坂俊夫	(樋口)一葉の私小説性	解釈と鑑賞	39-13	
1974. 11	吉田熈生	「私小説論」前後	現代文学講座	5	『解釈と鑑賞』別冊、昭和の文学 I
1974. 11	高田端穂	「心境小説」論	成城国文学論集	7	
1975. 1	亀井秀雄	「私」査定の諸問題――文学における「私」	現代文学講座	8	『解釈と鑑賞』別冊、文学史の諸問題
1975. 3	磯貝英夫	井上靖と私小説	国文学	20-3	のち『戦前・戦後の作家と作品』明治書院1980. 8
1975. 5	大森澄雄	葛西善蔵と私小説	現代文学講座	4	『解釈と鑑賞』別冊、大正の文学
1975. 5	村松定孝	近代日本文学と伝統文学の結合と離反	近代日本文学の軌跡		右文書院；新版 1988. 4

1968. 6	榎本隆司	私小説・心境小説	国文学	13- 8	
1968. 8	安江武夫	私小説論——徳田秋声の場合——	近代文学研究(法政大)	4	
1968. 9	谷沢永一	『風俗小説論』の論	解釈と鑑賞	33-11	のち『近代評論の構造』和泉書院 1995. 7
1969. 2	河上徹太郎	解説	中村光夫『風俗小説論』		新潮文庫、日付は文末の記載による
1969. 4	小笠原克	私小説・心境小説論の根太	講座日本文学の争点5近代編		明治書院
1969. 5	和田謹吾	私小説の成立と展開	講座日本文学10近代編II		三省堂
1969. 5	吉田凞生	「私小説論」前後	講座日本文学の争点6現代編		明治書院
1969. 9	小笠原克	〈純文学〉の問題点——「純粋小説論」前後	文学	37- 9	
1969.11	小笠原克	私小説の美意識——その極北	解釈と鑑賞	34-12	
1970. 1	紅野敏郎	無頼の文学の原点——私小説とプロレタリア文学における無頼——	国文学	15- 1	
1970. 7	小笠原克	心境小説／本格小説／私小説	解釈と鑑賞	35- 9	
1970. 7	谷沢永一	近代的自我	解釈と鑑賞	35- 9	のち『近代文学史の構造』和泉書院 1994.11
1970. 9	小笠原克	久米正雄の心境小説論・その周辺	国文学雑誌(藤女子大学)	8	
1971. 1	安岡章太郎	現代における私小説	三田文学	8	
1971. 3	田所周	私小説の或る心理的契機について	女子聖学院短期大学紀要	3	
1971. 9	三好行雄	近代文学における「私」・素描	解釈と鑑賞	36-10	《特集》近代文学における「私」
1971. 9	桶谷秀昭	近代的自我と個人主義	解釈と鑑賞	36-10	〃
1971. 9	小笠原克	私小説における「私」——問題の起点・伊藤整の方法にからめて	解釈と鑑賞	36-10	〃
1971. 9	松原新一	方法としての「私」	解釈と鑑賞	36-10	〃

1966. 3	和田謹吾	私小説作家における芸術と実生活	国文学	11- 3	〃
1966. 5	新城明博	私小説雑感――志賀直哉と島尾敏雄――	現代文学序説	4	
1966. 5	大久保典夫	私小説は滅びるか	現代文学序説	4	
1966. 6	沢田稔子	私小説の成立	高知女子大国文	2	
1966. 6	大西忠雄	再び「私小説」について(六)――「新生」の問題――	天理大学学報　人文・社会科学篇	52	
1966.12	大西忠雄	「私小説」論(8・完)	天理大学学報　人文・社会科学篇	53	
1966.12	佐々木基一	私小説・心境小説	日本近代文学史		日本近代文学館編、読売新聞社
1967	倉沢昭寿	私小説の文体論的研究１――嘉村礒多の場合――	研究集録(足利高)	2	
1967. 6	平野謙	『小説の方法』――わが戦後文学史(十七)――	群像	22-6	全集4
1967. 7	平野謙	続『小説の方法』――わが戦後文学史(十八)――	群像	22- 7	全集 4
1967. 7	大久保典夫	自然主義文学の基点をめぐって――『破戒』と『蒲団』――	国文学	12- 9	のち『現代文学史の構造』高文堂 1988. 9
1967. 7	磯貝英夫	私小説の成立と変質	国文学	12- 9	
1967. 8	平野謙	『風俗小説論』――わが戦後文学史(十九)――	群像	22- 8	全集 4
1967.11	吉田精一	私小説と心境小説	日本の文学７市民の文学２		至文堂
1967.11	野坂幸弘	私小説論再検討の視点――伊藤整の文学論の場合――	日本近代文学	7	
1967.12	上山春平	集団価値否定の系譜――私小説論の一視点――	文学理論の研究		桑原武夫編、岩波書店
1968. 1	平野謙	私小説	新潮社日本文学小辞典		全集 5
1968. 3	根岸正純	私小説の文体――葛西善蔵を中心に――	岐阜大教養部研究報告	3	

1964. 12	大西忠雄	続「私小説」について(五)	天理大学学報 人文・社会学篇	45	
1965. 1	山田昭夫	私小説の問題	解釈と鑑賞	30-1	
1965. 2	勝山功	大正期における私小説論をめぐって	国文学	10-3	のち『大正・私小説研究』明治書院 1980. 9
1965. 4	針生一郎	私小説再検討の前提——「実行と芸術」の周辺——	文学	33-4	
1965. 11	渋川驍	心境小説	現代日本文学大事典		久松潜一他編、明治書院
1965. 11	瀬沼茂樹	私小説	現代日本文学大事典		久松潜一他編、明治書院
1965. 12	久松潜一	日記文学の本質	国文学	10-14	
1966. 3	稲垣達郎	私小説をめぐって	国文学	11-3	《特集》私小説の運命
1966. 3	浅見淵	「私小説」解釈の変遷	国文学	11-3	〃
1966. 3	瀬沼茂樹	私小説と心境小説	国文学	11-3	〃
1966. 3	大久保典夫	自然主義と私小説——『蒲団』をめぐって——	国文学	11-3	〃、のち『現代文学史の構造』高文堂 1988. 9
1966. 3	紅野敏郎	私小説における白樺派の役割	国文学	11-3	〃
1966. 3	勝山功	大正期における私小説の系譜	国文学	11-3	〃、のち『大正・私小説研究』明治書院 1980. 9
1966. 3	佐藤勝	プロレタリア文学における私小説——その転向文学における位相覚え書——	国文学	11-3	〃
1966. 3	三好行雄	昭和における私小説作家	国文学	11-3	〃
1966. 3	保昌正夫	戦時下における私小説作家——川崎長太郎の場合——	国文学	11-3	〃
1966. 3	鳥居邦朗	戦後における私小説的意識	国文学	11-3	〃
1966. 3	長谷川泉	私小説と自伝文学	国文学	11-3	〃
1966. 3	吉田熙生	私小説論の系譜	国文学	11-3	〃
1966. 3	久保田正文	私小説と短歌的抒情——他所の牛蒡——	国文学	11-3	〃
1966. 3	田所周	私小説と伝統文学との関係——日記・随筆について——	国文学	11-3	〃
1966. 3	平岡敏夫	私小説の虚構性	国文学	11-3	〃
1966. 3	木村幸雄	私小説と社会性	国文学	11-3	〃

1963. 4	瀧井孝作、川崎長太郎、尾崎一雄	〈座談会〉私小説作家の精神	群像	18-4	《特集》私小説
1963. 4	平林たい子	歪んだ私の映像	群像	18-4	〃
1963. 4	安岡章太郎	私小説の不可能性	群像	18-4	〃
1963. 4	磯貝英夫	私小説論の系譜――第一期――	国語と国文学	40-4	のち『現代文学史論』明治書院 1980. 3
1963. 7	大西忠雄	「私小説」について(承前)(二)	天理大学学報　人文・社会科学篇	41	
1963. 9	和田謹吾	私小説・心境小説の心象の意味	解釈と鑑賞	28-11	
1963. 9	吉田精一	心境小説と私小説	現代日本文学史		現代文学大系別冊、筑摩書房
1963.10	大久保典夫	私小説の展開(1)(2)	国語国文学資料図解大事典	下	岡一男他監修、全国教育図書株式会社
1963.11	高見順、寺田透、勝本清一郎、猪野謙二	〈座談会・近代日本文学史〉24　春夫・万太郎・犀星・浩二など	文学	31-11	のち『座談会　大正文学史』岩波書店 1965. 4
1963.12	大西忠雄	「私小説」について(三)	天理大学学報　人文・社会科学篇	42	
1963.12	武田庄三郎	私小説の美的構造	国語と国文学	40-12	
1964. 1	河村清一郎	「虚構」と「真実」――私小説の発想法をめぐって――	金城国文	28	
1964. 6	大西忠雄	「私小説」について(四)	天理大学学報　人文・社会科学篇	44	
1964. 8	鈴木清	心境小説と寓意小説――動物的イメージによる観念および心境の展開――	国語　研究と教育	4	
1964. 8	野田登	私小説の文体＝葛西善蔵その他＝	立正大学国語国文	4	
1964.11	山本健吉	私小説作家たち	日本の近代文学		日本近代文学館編、読売新聞社

1962. 4	磯貝英夫	私小説と心境小説	国文学	7-5	
1962. 5	大炊絶	私小説論の成立をめぐって	群像	17-5	小笠原克の筆名、のち『昭和文学史論』八木書店 1970. 2
1962. 6	平野謙、松本清張	〈対談〉私小説と本格小説	群像	17-6	
1962. 8	榎本隆司	私小説の位相	国文学	7-10	
1962. 9	三好行雄	現代文学の動向――私小説をめぐって――	現代日本文学		有信堂、のち「私小説の動向――その戦後における展開――」と改題、『三好行雄著作集』6、筑摩書房 1993. 6
1962.12	佐藤晃一	イヒ・ロマーン	解釈と鑑賞	27-14	《特集》私小説と自伝文学
1962.12	白井浩二	ロマン・ペルソネルについて	解釈と鑑賞	27-14	〃
1962.12	西村孝次	自伝文学――イギリスの場合――	解釈と鑑賞	27-14	〃
1962.12	瀬沼茂樹	私小説論の系譜	解釈と鑑賞	27-14	〃、のち補訂して『近代日本文学の構造 II』集英社 1964. 3
1962.12	小笠原克	私小説の成立と変遷――注釈的覚え書	解釈と鑑賞	27-14	〃
1962.12	山本健吉	私小説雑感	解釈と鑑賞	27-14	〃
1962.12	三好行雄	私小説にはどんなテーマがあるか	解釈と鑑賞	27-14	〃
1962.12	尾崎一雄	私小説と私	解釈と鑑賞	27-14	〃
1962.12	川崎長太郎	私小説について	解釈と鑑賞	27-14	〃
1962.12	三浦哲郎	私と私小説	解釈と鑑賞	27-14	〃
1962.12	庄野潤三	方法としての私小説	解釈と鑑賞	27-14	〃
1962.12	吉田精一、中村光夫、高見順、平野謙	〈座談会〉私小説の本質と問題点	解釈と鑑賞	27-14	〃
1962.12	長谷川泉編	明治・大正・昭和　私小説三十五選	解釈と鑑賞	27-14	〃
1962.12	大西忠雄	「私小説」について(一)	天理大学学報　人文・社会科学篇	39	
1963. 1	亀井秀雄	戦争下の私小説問題――その『抵抗』の姿――	位置	3	

1959. 2	小笠原克	大正末期の私小説論とその終焉	国語国文研究（北海道大学）	12	
1959. 3	針生一郎	私小説	現代文学講座	4	日本文学学校編、飯塚書店
1959. 4	木下典子	私小説成立根拠に対する一考察――私小説性と伝統的文芸理念について――	京都府立大学国語国文学会誌	1	
1959. 5	上林暁	私小説作法	文と本と旅と		五月書房；全集16
1959.11	成瀬正勝	芥川・谷崎の小説論争観	文芸と思想（福岡女子大学文学部）	18	
1960. 1	磯貝英夫	私小説の克服――昭和文学の一系流をめぐって――	文学	28－1	のち『現代文学史論』明治書院 1980. 3
1960. 2	磯貝英夫	私小説の克服(完)――昭和文学の一系流をめぐって――	文学	28－2	のち『現代文学史論』明治書院 1980. 3
1960. 3	谷沢永一	私小説論の系譜	島田教授古稀記念国文学論集		増補し『近代文学史の構造』和泉書院 1994.11
1960. 8	佐古純一郎	私小説における告白の問題――『蒲団』をめぐって――	佐古純一郎著作集	3	
1960. 9	伊藤整	求道者と認識者――文壇と文学(九)――	新潮	57－9	全集18
1960.11	小松伸六	私小説雑感	立教大学日本文学	5	
1961. 2	太田静一	懺悔道としての私小説の系譜――徳富蘆花と嘉村礒多――	文学	29	
1961. 4	中村真一郎	私小説と実験小説	文学界	15－4	
1961. 7	榎本隆司	私小説論争	解釈と鑑賞	26－9	
1961. 8	森川達也	私小説方法化の問題――再び私小説論を	近代文学	16－8	
1961. 9	勝山功	私小説	近代文学研究必携		近代文学懇談会編、学燈社
1961. 9	大江健三郎	私小説について――自己探検の文学――	群像	16－9	
1962. 4	渋川驍	戦後の私小説――演技化された私小説――	解釈と鑑賞	27－5	

1956. 3	三枝康高	私小説と私小説論への批判	静岡大学教育学部研究報告	6	
1956. 7	一木治子	「『蒲団』における創作方法」(私小説化について)――「花袋の自然主義」より――	国文(お茶の水女子大学)	5	
1956. 8	勝山功	続私小説論史――戦后の私小説論について――	群馬大学紀要人文科学篇	5	のち『大正・私小説研究』明治書院 1980. 9
1956.11	平野謙	島崎藤村『破戒』と田山花袋『蒲団』	講座日本近代文学史 2 近代文学の成長と確立		大月書店、のち「田山花袋II」と改題し『芸術と実生活』; 全集 2
1956.11	亀井雅司	表現の対応――私小説の場合――	国語国文	25-11	
1956.11	重松信弘	私小説論の研究(上)	文芸研究(日本文芸研究会)	24	
1956.12	平野謙	私小説と心境小説	講座日本近代文学史 3 大正文学		大月書店
1957. 7	磯貝英夫	自我意識の展開――私小説の変貌をめぐって一――	国文学攷	18	
1957. 8	磯貝英夫	変形私小説論――牧野信一をめぐって――	文学	25- 8	のち『現代文学史論』明治書院 1980. 3
1958. 4	勝山功	自然主義から私小説へ	近代日本文学史論		成瀬正勝・吉田精一監修、矢島書房
1958. 4	平野仁啓	自然主義と私小説の結合点――「黴」をめぐって――	現代文学(緑地社)	1	
1958. 5	小笠原克	大正期における「私」小説の論について――話題提供者久米正雄まで――	国語国文研究(北海道大学)	11	
1958. 9	小田切秀雄	私小説・心境小説	岩波講座日本文学史12 近代		岩波書店
1958.11	橋川文三	「社会化した私」をめぐって――プロレタリア文学の挫折と小林秀雄――	文学	26-11	

1954. 3	村松定孝	近代日本文学に現われたる外来思想と伝統思想の交流――私小説の問題を中心として――	国文学研究（早稲田大学国文学会）	9-10合併号	
1954. 5	平野謙	私小説論	近代日本文学辞典		久松潜一・吉田精一編、東京堂出版
1954. 9	紅野敏郎	私小説について	続日本文学の伝統と創造		日本文学協会編、岩波書店
1954. 9	吉田精一	短歌・俳句・私小説	短歌研究	11-9	《特集》短歌・俳句・私小説；『吉田精一著作集』16、桜楓社 1980. 10
1954. 9	神田秀夫	感想二三　俳壇より歌壇へ	短歌研究	11-9	〃
1954. 9	上林猷夫	「私」性文学の行方	短歌研究	11-9	〃
1954. 9	今井福治郎	短歌を救ふもの――自我形成のあと――	短歌研究	11-9	〃
1954. 9	井本農一	短歌発想の私小説的性格	短歌研究	11-9	〃
1954. 9	田邊幸雄	憶良の私小説的側面	短歌研究	11-9	〃
1954.10	平野謙	生活演技説・修正	文学界	8-10	のち『芸術と実生活』；全集2
1954.11	伊藤整	生活演技説・修正の修正――二つの残念	文学界	8-11	
1954.11	臼井吉見	心境小説論争――近代文学論争（十）――	文学界	8-11	のち『近代文学論争』上下、筑摩書房 1975. 10-11
1955. 1	村松定孝	田山花袋と私小説の伝統	近代日本文学の系譜	上	寿星社；改訂版・社会思想社 1956. 10
1955. 2	稲垣達郎	私小説	日本文学講座5日本の小説II		東京大学出版会、「私小説の流れ」と改題し『近代日本文学の風貌』未来社 1957. 9
1955. 2	小久保実	ファシズムの進展と文学方法――私小説の消長をめぐって――	文学評論（理論社）	9	
1955. 6	小久保実	私小説の成立（一）	国文学（関西大学）	14	
1955. 9	勝山功	私小説論史	群馬大学紀要（人文科学篇）	4	のち『大正・私小説研究』明治書院 1980. 9
1955. 9		私小説の成立	文学五十年		片岡良一・中島健蔵監修、時事通信社
1955.12	小久保実	私小説の成立（二）	国文学（関西大学）	15	

1952. 9	中村光夫	告白の問題	文学界	6 - 9	全集 8
1952. 11	藤堂正彰	私小説・風俗小説・中間小説	解釈と鑑賞	17-11	
1952. 12	福田恆存	自己劇化と告白	文学界	6 -12	全集 2
1953. 2	伊藤整	近代日本人の発想の諸形式	思想	344	全集17
1953. 2	平野謙・間宮茂輔・伊藤整・梅崎春生・花田清輝	〈座談会〉私小説と文学反動	新日本文学	8-2	
1953. 3	伊藤整	近代日本人の発想の諸形式（続）	思想	345	全集17
1953. 5	斎藤兵衛	見世物と演技――文芸時評――	文学界	7-5	中村光夫の筆名、全集 8
1953. 6	猪野謙二	私小説と民主主義文学	人民文学	4 - 6	のち『近代日本文学史研究』未来社 1954. 1
1953. 6	紅野敏郎	私小説ノート――白樺系――	日本文学	2 - 4	
1953. 6	本多秋五	転向文学と私小説	文学	21- 6	のち『転向文学論』未来社（増補版） 1954. 6
1953. 12	勝山功	初期私小説論について――私小説論史序説	国語と国文学	30-12	のち『大正・私小説研究』明治書院1980. 9
1953. 12	稲垣達郎	私小説と小説ジャンル	文学	21-12	《特集》私小説論、のち『近代日本文学の風貌』未来社 1957. 9
1953. 12	宮城音彌	私小説の心理学――葛西善蔵を読んで――	文学	21-12	〃
1953. 12	道家忠道	私小説の基礎	文学	21-12	〃
1953. 12	杉浦明平	寄生者の文学	文学	21-12	〃
1953. 12	田宮虎彦	私小説の運命	文学	21-12	〃
1953. 12	三枝博音	私小説の「私」の源	文学	21-12	〃
1953. 12	竹内良知	私小説について	文学	21-12	〃
1953. 12	徳永直	外から内へ、内から外へ――経験として――	文学	21-12	〃
1953. 12	蔵原惟人	私小説私観	文学	21-12	〃、のち『文学芸術論〈続文学芸術論〉II』淡路書房新社 1958. 1
1954. 2	寺田透	私小説および私小説論	岩波講座文学	5	のち『文学その内面と外界』弘文堂 1959. 1

1950.3	荒正人	私小説の成立	概説現代日本文学史		久松潜一監修、塙書房
1950.7	坂本浩	モデル小説と私小説	解釈と鑑賞	15-7	
1950.8	中川隆永	ロマンへの道――私小説論争史序説――	文学	18-8	
1950.12	寺田透	心境小説・私小説	日本文学講座6近代の文学・後期		河出書房、のち『文学その内面と外界』弘文堂 1959.1
1951.4	平野謙	大正文学と現代小説	明治大正文学研究	5	
1951.9	成瀬正勝	私小説論	日本文学教養講座8随筆・日記・評論		至文堂
1951.9	丸山静	民族文学への道	文学	19-9	のち『現代文学研究』東京大学出版会 1956.12
1951.10	寺田透	私小説と心境小説	解釈と鑑賞	16-10	
1951.10	稲垣達郎	自叙伝についてのはしがき――近代日本文学者の自叙伝を中心に――	文学	19-10	
1951.10	平野謙	現代日本小説	文学読本――理論篇		塙書房、のち「私小説の二律背反」と改題；全集2
1951.11	荒正人	私小説	文学読本――人と作品・現代日本文学編		塙書房
1952.2	杉浦明平	私小説	作家論		草木社、のち『日本文学史事典』日本評論新社 1954.10
1952.2	尾崎一雄、伊藤整、上林暁、外村繁、浅見淵	〈座談会〉私小説をめぐる諸問題	早稲田文学	18-2	
1952.3	平野謙	私小説論	近代日本文学講座4近代日本文学の思潮と流派		河出書房
1952.4	平野謙	私小説	日本文学大辞典	別巻	藤村作編増補改訂、新潮社、のち「演技説修正」中に全文引用し『芸術と実生活』へ
1952.7	福田恆存	告白といふこと	文芸	9-7	全集2
1952.9	荒正人	私小説論	文学界	6-9	

1944. 3	渋川驍	経験と私小説論	新潮	41- 3	〃
1944. 3	雅川滉	私小説の帰趨	新潮	41- 3	〃
1947. 1	上林暁	私小説の運命	文芸	4 - 1	全集16
1947. 1	福田恆存	絶望のオプティミズム	文芸	4 - 1	全集 1
1947. 1	竹山道雄	本格小説の生れぬ訳	文芸春秋	25- 1	
1947. 4	高見順	日本の近代小説と私小説的精神	芸術	3	全集13
1947.6.30	平野謙	人性の俳優	読売新聞		全集 1
1947. 7	吉田精一	私小説の問題について	解釈と鑑賞	12- 7	
1947. 9	福田恆存	近代日本文学の系譜	作家の態度		中央公論社；全集 1
1947.10	福田恆存	芥川・谷崎の私小説論議	人間	2 -10	
1948. 1	瀬沼茂樹	自伝と告白――宮本百合子と高見順――	明日（日本人民文学会）	2 - 1	
1948. 2	瀬沼茂樹	自伝と自照の文学	新日本文学	2 - 2	
1948. 8		私小説と社会小説	現代の芸術		読売新聞社文化部編、大地書房、「私小説と社会小説」の総題、1947年に『読売新聞』の日曜文化欄・『読売ウィークリー』に発表されたものの再録
1948. 8	福田恆存	私小説について	現代の芸術		〃
1948. 8	平野謙	自我の社会化	現代の芸術		〃
1948. 8	丹羽文雄	時代への関心	現代の芸術		〃
1948. 8	正宗白鳥	さまざまな疑問	現代の芸術		〃
1948. 8	佐々木基一	新しきレアリテ	現代の芸術		〃
1948. 8	小田切秀雄	ロマンへの道	現代の芸術		〃
1948. 8	林房雄	私小説の追放	現代の芸術		〃
1948. 8	平野謙	人生の俳優	現代の芸術		〃
1948. 8	江戸川乱歩	推理小説の文学性	現代の芸術		〃
1948. 8	坂口安吾	未来のために	現代の芸術		〃
1948. 8	伊藤整	逃亡奴隷と仮面紳士	新文学	5 - 8	全集16
1948. 9	中野好夫	私小説の系譜	新文学講座 2歴史編		中野好夫編、新潮社
1948.11	伊藤整	日本の小説の性格	思想問題研究	24	全集16
1948.12	伊藤整、平野謙(対談)	私小説の問題――日本近代文学の解剖――	綜合文化	2 -12	
1949. 5	手塚富雄	私小説と教養小説と	人間	4 - 5	
1949. 7	平野謙	私小説	現代日本文学辞典		近代文学社編、河出書房；増補改訂版 1951.7
1949.10	丸山真男	肉体文学から肉体政治まで	展望	46	全集 4

1935. 9	中村光夫	私小説について——文芸時評——	文学界	2－8	全集 7
1935. 10	尾崎士郎	私小説と本格小説	新潮	32-10	《特集》私小説とテーマ小説
1935. 10	中村武羅夫	純文学としての私小説	新潮	32-10	〃
1935. 10	河上徹太郎	テーマ小説の発生について	新潮	32-10	〃
1935. 10	舟橋聖一	私小説とテーマ小説に就いて	新潮	32-10	〃
1935. 11	中村光夫	レアリズムについて	文学界	2－10	全集 7
1936. 8	久米正雄(湯地孝・記)	私小説の発展——久米正雄氏との徒然草文学問答——	国語と国文学	11－8	
1937. 3	高見順	純文学と私小説	新潮	34－3	《特集》純文学と私小説について；全集13
1937. 3	丹羽文雄	二人の先輩	新潮	34－3	〃
1937. 3	豊田三郎	理想派と現実派	新潮	34－3	〃
1937. 3	徳田一穂	現実の中の「私」	新潮	34－3	〃
1937. 3	岡田三郎	私小説の名称を抹殺したい	新潮	34－3	〃
1940. 1	浅見淵	私小説について	早稲田文学	7－1	
1941. 5	伊藤信吉	私小説の途	新潮	38－5	
1941. 7		〈新潮評論〉「私小説」の流行	新潮	38－7	
1941. 7	徳永直	私小説の今日的意味	新潮	38－7	《特集》私小説についての考案
1941. 7	田畑修一郎	私小説の問題	新潮	38－7	〃
1941. 7	宮内寒弥	私小説について	新潮	38－7	〃
1941. 8	伊藤整	私小説について	現代文学	4－7	全集15
1942. 5		〈新潮評論〉なぜ「私小説」が問題になるか	新潮	39－5	
1942. 5	麻生種衛	泡鳴と『私小説の問題』	新潮	39－5	
1942. 5	伊藤整、上林暁、丹羽文雄	『私小説』論	新潮	39－5	
1942.6	福田恒存	弁疏註考	新文学	1-5	《特集》私小説のために；全集 1
1942.6	高橋義孝	頂門一針	新文学	1-5	〃
1942.6	高木卓	私小説について	新文学	1-5	〃
1942.6	相良守峯	私小説と国民性	新文学	1-5	〃
1942.6	麻生種衛	作家の真実	新文学	1-5	〃
1942.6	小暮亮	身辺的素材と客観的素材(文芸時評)	新文学	1-5	〃
1944. 3	森山啓	和歌と小説	新潮	41－3	《特集》私小説と日本的性格

発表年月日	著者名	論文名	掲載誌(紙)書名	巻号	その他(発行、収録、特集など)
1924. 1	中村武羅夫	文芸時評　本格小説と心境小説と	新小説	29-1	『現代日本文学論争史』上、未来社 2006. 9
1924. 7	生田長江	日常生活を偏重する悪傾向——を論じて随筆、心境小説等の諸問題に及ぶ——	新潮	41-1	『現代日本文学論争史』上、未来社 2006. 9
1925. 1	久米正雄	創作指導講座 「私」小説と「心境」小説	文芸講座	7	文芸春秋社；『現代日本文学論争史』上、未来社 2006. 9
1925. 5	久米正雄	創作指導講座 「私小説」と「心境小説」(二)	文芸講座	14	文芸春秋社；『現代日本文学論争史』上、未来社 2006. 9
1925.10	宇野浩二	「私小説」私見	新潮	43-4	『現代日本文学論争史』上、未来社 2006. 9
1926. 6	徳田秋声	心境から客観へ	新潮	23-6	《特集》心境小説と本格小説の問題
1926. 6	豊島与志雄	動的心境へ	新潮	23-6	〃
1926. 6	田山花袋	もつと本格的なものが欲しい	新潮	23-6	〃
1926. 6	藤森成吉	本格小説には心境が必要だ	新潮	23-6	〃
1926. 6	正宗白鳥	天分と修養	新潮	23-6	〃
1926. 6	千葉亀雄	心境とゴシップ	新潮	23-6	〃
1926. 6	谷崎精二	避くべからざるもの	新潮	23-6	〃
1926. 6	近松秋江	本来の願ひ	新潮	23-6	〃
1926. 6	生田長江	『日本』と『芸術』	新潮	23-6	〃
1933.10	小林秀雄	私小説について	文学界	1-1	全集 2
1934. 5	小林秀雄	私小説について(文学批評論 第四回)	新文芸思想講座	8	文芸春秋社
1935. 5	小林秀雄	私小説論	経済往来	10-5	全集 3
1935. 6	小林秀雄	続私小説論	経済往来	10-6	全集 3
1935. 7	小林秀雄	続々私小説論	経済往来	10-7	全集 3
1935. 8	小林秀雄	私小説論(結論)	経済往来	10-8	全集 3
1935. 9	徳永直	所謂「私小説」形式弁護のために	早稲田文学	2-9	《特集》私小説の将来性
1935. 9	矢崎弾	私小説は発展させねばならぬ。然し…	早稲田文学	2-9	〃
1935. 9	谷崎精二	社会的自己の問題	早稲田文学	2-9	〃
1935. 9	逸見広	消極的隆盛	早稲田文学	2-9	〃
1935. 9	森山啓	文学上の「私」について	早稲田文学	2-9	〃

2011. 3　山口直孝『「私」を語る小説の誕生――近松秋江・志賀直哉の出発期――』翰林書房
2011. 8　廣野由美子『一人称小説とは何か――異界の「私」の物語――』ミネルヴァ書房
2011. 9　伊藤博『貧困の逆説――葛西善蔵の文学――』晃洋書房
2012. 5　中村光夫選、日本ペンクラブ編『私小説名作選　上』講談社
2012. 6　中村光夫選、日本ペンクラブ編『私小説名作選　下』講談社
2012. 10　多田道太郎『転々私小説論』講談社
2012. 12　樫原修『「私」という方法――フィクションとしての私小説――』笠間書院
2012. 12　梅澤亜由美『私小説の技法――「私」語りの百年史――』勉誠出版、増補版2017年12月
2013. 1　鳥居邦朗『昭和文学史試論――ありもしない臍を探す――』ゆまに書房
2013. 10　私小説研究会編『コレクション私小説の冒険１　貧者の誇り』勉誠出版
2013. 11　私小説研究会編『コレクション私小説の冒険２　虚実の戯れ』勉誠出版
2014. 3　私小説研究会編『私小説ハンドブック』勉誠出版
2015. 2　勝又浩『私小説千年史――日記文学から近代文学まで――』勉誠出版
2017. 8　柴田勝二『私小説のたくらみ――自己を語る機構と普遍性――』勉誠出版
2017. 10　佐々木敦『新しい小説のために』講談社

研究論文

＊『国文学　解釈と教材の研究』は『国文学』、『国文学　解釈と鑑賞』は『解釈と鑑賞』と表記した。

＊「その他」に略記した全集は次の通り。『伊藤整全集』新潮社1972-、『上林暁全集』筑摩書房1977-、『小林秀雄全集』新潮社2001-、『高見順全集』勁草書房1972-、『中村光夫全集』筑摩書房1971-、『平野謙全集』新潮社1975-、『福田恆存全集』文芸春秋1987-、『丸山眞男集』岩波書店1995-。また収録書は比較的手にとりやすいものを選んだ。

1981. 5　佐伯彰一『近代日本の自伝』講談社；中公文庫 1990. 9
1982. 4　大森澄雄『私小説作家研究』明治書院
1983. 5　日本文学研究資料刊行会編『日本文学研究資料叢書　私小説　広津和郎・宇野浩二・葛西善蔵・嘉村礒多』有精堂
1985. 6　石阪幹将『私小説の理論——その方法と課題をめぐって——』八千代出版
1985. 9　饗庭孝男『喚起する織物——私小説と日本の心性——』小沢書店
1985. 11　佐伯彰一『自伝の世紀』講談社；講談社文芸文庫 2001. 12
1988　Fowler, Edward. *The Rhetoric of Confession : Shishōsetsu in Early Twentieth-Century Japanese Fiction*. Berkeley : University of California Press.
1992. 4　イルメラ・日地谷＝キルシュネライト『私小説——自己暴露の儀式——』平凡社
1993. 12　中西進編『日本文学における「私」』河出書房新社
1994. 3　安藤宏『自意識の昭和文学——現象としての「私」——』至文堂
1994. 11　鈴木貞美『日本の「文学」を考える』角川書店
1998. 10　鈴木貞美『日本の「文学」概念』作品社
2000. 1　鈴木登美『語られた自己——日本近代の私小説言説——』岩波書店
2000. 12　山本芳明『文学者はつくられる』ひつじ書房
2002. 5　日比嘉高『〈自己表象〉の文学史——自分を書く小説の登場——』翰林書房
2002. 8　伊藤氏貴『告白の文学——森鷗外から三島由紀夫まで——』鳥影社
2003. 11　堀巌『私小説の方法』沖積舎
2005. 8　山本昌一『私小説の展開』双文社出版
2006. 6　岡庭昇『私小説という哲学——日本近代文学と「末期の眼」——』平安出版
2006. 12　秋山駿『私小説という人生』新潮社
2008. 3　『アジア文化との比較に見る日本の「私小説」——アジア諸言語、英語との翻訳比較を契機に——』2006年度～2007年度科学研究費補助金（基盤研究（c））研究成果報告書、研究代表者 勝又浩
2009. 6　秋山駿、富岡幸一郎編『私小説の生き方』アーツアンドクラフツ
2009. 7　小谷野敦『私小説のすすめ』平凡社
2010. 6　大浦康介編『西洋のフィクション・東洋のフィクション——国際シンポジウム——』京都大学人文科学研究所
2010. 7　柳沢孝子『私小説の諸相——魔のひそむ場所——』双文社出版
2010. 10　坂本満津夫『私小説の「嘘」を読む私小説の「嘘」を読む』鳥影社
2011. 2　安英姫著、梅澤亜由美訳『韓国から見る日本の私小説』鼎書房
2011. 2　魏大海著、金子わこ訳『20 世紀日本文学の「神話」——中国から見る私小説——』鼎書房

私小説研究文献目録

＊目録は「研究文献」を集めることを旨とした。ただし私小説研究は文芸評論が牽引してきた経緯もあり、研究／評論の腑分けは難しく、適宜文芸評論も採録してある。昭和戦前期については主要評論と雑誌特集を中心に記載した。また個別の作家論作品論の形による私小説論は省いた。小林秀雄・伊藤整・中村光夫・平野謙らの評論活動を論じた文献については、個々に判断した。

＊文献は単行図書と研究論文に分けた。単行図書に収録された各論文の初出は、原則的に研究論文のセクションには記載していない。

＊先行する網羅的な文献目録としては、文芸評論を含む1920年から1971年までの大森澄雄「「私小説論」目録」（『私小説研究』1972年5月）、欧文文献を含むキルシュネライト『私小説——自己暴露の儀式——』（平凡社、1992年4月）所収のものがある。本目録もこれらに多くを教えられている。

＊本目録を増補するにあたって、魏晨氏、韓奕忱氏、加島正浩氏、高畑早希氏の助力を得た。

単行図書

1943.7　矢崎弾『近代自我の日本的形成』鎌倉書房
1943.8　山本健吉『私小説作家論』実業之日本社；講談社文芸文庫1998.7
1947.9　福田恆存『作家の態度』中央公論社；文芸春秋版全集第1巻1987.1
1948.12　伊藤整『小説の方法』河出書房；新潮社版全集第16巻1973.6
1955.7　伊藤整『小説の認識』河出書房；同第17巻1973.7
1956.10　伊藤整『文芸読本』新潮社；同上
1958.1　平野謙『芸術と実生活』講談社；新潮社版全集第2巻1975.2
1970.1　村上忠孝『心境小説論』正文社
1970.2　小笠原克『昭和文学史論』八木書店
1972.12　平野謙『純文学論争以後』筑摩書房；同第5巻1975.8
1973.2　西田正好『私小説再発見——伝統継承の文学——』桜楓社
1974.6　松原新一『「愚者」の文学』冬樹社
1976.6　高橋英夫『元素としての「私」——私小説作家論——』講談社
1978.1　中村光夫『近代の文学と文学者』朝日新聞社
1979.6　饗庭孝男『批評と表現——近代日本文学の「私」——』文芸春秋社
1979.10　蓮実重彦『「私小説」を読む』中央公論社；講談社文芸文庫 2014.9
1980.3　磯貝英夫『現代文学史論』明治書院
1980.8　柄谷行人『日本近代文学の起源』講談社；講談社文芸文庫1988.6
1980.9　勝山功『大正・私小説研究』明治書院

索　引

「自己」「自己表象」「自己表象テクスト」など本書の主題に関わる頻出語句は省いた。

【著者略歴】

日比嘉高（ひび・よしたか）

名古屋大学大学院人文学研究科 准教授

1972年名古屋市生まれ。金沢大学文学部卒業、筑波大学大学院文芸・言語研究科修了。筑波大学文芸・言語学系助手、カリフォルニア大学ロサンゼルス校客員研究員、京都教育大学教育学部准教授、ワシントン大学客員研究員を経て、現職。近著に『「ポスト真実」の時代』（津田大介との共著、祥伝社2017年）、『図書館情調』（編著、皓星社2017年）、『文学の歴史をどう書き直すのか』（笠間書院2016年）、『いま、大学で何が起こっているのか』（ひつじ書房2015年）、『ジャパニーズ・アメリカ　移民文学、出版文化、収容所』（新曜社2014年）など。

〈自己表象〉の文学史
——自分を書く小説の登場——

発行日	2002年5月25日　初版第一刷 2018年3月20日　三版第一刷
著　者	日比嘉高
発行人	今井 肇
発行所	翰林書房
	〒151-0071 東京都渋谷区本町1-4-16
	電 話　(03)6276-0633
	FAX　(03)6276-0634
	http://www.kanrin.co.jp/
	Eメール●Kanrin@nifty.com
装　幀	寺尾眞紀
印刷・製本	メデューム

カバー装画／原撫松「影の自画像」（東京国立博物館蔵）

落丁・乱丁本はお取替えいたします

ISBN978-4-87737-420-4